G

GOLDMANN

W0187244

„… Abends, wenn ich abgespannt bin, greife ich instinktiv nach einem ‚Wallace', bin im Nu in der Handlung, vergesse den ganzen Jammer des Alltags, bin froh und mutig." ADENAUER IN RHÖNDORF

Edgar Wallace. Das Original.

Alle Edgar Wallace Kriminalromane:

1 Die Abenteuerin.
2 A. S. der Unsichtbare.
3 Die Bande des Schreckens.
4 Der Banknotenfälscher.
5 Bei den drei Eichen.
6 Die blaue Hand.
7 Der Brigant.
8 Der Derbysieger.
9 Der Diamantenfluß.
10 Der Dieb in der Nacht.
11 Der Doppelgänger.
12 Die drei Gerechten.
13 Die drei von Cordova.
14 Der Engel des Schreckens.
15 Feuer im Schloß.
16 Der Frosch mit der Maske.
17 Gangster in London.
18 Das Gasthaus an der Themse.
19 Die gebogene Kerze.
20 Geheimagent Nr. Sechs.
21 Das Geheimnis der gelben Narzissen.
22 Das Geheimnis der Stecknadel.
23 Das geheimnisvolle Haus.
24 Die gelbe Schlange.
25 Ein gerissener Kerl.
26 Das Gesetz der Vier.
27 Das Gesicht im Dunkel.
28 Der goldene Hades.
29 Die Gräfin von Ascot.
30 Großfuß.
31 Der grüne Bogenschütze.
32 Der grüne Brand.
33 Gucumatz.
34 Hands up!
35 Der Hexer.
36 Im Banne des Unheimlichen.
37 In den Tod geschickt.
38 Das indische Tuch.
39 John Flack.
40 Der Joker.
41 Das Juwel aus Paris.
42 Kerry kauft London.
43 Der leuchtende Schlüssel.
44 Lotterie des Todes.
45 Louba der Spieler.
46 Der Mann, der alles wußte.
47 Der Mann, der seinen Namen änderte.
48 Der Mann im Hintergrund.
49 Der Mann von Marokko.
50 Die Melodie des Todes.
51 Die Millionengeschichte.
52 Mr. Reeder weiß Bescheid.
53 Nach Norden, Strolch!
54 Neues vom Hexer.
55 Penelope von der »Polyantha«.
56 Der Preller.
57 Der Rächer.
58 Der Redner.
59 Richter Maxells Verbrechen.
60 Der rote Kreis.
61 Der Safe mit dem Rätselschloß.
62 Die Schuld des Anderen.
63 Der schwarze Abt.
64 Der sechste Sinn des Mr. Reeder.
65 Die seltsame Gräfin.
66 Der sentimentale Mr. Simpson.
67 Das silberne Dreieck.
68 Das Steckenpferd des alten Derrick.
69 Der Teufel von Tidal Basin.
70 Töchter der Nacht.
71 Die toten Augen von London.
72 Die Tür mit den 7 Schlössern.
73 Turfschwindel.
74 Überfallkommando.
75 Der Unheimliche.
76 Die unheimlichen Briefe.
77 Der unheimliche Mönch.
78 Das Verrätertor.
79 Der viereckige Smaragd.
80 Die vier Gerechten.
81 Zimmer 13.
82 Der Zinker.

EDGAR WALLACE

Der Rächer

THE AVENGER

Kriminalroman

GOLDMANN VERLAG

Aus dem Englischen übertragen
von Ravi Ravendro

Der Goldmann Verlag
ist ein Unternehmen der Verlagsgruppe Bertelsmann

Jubiläumsausgabe

Made in Germany · 1/90 · 25. Auflage

Satz: Presse-Druck, Augsburg
Druck: Elsnerdruck, Berlin
Krimi 60
Ge · Herstellung: Klaus Voigt
ISBN 3-442-00060-2

1

Captain Mike Brixan litt manchmal an gelinden abergläubischen Anwandlungen. Wenn er des Morgens durch die Felder ging und eine junge Krähe vor ihm aufflog, hatte er die bestimmte Überzeugung, daß er an diesem Tage noch eine zweite sehen würde.

Als er nun auf der Durchreise in Aachen an der Bahnhofsbuchhandlung vorbeiging, fiel ihm der Titel eines Buches auf, und er kaufte den Roman »Statistin in Hollywood«. Das Wort »Statistin« übte eine fast magische Wirkung auf ihn aus. Die Geschichte handelte, wie er gleich darauf feststellte, von einer unbedeutenden Filmschauspielerin. Aber schon hatte er die dunkle Ahnung, daß dieses Wort für ihn eine schicksalsschwere Bedeutung haben würde.

Der Roman interessierte ihn gar nicht. Er las einige Seiten des Buches, aber der schwülstige Stil ärgerte ihn so, daß er seine Zuflucht zu dem belgischen Kursbuch nahm. Wenn ihn auch der Titel fasziniert hatte, so reichte sein Interesse doch nicht aus, um die ganze sensationelle Laufbahn der Heldin von den bescheidensten Anfängen bis zu Berühmtheit, Ansehen und Reichtum zu verfolgen.

Das Wort »Statistin« hatte sich Mike Brixan aufgedrängt, und es war ihm, als ob ihm in den nächsten Tagen unbedingt eine Statistin begegnen würde.

Er war nicht nur bei seinen Freunden als der tüchtigste Agent des Nachrichtendienstes im Auswärtigen Amt bekannt. Obwohl er in seinem Beruf vollständig aufging, interessierte er sich für Kriminalfälle. Er spielte gut Golf, aber ebenso gern las er Berichte über aufsehenerregende Verbrechen. Seine dienstliche Beschäftigung bestand hauptsächlich darin, daß er merkwürdige Leute, die vom Kontinent herüberkamen, in obskuren Kneipen traf und mit ihnen lange und geheimnisvolle Unterredungen hatte. Zu diesem Zweck trat er in den verschiedensten Verkleidungen und Rollen auf. So blieb er in Kontakt mit den geheimen unterirdischen Strömungen, die nur zu oft das Schifflein der Diplomatie unerwünschten Zielen zutrieben. Zweimal war er als Tourist, der sich nur für schöne Landschaften und Sehenswürdigkeiten zu interessieren schien, durch ganz Europa gestreift. Viele hundert Meilen fuhr er mit einem Paddelboot durch die Stromschnellen der Donau. In den kleinsten Schenken am Ufer übernachtete er, um die Stimmung der Bevölkerung kennenzulernen. Wenn es solche Aufgaben zu lösen galt, war er ganz bei der Sache.

Gerade jetzt rief man ihn von Berlin ab, als der wichtige Vertrag zwischen zwei Mächten kurz vor dem Abschluß stand. Er ärgerte sich gewaltig darüber, denn es war ihm unter Aufwand nicht geringer Geldsummen gelungen, eine Abschrift der wesentlichen Punkte des Vertrages zu beschaffen.

»Wenn ich noch vierundzwanzig Stunden auf meinem Posten geblieben wäre, hätte ich die fotografischen Aufnahmen der Originaldokumente bekommen«, erklärte er seinem Vorgesetzten, Major George Staines, als er sich am nächsten Morgen in Whitehall zum Dienstantritt meldete.

»Schade«, antwortete dieser etwas ironisch. »Aber wir hatten gerade eine vertrauliche Aussprache mit dem Ministerpräsidenten der betreffenden Macht, der uns den Text des Vertrages mitzuteilen versprach. Übrigens hat die ganze Sache mit hoher Politik nichts zu tun, sondern betraf nur die Handelsbeziehungen zu einem anderen Staat. – Mike, kannten Sie Elmer?«

Der Detektiv setzte sich auf die Tischkante, während er eine Zigarette rauchte.

»Haben Sie mich deswegen von Berlin geholt, damit ich Ihnen diese Frage beantworten soll?« sagte er ärgerlich. »Haben Sie mich deswegen aus meinem Café ›Unter den Linden‹ weggeholt, damit ich mich mit Ihnen über Elmer unterhalte? Er ist doch Sekretär im Regierungsdienst?«

Major Staines nickte.

»Er war es«, sagte er. »Er war in der Oberrechnungskammer angestellt. Vor drei Wochen verschwand er plötzlich. Man kontrollierte seine Bücher, und es stellte sich heraus, daß er systematisch größere Summen unterschlagen hatte.«

Mike Brixan verzog sein Gesicht. »Tut mir leid, das zu hören«, meinte er. »Er schien doch ein ganz ruhiger und ehrlicher Mensch zu sein. Aber Sie wollen doch damit nicht etwa sagen, daß das mein neuer Auftrag sein soll? Solche Aufgaben gehören Scotland Yard.«

»Ich will auch gar nicht, daß Sie ihm nachspüren sollen«, sagte Staines langsam, »weil – nun gut, man hat ihn schon gefunden.«

Er sagte dies mit einem düsteren, bedeutungsvollen Unterton. Bevor er das kleine Papier aus seiner Mappe nehmen konnte, wußte Mike Brixan schon, was kommen würde.

»Der Kopfjäger hat doch nicht seine Hand im Spiel?« fragte er interessiert. Selbst er im Ausland hatte von den grausigen Taten dieses Mannes gehört.

Staines nickte. »Lesen Sie.«

Er reichte seinem Untergebenen ein Blatt, das mit Maschine geschrieben war, über den Tisch.

»Sie werden in der Hecke an der Eisenbahnunterführung bei Esher eine Kiste finden. Der Kopfjäger.«

»Der Kopfjäger«, wiederholte Mike mechanisch und pfiff leise.

»Wir haben natürlich sofort nachsuchen lassen und fanden die Kiste, darin lag der scharf vom Rumpf getrennte Kopf des unglücklichen Elmer«, sagte Staines. »Das ist nun der zwölfte Kopf innerhalb von sieben Jahren. Und jedesmal handelt es sich – allerdings mit Ausnahme zweier Fälle – um Leute, die sich der Gerichtsbarkeit entzogen hatten. – Selbst wenn die Vertragsfrage noch nicht geklärt wäre, Mike, hätte ich Sie zurückgerufen.«

»Aber das ist doch gar nicht meine Sache – das geht doch nur die Polizei an«, sagte der junge Beamte etwas aufsässig.

»Sie dienen der Regierung doch in Wirklichkeit als Detektiv«, unterbrach ihn sein Chef, »und der Sekretär des Außenministeriums wünscht, daß Sie diesen Fall aufklären. Ich möchte noch hinzufügen, daß dies außerdem der Wunsch des Innenministers ist, dem Scotland Yard untersteht. Bis jetzt wurde der Tod Francis Elmers und die grauenvolle Entdeckung seines Kopfes zur Veröffentlichung durch die Presse noch nicht freigegeben. In der letzten Zeit gab es an und für sich schon so viel Unruhe und Angriffe gegen die Regierung, daß die Polizei diese Sache vorläufig geheimhalten muß. Man hielt die Leichenschau ab – ich vermute, daß die Mitglieder der Kommission besonders ausgesucht wurden. Aber es würde Hochverrat sein, darüber in der Öffentlichkeit etwas zu sagen. Letzten Endes ist dann auch das übliche Gutachten erstattet worden. Leider kann ich Ihnen nur wenig Informationen geben. Das einzige, was uns weiterhelfen kann, ist die Tatsache, daß Elmer vor einer Woche in Chichester von seiner Nichte gesehen worden sein soll. Das junge Mädchen heißt Helen Leamington und ist bei der Knebworth-Filmgesellschaft beschäftigt, die ihre Ateliers in Chichester hat. Der alte Knebworth kam aus Amerika und ist ein famoser Kerl. Sie ist so eine Art Statistin –«

Mike atmete schwer.

»Statistin! Ich wußte doch, daß dieses verteufelte Wort mir wieder begegnen würde. Nun gut, was soll ich unternehmen?«

»Besuchen Sie zuerst einmal die junge Dame. Hier ist ihre Adresse.«

»War Elmer eigentlich verheiratet?« fragte Mike, während er den Papierstreifen in seine Tasche steckte.

Der andere nickte.

»Ja, aber seine Frau weiß über die Angelegenheit nichts. Sie ist übrigens die einzige, die von seinem Tod unterrichtet wurde. Sie hatte ihren Mann seit einem Monat nicht mehr gesehen. Anscheinend lebten die beiden in den letzten Jahren mehr oder weniger getrennt. Für sie war sein Tod in gewissem Sinne eine Wohltat, da er zu ihren Gunsten hoch versichert war.«

Mike nahm das Papier wieder aus der Tasche und las die grauenvolle Nachricht des Kopfjägers noch einmal.

»Wie erklären Sie sich diese Sache?« fragte er seinen Vorgesetzten interessiert.

»Man könnte denken, daß es sich um einen Wahnsinnigen handelt, der sich berufen fühlt, Verbrecher zu bestrafen. Und diese Annahme würde auch stimmen, wenn nicht die beiden Ausnahmen wären, die diese Hypothese über den Haufen werfen.«

Staines lehnte sich in seinen Stuhl und zog die Stirn kraus. »Nehmen Sie den Fall von Willitt. Man fand seinen Kopf vor zwei Jahren in Clapham Common. Willitt war ein Mann in guten Verhältnissen, ein Beispiel von Ehrenhaftigkeit, überall beliebt, und nach seinem Tod wurde bekannt, daß er große Guthaben auf der Bank hatte. Die zweite Ausnahme macht Crewling, der eines der ersten Opfer des Kopfjägers wurde. Er war ein über jeden Zweifel erhabener Charakter; allerdings stellte sich heraus, daß er einige Wochen vor seinem Tod seelisch nicht mehr im Gleichgewicht war.

Die Briefe des Kopfjägers sind offensichtlich alle mit derselben Maschine geschrieben. Jedesmal haben sie das halbverwischte ›u‹, dann achten Sie bitte auf die schwachen ›g‹ und die außergewöhnliche Linienführung. Wir haben natürlich diese Umstände genau untersuchen lassen, und die Sachverständigen sind sich darin einig, daß die Schrift von einer alten, jetzt nicht mehr hergestellten Kost-Maschine herrührt. Wenn Sie den Mann ausfindig machen, der eine solche Maschine benützt, dann haben Sie vermutlich den Mörder gefunden. Aber wahrscheinlich wird man ihm nicht auf diesem Weg beikommen können. Die Polizei hat bereits Fotografien dieser eigentümlichen Schrift veröffentlicht und eine hohe Belohnung ausgesetzt. Und ich glaube nicht, daß der Kopfjäger die Maschine noch zu anderen Zwecken gebraucht als dazu, den Tod seiner Opfer anzuzeigen.«

Mike ging in seine Wohnung. Dieser sonderbare Auftrag hatte ihn etwas aus der Fassung gebracht. Er bewegte sich für gewöhnlich in den Sphären der hohen Politik! Die Finessen der Diplomatie waren seine Spezialität. Diebe, Mörder und Straßenräuber, mit denen sich doch sonst nur die Polizei zu beschäftigen hatte, gehörten nicht zu seinem Wirkungskreis.

»Bill«, sagte er zu seinem kleinen Terrier, der auf einer Decke vor dem ungeheizten Kamin im Wohnzimmer lag, »diese Sache bringt mich noch zu Fall. Aber ob ich nun Erfolg habe oder nicht – ich werde eine Statistin kennenlernen. Ist das nicht großartig?«

Bill wedelte freudig mit dem Schwanz.

2

Helen Leamington wartete, bis das Atelier fast leer war, und auch dann zögerte sie noch, ehe sie in das Büro ihres Chefs eintrat. Ein weißhaariger Mann saß zusammengekauert in einem Segeltuchstuhl. Er hatte die Hände in die Hosentaschen gesteckt und runzelte mißmutig die Stirn.

Es war gerade kein glücklicher Augenblick, um ihm eine Bitte vorzutragen. Niemand wußte das besser als sie selbst.

»Mr. Knebworth, kann ich Sie einen Augenblick sprechen?«

Langsam schaute er auf. Sonst wäre der Amerikaner gleich aufgestanden, denn man rühmte an ihm allgemein seine bezaubernde Liebenswürdigkeit. Aber augenblicklich war seine Achtung vor den Frauen unter Null gesunken. Er sah sie mißmutig an, prüfte aber gewohnheitsmäßig als Filmmann unwillkürlich ihre Erscheinung. Sie war hübsch und hatte regelmäßige Gesichtszüge. Goldbraune Locken umrahmten weich ihr Gesicht mit dem festen, schöngeformten Mund. Ihre Gestalt war schlank. Man konnte nichts an ihr aussetzen.

Jack Knebworth hatte schon viele schöne Statistinnen zu Gesicht bekommen. Wie oft war er von einem hübschen Mädchen begeistert, und wenn er es dann auf der Leinwand sah, war er verzweifelt. Sie bewegten sich meist steif wie hölzerne Puppen, ohne Seele und Ausdrucksfähigkeit. Er kannte diese Frauen, die zu hübsch waren, um Geist zu besitzen, und die sich ihrer Schönheit zu bewußt waren, um sich noch natürlich bewegen zu können. Sie waren nur Puppen – ohne Seele und Verstand –, Statistinnen. Man konnte sie nur in der Menge auftreten lassen, mit schönen Kleidern, wo sie sich dann mit ihrem Allerweltslächeln mechanisch bewegten. Sie waren vom Schicksal eben zu Statistinnen bestimmt und konnten in ihrem ganzen Leben auch nichts anderes werden.

»Was gibt es?« fragte er unfreundlich.

»Könnte ich nicht eine Rolle in diesem Film bekommen, Mr. Knebworth?« fragte sie. Seine glattrasierte Oberlippe zog sich zusammen. »Ich denke, Sie haben eine Rolle, Miss – wie war gleich Ihr Name – Leamington, nicht wahr?«

»Gewiß spiele ich mit, aber nur im Hintergrund«, lächelte sie ihn an. »Ich verlange ja auch keine große Rolle. Aber ich bin sicher, daß ich mehr leisten könnte als an meiner jetzigen Stelle.«

»Ich bin davon überzeugt, daß Sie sich schließlich auch nicht schlechter ausnehmen werden als andere«, grollte er. »Nein, meine Liebe, es gibt für Sie keine Rolle. Es wird überhaupt nicht weiter gefilmt, wenn sich die Dinge nicht ändern. So liegt die Sache!«

Sie wandte sich zum Gehen, aber er rief sie noch einmal zurück.

»Sie sind vermutlich aus guten Verhältnissen weggelaufen?« fragte er. »Sie dachten, wenn man beim Film ist, verdient man eine Million Dollar im Jahr und kann sich jeden Donnerstag ein neues Auto kaufen? Oder Sie hatten eine gute Stellung als Stenotypistin und bildeten sich ein, daß Hollywood nur auf Sie gewartet hätte? Gehen Sie ruhig nach Hause und erzählen Sie Ihrem Vater die alte Geschichte, daß Sie nicht länger Stenotypistin bleiben wollen, weil man sich da zu Tode schindet!«

Ein schwaches Lächeln zeigte sich auf ihren Zügen.

»Ich bin nicht zum Film gegangen, weil ich verrückt nach der Bühne war – wenn Sie das etwa meinen sollten, Mr. Knebworth. Als ich hierher kam, war ich mir klar darüber, wie schwer man zu kämpfen hat. Ich habe keine Eltern mehr.«

Er schaute sie interessiert an.

»Wie bestreiten Sie denn Ihren Lebensunterhalt?« fragte er. »Als Statistin verdient man doch nicht genügend. Vielleicht wenn ich einer der Direktoren wäre, die Riesenfilme mit Wagenrennen veranstalten – und Millionen verschwenden! Aber Sie wissen ja, daß ich nicht soviel Geld zur Verfügung habe. Wenn ich einen Film drehe, dann genügen mir fünf Hauptrollen.«

»Ich habe etwas Zuschuß vom Vermögen meiner Mutter, und außerdem schreibe ich«, sagte das junge Mädchen schüchtern. Sie brach ab, als sie bemerkte, daß er nach dem Ateliereingang schaute, und drehte sich nach dorthin um. Eine merkwürdige Persönlichkeit stand dort. Zuerst vermutete sie einen Schauspieler, der zu einer Filmprobe kostümiert war.

Es war ein älterer Herr, aber sein aufrechter Gang und seine hohe Gestalt ließen ihn jünger erscheinen. Er trug einen knapp anliegenden Rock mit langen Schößen. Seine Hosen waren mit Lederbügeln an den Schuhen befestigt. Der hohe, steife Kragen und die schwarzseidene Halsbinde gehörten dem Schnitt nach der Vergangenheit an, aber sie waren funkelnagelneu. Seine weißen Leinenmanschetten lagen über den Handgelenken, und seine zweireihige Weste aus grauem Samt war mit goldenen Knöpfen verziert. Es machte ganz den Eindruck, als ob ein Familienporträt der fünfziger Jahre zum Leben erwacht wäre. In seiner behandschuhten Rechten hielt er einen großen Hut mit geschweifter, breiter Krempe, in der anderen einen Spazierstock mit goldenem Knauf. Sein tiefgefurchtes Gesicht hatte einen angenehmen, ruhigen und wohlwollenden Ausdruck. Es schien ihm nicht bewußt zu sein, daß seine Kleidung durchaus nicht mehr in diese Zeit paßte.

Jack Knebworth erhob sich schnell und ging dem Fremden entgegen.

»Mr. Longvale, ich freue mich sehr, Sie bei mir zu sehen – haben Sie meinen Brief bekommen? Ich kann Ihnen gar nicht sagen, wie sehr Sie mich dadurch verpflichtet haben, daß Sie mir Ihr Haus überlassen wollen.«

Das Mädchen erkannte nun Mr. Sampson Longvale. Es war der Herr, der unten in Dower House wohnte. In ganz Chichester war er nur unter seinem Spitznamen »der altmodische Herr« bekannt. Als sie einmal Außenaufnahmen machten, zeigte ihr jemand das große, geräumige Haus mit dem verwilderten Garten und den schiefen Mauern, in dem er wohnte.

»Ich dachte, es wäre das beste, wenn ich Sie einmal besuchte«, sagte der Fremde mit wohlklingender Stimme.

Sie erinnerte sich nicht, jemals ein so klangvolles Organ gehört zu haben, und sah den merkwürdigen Mann mit großem Interesse an.

»Ich hoffe, daß das Haus und das Grundstück sich für Ihre Zwecke eignen werden. Ich fürchte nur, daß das Anwesen nicht sehr in Ordnung ist, aber ich kann den Besitz leider nicht in so gutem Zustand halten wie mein Großvater.«

»Das ist ja gerade das, was ich brauche, Mr. Longvale. Ich dachte schon, ich hätte Sie verletzt, als ich bat –«

Der alte Herr unterbrach ihn mit einem leisen Lachen.

»Nein, ich war durchaus nicht beleidigt. Sie brauchen ein Haus, in dem es spukt, und ich konnte Ihnen nun gerade ein solches anbieten. Aber ich kann Ihnen nicht versprechen, daß Sie der Geist meiner Ahnfrau nicht belästigen wird. In Dower House spukt es schon seit mehreren hundert Jahren. Einer meiner Vorfahren hat in einem Anfall von Wahnsinn seine Tochter ermordet, und man nimmt an, daß der Geist dieser unglücklichen Frau umgeht. Ich habe sie niemals zu Gesicht bekommen, aber vor einigen Jahren hat sie einer meiner Dienstboten gesehen. Ich habe mich von diesen Unannehmlichkeiten befreit, indem ich alle meine Dienstboten entließ«, fügte er lächelnd hinzu. »Aber wenn Sie eine Nacht dort zubringen wollen, wird es mir ein Vergnügen sein, fünf oder sechs Leute Ihrer Gesellschaft mit einzuladen.«

Knebworth seufzte erleichtert auf. Trotz eifrigen Bemühens hatte er in der Nähe keine Unterkunft für seine Leute finden können. Es lag ihm aber viel daran, Nachtaufnahmen zu machen, und gerade für eine Szene brauchte er das gespenstisch blasse Licht des Morgengrauens.

»Ich fürchte, das wird Ihnen zuviel Umstände machen, Mr. Longvale«, sagte er. »Wir müssen auch noch die schwierige Frage der Entschädigung –«

Der alte Herr brachte ihn mit einer Handbewegung zum Schweigen.

»Bite, sprechen wir nicht vom Geld«, sagte er bestimmt. »Ich interessiere mich sehr für Filmaufnahmen. Ich beschäftige mich wirklich gern mit den modernsten Dingen. Im allgemeinen sind die alten Leute ja geneigt, die Fortschritte der Neuzeit abzulehnen, aber mir ist es ein großes Vergnügen, die Wunder der Wissenschaften, die uns die letzten Jahre gebracht haben, kennenzulernen.«

Bei diesen Worten schaute er den Direktor merkwürdig an.

»Einmal müssen Sie auch von mir eine Filmaufnahme machen, und zwar in einer Rolle, in der mich keiner übertreffen kann, wie ich glaube – nämlich als mein Vorfahre.«

Jack Knebworth starrte ihn halb belustigt, halb erschreckt an. Er hatte schon öfters die Erfahrung gemacht, daß sich Leute gern selbst auf der Leinwand sahen, aber er hätte doch niemals vermutet, daß Mr. Sampson Longvale auch diese kleine Eitelkeit besitzen würde.

»Ich werde mich freuen«, sagte er etwas kühl. »Ihre Familie ist ja sehr bekannt.«

Mr. Longvale seufzte.

»Zu meinem Bedauern stamme ich nicht von der Hauptlinie ab, zu der der bekannte Charles Henry Longvale gehört, der auch in der Geschichte eine Rolle gespielt hat. Er war mein Großonkel. Ich stamme von der Linie der Longvales ab, die in Bordeaux beheimatet ist. Aber auch sie haben sich hervorgetan.« Er schüttelte traurig den Kopf.

»Sind Sie Franzose?« fragte Knebworth.

Anscheinend hatte der alte Herr seine Frage nicht gehört. Er schaute starr auf eine Stelle und sagte dann plötzlich: »Ja, früher waren wir Franzosen. Mein Urgroßvater heiratete eine Engländerin, die er unter sonderbaren Umständen kennenlernte. Zur Zeit des Direktoriums kamen wir nach England.«

Erst jetzt schien er die junge Dame zu bemerken und machte eine Verbeugung vor ihr.

»Ich werde jetzt gehen«, sagte er, indem er eine große goldene Uhr aus der Tasche zog.

Helen Leamington beobachtete die beiden, als sie aus dem Atelier gingen. Gleich darauf sah sie, wie »der altmodische Herr« in einem vorsintflutlichen Auto am Fenster vorbeifuhr. Der Wagen mußte einer der ersten gewesen sein, die je nach England gekommen waren. Es war eine große, hoch gebaute, äußerst unhandliche Maschine, die unter furchtbarem Lärm gemächlich die Chaussee entlangfuhr.

Kurze Zeit später kam Jack Knebworth zurück.

»Alle sind verrückt darauf, gefilmt zu werden, ob sie alt sind oder jung«, brummte er. »Gute Nacht, Miss – ich habe schon wieder Ihren Namen vergessen – Leamington, nicht wahr? Gute Nacht!«

Auf dem Heimweg stellte sie fest, daß diese Unterredung, die sie so mutig begonnen hatte, doch zu einem wenig befriedigenden Resultat für sie geführt hatte. Sie war genauso weit davon entfernt, eine Rolle zu bekommen, wie vorher.

3

Helen Leamington bewohnte ein gerade nicht sehr geräumiges Zimmer in einem kleinen Haus. Aber manchmal wünschte sie sogar, daß es noch kleiner sei. Sie hätte dann den Mut gefunden, die unbeugsame, starke Frau Watson zu bitten, die Miete herunterzusetzen. Die Statistinnen in Jack Knebworths Filmgesellschaft wurden gut bezahlt, aber sie waren nur mäßig beschäftigt, denn Jack war einer der klugen Direktoren, die sich auf einheimische Milieufilme spezialisierten, für die kein großer Apparat notwendig war.

Sie zog sich gerade an, als Mrs. Watson ihr den Frühstückstee brachte.

»Draußen spioniert schon den ganzen Morgen ein junger Mann herum«, sagte sie. »Bereits als ich die Milch holte, habe ich ihn gesehen. Er war sehr höflich, aber ich sagte ihm, Sie wären noch nicht aufgestanden.«

»Wolllte er denn mich aufsuchen?« fragte das Mädchen erstaunt.

»Ja, so sagte er«, entgegnete Mrs. Watson ärgerlich. »Ich fragte ihn, ob er von Knebworth käme, aber das verneinte er. Wenn Sie ihn sprechen wollen, können Sie in den Salon gehen, aber ich habe es nicht gerne, wenn junge Herren junge Mädchen besuchen. Vorher habe ich niemals an Theaterleute vermietet, und Sie können in diesem Punkt nicht vorsichtig genug sein. Ich halte seit jeher auf einen ehrenwerten Namen, und ich möchte das auch in Zukunft tun.«

Helen lächelte.

»Aber ich kann mir wirklich nichts Unschuldigeres vorstellen als einen Besuch zu so früher Morgenstunde, Mrs. Watson.«

Sie ging die Treppe hinunter und öffnete die Tür. Der junge

Mann stand in einem Seitengang und kehrte ihr den Rücken zu. Als er hörte, daß die Tür geöffnet wurde, drehte er sich um. Er sah sehr gut aus und war tadellos gekleidet. Er blickte sie mit einem Lächeln an, in dem eine Bitte lag.

»Ich hoffe, daß Ihre Wirtin Sie nicht meinetwegen aufgeweckt hat. Ich hätte warten können. Sie sind Miss Helen Leamington?«

Sie nickte.

»Treten Sie bitte näher«, sagte sie und führte ihn in den kleinen, dumpfen Salon. Nachdem sie die Tür hinter sich geschlossen hatte, wartete sie, bis er sprach.

»Ich bin Reporter«, sagte er zu seiner Einführung.

Sie war unangenehm berührt.

»Kommen Sie, um Erkundigungen wegen Onkel Francis anzustellen? Ist denn wirklich etwas Schlimmes passiert? Schon vor einer Woche war einmal ein Detektiv bei mir. Hat man ihn aufgefunden?«

»Nein, bis jetzt wurde er nicht gefunden. Sie kennen ihn doch sehr gut, Miss Leamington?«

Sie schüttelte den Kopf.

»Nein, ich bin ihm nur zweimal in meinem Leben begegnet. Mein verstorbener Vater und er lagen in Streit, schon bevor ich geboren wurde. Ich habe ihn nur ein einziges Mal nach dem Tode meines Vaters gesehen, und dann, bevor meine Mutter so schwer krank wurde.«

Sie hörte, wie er seufzte, und fühlte seine Erleichterung. Sie konnte sich aber nicht vorstellen, warum es ihm angenehm war, daß ihr Onkel ihr fremd war.

»Aber Sie haben ihn doch in Chichester getroffen?« fragte er.

Sie nickte.

»Ja, das stimmt. Ich habe ihn einen Augenblick lang gesehen, als ich mit einer ganzen Gesellschaft in einem Wagen nach Good Wood-Park unterwegs war. Er ging den Fußweg entlang und sah krank und vergrämt aus. Er kam gerade aus einem Papierladen. Er trug eine Zeitung unter dem Arm und einen Brief in der Hand.«

»Wo war der Laden?« fragte er schnell.

Sie nannte ihm die genaue Adresse, die er notierte.

»Haben Sie ihn nicht wiedergesehen?«

Sie schüttelte den Kopf.

»Ist denn irgend etwas Schlimmes passiert?« fragte sie ängstlich. »Ich habe oft gehört, wie meine Mutter sagte, daß Onkel Francis etwas ausschweifend und gewissenlos sei. War er in einer schwierigen Lage?«

»Ja«, gab Mike zu. »Aber es war nichts, weswegen Sie sich aufregen müßten. – Sie sind eine große Filmschauspielerin?«

Trotz ihrer Angst mußte sie lachen.

»Wenn Sie in Ihrer Zeitung schreiben, daß ich es bin, kann ich Sie nicht daran hindern. In Wirklichkeit bin ich es nicht.«

»Wenn ich was . . .?« fragte er, im Moment etwas verdutzt. »Ach ja, Sie meinen, wenn ich das in meiner Zeitung schreibe – natürlich!«

»Ich vermute, daß Sie gar kein Reporter sind«, sagte sie mit einem plötzlichen Verdacht.

»Aber natürlich bin ich einer«, beruhigte er sie rasch und nannte den Namen eines wenig verbreiteten Blattes.

»Nun gut. Obgleich ich keine große Schauspielerin bin und sogar fürchte, niemals eine zu werden, glaube ich bestimmt, daß es nur daran liegt, daß ich niemals Gelegenheit hatte – auf der anderen Seite jedoch habe ich schrecklichen Argwohn, daß Mr. Knebworth gefühlsmäßig weiß, daß ich doch keinen Erfolg haben werde.«

Mike Brixan war nun aufs neue an dem Fall interessiert. Er gestand sich ehrlich ein, daß die Nichte von Francis Elmer schuld daran war. Er hatte noch kein junges Mädchen getroffen, das so schön war und sich so ungekünstelt und natürlich gab.

»Ich vermute, daß Sie jetzt zum Atelier gehen wollen?«

Sie nickte.

»Würde Mr. Knebworth etwas dagegen haben, wenn ich Sie einmal im Atelier besuchte?«

Sie zögerte.

»Mr. Knebworth liebt das gar nicht.«

»Dann werde ich vielleicht ihn besuchen«, sagte Mike, indem er ihr zunickte. »Es ist ja schließlich gleich, wen ich besuche. Nicht wahr?«

»Mir macht es gewiß nichts aus«, sagte das Mädchen kühl.

Man könnte sagen, ich habe den Vogel in der Schlinge, dachte Mike , als er die Straße hinunterging.

Seine Nachforschungen dauerten nicht lange. Er fand den kleinen Zeitungsladen und hatte das Glück, daß der Inhaber sich auf Mr. Francis Elmer gut besinnen konnte.

»Er holte sich einen Brief ab, aber der war nicht an ihn adressiert«, sagte er. »Viele Leute holen sich ihre Briefe bei mir ab – ich habe dadurch einen guten Nebenverdienst.«

»Hat er sich eine Zeitung gekauft?«

»Nein, Sir. Er hatte eine unter dem Arm. Ich konnte den Namen lesen. Es war das ›Morgen-Telegramm‹. Ich kann mich deutlich daran erinnern, weil er auf der ersten Seite eine von den persönlichen Anzeigen blau umrandet hatte. Das fiel mir auf. Ich habe hinten noch ein Exemplar von der Nummer.«

Er ging in den kleinen anstoßenden Wohnraum hinter dem Laden, kam mit einer unsauberen Zeitung zurück und legte sie vor Mike auf den Ladentisch.

»Auf der Vorderseite sind sechs solche Anzeigen, aber ich weiß nicht mehr, welche es war.«

Mike überflog sie. Zuerst las er den Aufruf einer untröstlichen Mutter an ihren Sohn. Sie bat ihn, zurückzukehren, es sei ihm alles verziehen. Dann folgte ein Iserat in Geheimschrift, aber er hatte jetzt nicht Zeit, das zu entziffern. Das dritte betraf ein Stelldichein, das vierte gehörte eigentlich nicht in diese Spalte, es war die Ankündigung eines neuen Haarwassers. Als er das fünfte Inserat las, stutzte er.

In Sorge. Endgültige Instruktionen brieflich unter der bekannten Adresse. Nur Mut. Wohltäter.

»Ein Wohltäter?« wiederholte Mike Brixan. »In welcher Verfassung war denn der Mann, der den Brief abholte? War er sehr verstört?«

»Ja, Sir, er sah sehr verwirrt aus und war mit seinen Gedanken nicht bei der Sache. Es schien mir fast, als ob er den Kopf verloren hätte.«

»Die Beschreibung stimmt«, sagte Mike.

4

In dem Atelier der Knebworth-Filmgesellschaft waren verschiedene Damen und Herren in Straßenkleidung versammelt. Sie warteten schon fast eine Stunde.

Jack Knebworth saß in seiner gewöhnlichen Stellung zusammengekauert in einem Segeltuchstuhl. Er strich nervös über sein glattrasiertes Kinn und schaute von Zeit zu Zeit auf die große Uhr, die über der Tür zum Direktionszimmer hing.

Es hatte gerade elf Uhr geschlagen, als Stella Mendoza hereinschwebte, umgeben von einer Wolke von süßem Veilchenduft. Im Arm trug sie ihren kleinen Pekinghund.

»Arbeiten Sie nach der Sommerzeit?« fragte Knebworth langsam, »oder dachten Sie vielleicht, daß die Aufnahmen für heute nachmittag angesetzt wären? Fünfzig Leute haben Ihretwegen warten müssen, Stella!«

»Da kann ich nichts ändern«, sagte sie und zuckte verächtlich die Schultern. »Sie haben mir doch gesagt, daß die Aufnahmen auswärts stattfinden, und ich glaubte natürlich nicht, daß Sie so fürchterliche Eile haben würden. Ich mußte doch erst meine Sachen packen.«

»Selbstverständlich haben Sie viel Zeit, aber wir nicht!«

Jack Knebworth rechnete damit, daß er durchschnittlich dreimal im Jahr einen großen Krach bekam. Das war nun der dritte. Den ersten hatte er mit Stella, den zweiten hatte er mit Stella, und den dritten hatte er natürlich wieder mit Stella.

»Ich habe Sie doch für zehn Uhr hierher bestellt, alle diese Damen und Herren warten nun seit Viertel vor zehn.«

»Was wollen Sie denn nun eigentlich aufnehmen?« fragte sie und warf den Kopf ungeduldig zurück.

»Natürlich Sie!« sagte Jack grimmig. »Gehen Sie schnell in Ihre Garderobe und vergessen Sie nicht, die Perlohrringe abzunehmen. Sie haben eine arme, halbverhungerte Choristin zu spielen. Wir wollen heute in Griff Towers drehen, und ich sagte dem Besitzer, daß ich um drei Uhr nachmittags fertig sein würde. Wenn Sie Greta Garbo oder Marlene Dietrich wären, wollte ich nichts sagen, wenn man einmal eine Stunde auf Sie warten müßte. Aber zehn Stella Mendozas machen noch nicht einen einzigen solchen Star aus. Vergessen Sie das nicht!«

Jack Knebworth erhob sich von seinem Stuhl und zog langsam seinen Mantel an. Das war von verhängnisvoller Vorbedeutung. Stella wurde rot vor Ärger. Ihre dunklen Augen schossen Blitze. Sie war aufs tiefste beleidigt und in ihrer Eitelkeit gekränkt.

Früher hieß Stella nur Maggie Stubbs und war die Tochter eines Kolonialwarenhändlers in der Provinz, und Jack nahm sich jetzt heraus, mit ihr zu sprechen, als ob sie noch Maggie Stubbs wäre. Er schien ganz vergessen zu haben, daß sie eine große Künstlerin war, einer der leuchtenden Sterne am Filmhimmel, eine Göttin, deren süßes Lächeln die Zuschauer in den Kinos der ganzen Welt bezauberte. Oder sollte etwa ihr Presseagent gelogen haben?

»Schon gut, wenn Sie einen Krach haben wollen, können Sie ihn haben, Knebworth. Ich verlasse Ihre Filmgesellschaft, und zwar sofort. Ich weiß, was ich mir schuldig bin. Übrigens hätte das Manuskript sowieso geändert werden müssen, um mir die Möglichkeit zu geben, meine Persönlichkeit richtig entfalten zu können. Die männlichen Rollen überwiegen viel zu sehr in dem Stück. Die Leute, die ins Kino gehen, zahlen ihr Geld nicht, um sich Männer anzusehen. Die Behandlung, die Sie mir zukommen lassen, ist meiner nicht würdig, Knebworth – ich will ja zugeben, daß ich manchmal etwas hitzig bin, aber Sie können von einer Künstlerin meiner Art nicht erwarten, daß sie ein Stück Holz ist!«

»Ich kann nur feststellen, daß Sie sich wieder einmal aufführen, als ob Sie einen Kopf wie ein Stück Holz hätten!« brummte der Direktor. Als er den wütenden Ausdruck in ihrem Gesicht sah, fuhr er fort: »Früher haben Sie mal zwei Jahre lang kleine Rollen in Hollywood gespielt, und als Sie dann nach England kamen, hatten Sie gelernt, sich in Szene zu setzen. Temperament haben Sie – das heißt, darunter verstehe ich, daß Sie zum Doktor laufen und sich Atteste ausstellen lassen, wenn ein Film halb gedreht ist, und dann so lange nicht erscheinen, bis ihr Gehalt um fünfzig Prozent erhöht ist! Gott sei Dank ist dieser

Film noch nicht einmal zum achten Teil gedreht. Geben Sie nur ruhig Ihre Stellung auf, Sie niederträchtige Gans! Machen Sie, daß Sie fortkommen!«

Stella kochte vor Wut. Ihre Lippen zitterten. Sie konnte nicht sprechen, drehte Jack den Rücken und sauste aus dem Atelier. Es war ganz ruhig geworden, keiner sagte ein Wort. Jack Knebworth ließ seine Blicke über die Leute schweifen.

»Jetzt ereignet sich das große Wunder«, sagte er ironisch. »Jetzt kommt der Moment, wo eine Statistin, die mit einer kranken Mutter in ärmlichsten Verhältnissen lebt, über Nacht zur Berühmtheit wird. In Hollywood passieren noch ganz andere Dinge. Wir werden jetzt eine zweite Mary Pickford entdecken!«

Die Statistinnen lächelten. Einige hofften, andere waren neidisch, aber keine sprach. Helen war zu Eis erstarrt, ihre Stimme versagte.

»Bescheidenheit gehört nicht zu unserem Fach«, sagte Jack liebenswürdig. »Wer hält sich für fähig, die Rolle der Roselle in diesem Film zu übernehmen? Ich will eine Statistin diese Rolle spielen lassen. Ich will dieser verrückten Stella einmal zeigen, daß wir selbst unter unserem Personal genügend junge Damen haben, die sie ersetzen können. Mir hat doch noch gestern jemand gesagt, daß er gern eine Rolle haben möchte – das waren Sie –«

Er zeigte auf Helen. Ihr Herz schlug mit rasender Heftigkeit, als sie zu ihm hinging.

»Vor sechs Monaten habe ich eine Probeaufnahme von Ihnen machen lassen«, sagte der Direktor nachdenklich. »Da war irgend etwas auszusetzen – was war es doch gleich?«

Dabei wandte er sich an den Operateur. Der junge Mann nickte, als ob er sich darauf besinnen könnte.

»Waren es nicht die Fußgelenke?« fragte er auf gut Glück. Er wußte, daß Knebworth sehr auf schlanke Fesseln hielt.

Jack schaute schnell auf Helens Füße. »Nein, das kann es nicht sein – suchen Sie schnell den Filmstreifen heraus, wir wollen ihn gleich ansehen.«

Zehn Minuten später saß Helen an der Seite des alten Mannes

in dem kleinen Projektionsraum und sah, wie ihre Probeaufnahme vorgeführt wurde.

»Das Haar war es«, sagte Knebworth triumphierend. »Ich wußte doch, daß etwas auszusetzen war. Kurzes Haar bei Damen kann ich nicht recht leiden, da sehen die Mädchen zu schnippisch und zu naseweis aus. Haben Sie jetzt eine andere Frisur?« fragte er und ließ das Licht andrehen.

»Ja, Mr. Knebworth.«

Er betrachtete sie mit fachmännischer Bewunderung.

»Sie werden die Rolle spielen«, sagte er zögernd. »Gehen Sie in den Ankleideraum und nehmen Sie die Kleider von Miss Mendoza. Aber ich muß Ihnen vorher noch etwas sagen«, bemerkte er und hielt sie einen Augenblick zurück. »Mag nun der Versuch mit Ihnen gut oder schlecht ausfallen, bei meiner Gesellschaft haben Sie keine große Zukunft. Machen Sie sich keine Hoffnungen. In England liegen die Dinge nun einmal so, daß eine Filmschauspielerin nur dann Aussicht auf Erfolg hat, wenn sie einen Filmdirektor heiratet. Und ich möchte gleich von vornherein sagen, daß ich nicht die Absicht habe, Sie zu heiraten, selbst wenn Sie mich auf den Knien darum bitten sollten. Das ist die einzige Möglichkeit, in England als Filmstar berühmt zu werden – und wenn Sie das nicht fertigbringen, dann ist Ihr Erfolg gleich . . .«

Dabei schnippte er mit den Fingern.

»Ich möchte Ihnen einen Rat geben, Kind. Wenn Sie in diesem Film Talent beweisen, dann gehen Sie zu einem der großen Filmdirektoren in England und lassen sich von ihm engagieren. Wissen Sie, zu einem, der drei Klubsessel und einen Blumentopf mit einer Palme zusammenstellt und dieses Szenarium einen Salon nennt. Geben Sie dem Fräulein – wie ist doch gleich wieder Ihr Name – das Manuskript, Harry! So, nun gehen Sie an irgendeinen ruhigen Ort und studieren Sie Ihre Rolle. Harry, sehen Sie nach dem Ankleideraum! Und Sie haben eine halbe Stunde Zeit, das Manuskript zu lesen.«

Wie im Traum ging Helen in den schattigen Garten, der sich an der Längsseite des Ateliers hinzog. Sie setzte sich auf eine Bank und versuchte, ihre Gedanken auf die maschinengeschriebenen Seiten zu konzentrieren. War es denn Wirklichkeit, was sie erlebte? – Da hörte sie Schritte auf dem Kiesweg und schaute erschreckt auf. Der junge Mann, der sie heute morgen besucht hatte, kam auf sie zu. Es war Mike Brixan.

»Ach bitte, unterbrechen Sie mich jetzt nicht!« bat sie aufgeregt. »Gerade habe ich eine Rolle bekommen – ich muß noch viel lesen.«

Er sah, daß seine Gegenwart sie außer Fassung brachte, und wandte sich zum Gehen.

»Es tut mir sehr leid –« begann er.

In ihrer Bestürzung hatte sie die losen Blätter des Manuskriptes auf die Erde fallen lassen, und als er sich gleichzeitig mit ihr bückte, um sie aufzuheben, stießen ihre Köpfe zusammen.

»Ich bitte vielmals um Entschuldigung – so etwas kommt in vielen Lustspielen vor«, sagte er.

In dem Augenblick sah er auf das Blatt Papier, das er in der Hand hatte, und begann unwillkürlich zu lesen. Da stand eine eingehende Beschreibung des Schauplatzes einer Szene.

›Eine große geräumige Gefängniszelle, nur durch eine düstere Hängelampe erleuchtet. In der Mitte des Hintergrundes führt eine durch ein großes, eisernes Gitter geschlossene Tür ins Freie. Man sieht eine Schildwache auf und ab gehen.‹

»Großer Gott!« stöhnte Mike und wurde blaß bis in die Lippen.

Die »u« der Maschinenschrift waren verwischt, und die »g« kamen nur schwach. Eine unheimliche Entdeckung! Es wurde ihm zur Gewißheit, daß dieses Blatt auf derselben Maschine geschrieben war, die der Kopfjäger benutzte, um seine schrecklichen Todesnachrichten in die Welt zu senden.

5

»Was haben Sie?« fragte Helen, als sie plötzlich das finstere Gesicht des jungen Mannes sah.

»Woher stammt dieses Blatt Papier?« fragte er. Er zeigte ihr die maschinengeschriebene Seite.

»Ich kann es nicht sagen, es war unter diesen Blättern. Aber wie ich sehe, gehört es nicht zu ›Roselle‹.«

»Ist das der Titel des Films, in dem Sie jetzt spielen?« fragte er schnell. »Wer kann mir über dieses Blatt Auskunft geben?«

»Mr. Knebworth.«

»Wo ist er jetzt?«

»Gehen Sie durch diese Tür«, antwortete sie. »Sie werden ihn im Atelier treffen.«

Er verlor kein Wort weiter und ging schnell ins Haus. Ohne daß er fragte, wußte er, wer der Mann war, den er suchte. Als Jack Knebworth den Fremden sah, schaute er ihn von unten herauf mit einem unfreundlichen Blick an. Privatbesuch während der Geschäftsstunden konnte er durchaus nicht leiden. Aber bevor er den Fremden um Aufklärung bitten konnte, war Mike schon an seiner Seite.

»Habe ich die Ehre mit Mr. Knebworth?«

»Ja, der bin ich.«

»Würden Sie mir erlauben, zwei Minuten mit Ihnen zu sprechen?«

»Ich habe jetzt keine Zeit, auch nur eine Minute lang mit irgendwem zu schwatzen!« brummte Jack. »Aber sagen Sie mal, wer sind Sie denn eigentlich, und wie kamen Sie hier herein?«

»Ich bin Mike Brixan, ein Detektiv im Dienste des Außenministeriums«, sagte er mit leiser Stimme.

Jack schaute verdutzt auf und wurde mit einemmal freundlicher.

»Ist hier irgend etwas passiert?« fragte er, als er den Detektiv in sein Büro geleitete.

Mike legte das maschinengeschriebene Blatt Papier auf den Tisch.

»Wer hat das geschrieben?« fragte er.

Jack Knebworth sah sich das Blatt an und schüttelte den Kopf.

»Habe ich bis jetzt noch nicht gesehen – was soll damit sein?« fragte er.

»Hatten Sie es noch nie in der Hand?«

»Nein, ich kann einen Eid darauf leisten – aber mein Dramaturg muß das wissen, ich werde ihn einmal rufen.«

Er drückte auf die Klingel, und als der Sekretär hereinkam, sagte er: »Bitten Sie Mr. Lawley Foß, daß er schnell zu mir kommt.«

»Die Prüfung der Manuskripte, Entwürfe und des ganzen Materials für die Filme liegt in der Hand meines Dramaturgen«, sagte er. »Ich bekomme ein Manuskript erst zu sehen, wenn er es geprüft und für gut befunden hat. Und auch dann ist es noch fraglich, ob es angenommen werden kann. Wenn der Stoff nicht geeignet ist, bekomme ich den Entwurf überhaupt nicht zu sehen. Es ist allerdings möglich, daß das eine oder andere gute Manuskript mir auf diese Weise entgeht, weil Foß –« er zögerte einen Augenblick –, »weil wir manchmal nicht derselben Ansicht sind. Also, Mr. Brixan, worum handelt es sich denn eigentlich?«

Mit einigen Worten erklärte Mike die unheimliche Bedeutung des Papiers.

»Der Kopfjäger!« Jack pfiff vor sich hin.

Von der Tür her hörte man ein Klopfen, und Lawley Foß kam herein. Er war ein Mann von hagerer Gestalt und dunkler Gesichtsfarbe. Seine Augen gingen schnell von einer Seite zur andern. Tiefe Falten zogen sich durch sein düsteres Gesicht, und er machte den Eindruck, als ob er an einer chronischen Krankheit litte. Aber das war nicht der Fall. Lawley Foß war nur durch und durch verbittert und mit der ganzen Welt zerfallen. Früher gab es einmal eine Zeit, in der er glaubte, daß die Welt ihm zu Füßen läge. Er hatte zwei Filme geschrieben, die auch gedreht und aufgeführt wurden und sich sogar einige Zeit auf dem Spielplan gehalten hatten, aber später war er umsonst von Filmgesellschaft zu Filmgesellschaft gelaufen. Er wurde vom Unglück verfolgt, und niemand öffnete auch nur seine braun eingebundenen Manuskripte, um einen Blick hineinzuwerfen. Da es ihm schlecht ging, kam er, wie viele andere Leute in der gleichen Lage, auf den Gedanken, sich durch Spekulationen Geld zu verschaffen. Aber weder auf der Börse noch beim Rennen hatte er Erfolg, und so wurden seine Verhältnisse immer zerrütteter.

Er sah argwöhnisch auf Mike, als er eintrat.

»Ich möchte Sie gern sprechen, Foß« sagte Jack Knebworth. »Dieses Stück Papier lag zwischen den Blättern des Manuskripts der ›Roselle‹. – Kann ich Mr. Foß den Zusammenhang klarmachen?« wandte er sich an Mike.

Der Detektiv zögerte einen Augenblick. Irgendeine Stimme in seinem Innern warnte ihn, den Zusammenhang mit dem Kopfjäger preiszugeben. Aber gegen seine Überzeugung nickte er.

Lawley Foß hörte anscheinend gleichgültig zu, als ihm der alte Direktor erklärte, wie wichtig dieses Blatt Papier sei und welche Bewandtnis es damit habe. Foß nahm das Schreiben in die Hand und überflog es kurz. Aber sein Gesichtsausdruck verriet nicht, was er dachte.

»Ich bekomme so viele Manuskripte und Entwürfe, daß ich im Augenblick nicht in der Lage bin, dieses Fragment irgendwo einzuordnen, aber ich werde es in mein Büro mitnehmen und anhand meiner Bücher und Listen versuchen, es zu identifizieren.«

Mike zögerte wieder. Er mochte nicht gern dieses Beweisstück aus der Hand geben, aber schließlich war es ohne Bestätigung und ohne Vergleich mit anderen Schriften im Augenblick ziemlich wertlos. So stimmte er denn zögernd zu.

»Was halten Sie von dem Menschen?« fragte Jack Knebworth, als sich die Tür hinter dem Dramaturgen geschlossen hatte.

»Ich habe eine Antipathie gegen den Mann«, sagte Mike offen. »Mein erster Eindruck von ihm ist entschieden ungünstig, aber es ist möglich, daß ich dem armen Menschen damit unrecht tue.«

Jack Knebworth seufzte. Mit Foß hatte er immer Schwierigkeiten, manchmal sogar mehr als mit der temperamentvollen Mendoza.

»Sicherlich ist er ein ziemlich seltsamer Mensch«, sagte er. »Er ist höllisch schlau. Ich kenne kaum jemanden, der ein so großes Arbeitspensum so spielend erledigen könnte wie Lawley Foß – aber er ist schwer zu behandeln.«

»Das habe ich mir gleich gedacht«, sagte Mike trocken.

Sie gingen zum Atelier, und Mike suchte Helen auf, um sein unhöfliches Benehmen zu entschuldigen. Als er sich ihr näherte, bemerkte er Tränen in ihren Augen. Sie war durch sein Verhalten vollständig verwirrt und konnte ihre Gedanken nicht auf das Manuskript konzentrieren. Immer wieder mußte sie daran denken, was es wohl zu bedeuten hatte, daß er ein Blatt des Manuskriptes genommen hatte.

»Es tut mir furchtbar leid«, sagte er zerknirscht. »Ich wünschte, ich wäre nicht hierhergekommen.«

»Das wünschte ich auch«, sagte sie, lächelte aber trotzdem. »Warum haben Sie das Stück Papier weggenommen – sicher sind Sie ein Detektiv.«

»Das gebe ich zu«, sagte Mike jetzt unbekümmert.

»Haben Sie denn auch die Wahrheit gesagt, als Sie mir erklärten, daß mein Onkel ...« Sie brach ab, da sie nicht wußte, wie sie fortfahren sollte.

»Nein, das habe ich nicht getan«, erwiderte Mike ruhig. »Ihr Onkel ist tot, Miss Leamington.«

»Tot?« rief sie erschreckt.

Er nickte.

»Er wurde unter ganz außergewöhnlichen Umständen ermordet.«

Plötzlich verfärbte sie sich.

»War er etwa das Opfer, dessen Kopf in Esher gefunden wurde?«

»Woher wissen Sie das?«

»Es stand in der heutigen Morgenzeitung«, sagte sie, und er verwünschte den Bluthund von Reporter, der auf die Spur dieser Tragödie gekommen war. Aber früher oder später hätte sie es doch erfahren müssen, mit diesem Gedanken tröstete er sich.

Foß kam in diesem Augenblick zurück, und das enthob ihn weiterer Erklärungen. Der Dramaturg sprach leise mit Jack Knebworth, und Mike sah, wie der Direktor ihn heranwinkte.

»Foß kann das Manuskript nicht identifizieren«, sagte er, als er ihm das Blatt zurückgab. »Es ist möglich, daß es nicht zu einem Manuskript gehörte, sondern nur eine Probeseite war, die uns ein Autor geschickt hat. Es könnte außerdem von meinem Vorgänger herrühren – ich habe nämlich das ganze Atelier von einer Filmgesellschaft übernommen, die in Konkurs geriet. Da sind viele Manuskripte liegengeblieben, die wir einfach übernommen haben.«

Der Direktor schaute ungeduldig nach der Uhr.

»Mr. Brixan, können Sie mich jetzt entbehren? Ich muß einige Szenen aufnehmen, etwa zehn Kilometer von hier entfernt. Dazu kommt noch, daß Sie meine Schauspielerin durch Ihr Erscheinen durcheinandergebracht haben. Sie können sich denken, daß das meine Arbeit nicht gerade fördert.«

Mike folgte einem plötzlichen Einfall.

»Würden Sie gestatten, daß ich zu den Aufnahmen mitfahre? Ich verspreche Ihnen hoch und heilig, daß ich niemandem im Weg sein werde.«

Der alte Jack sah ihn einen Augenblick an und brummte. Dann aber nickte er zustimmend, und zehn Minuten später saß Mike Brixan neben dem jungen Mädchen in dem großen Autobus, der sie zu dem Ort brachte, wo die Aufnahmen stattfinden sollten. Und als er nun mit den Künstlern hinausfuhr, war er froh, daß er seinen Willen durchgesetzt hatte und nicht bescheiden zurückgeblieben war.

6

Helen schwieg lange Zeit. Der Unwille, daß er ihr seine Gesellschaft aufgezwungen hatte, und eine Nervosität, wie die Probe ausfallen würde, machten ihr eine Unterhaltung unmöglich. Je näher sie ihrem Ziel kamen, desto größer wurde ihre Unruhe.

»Wie ich sehe, kommt Mr. Lawley Foß auch mit«, sagte Mike, indem er sich umsah und krampfhaft eine Unterhaltung anfangen wollte.

»Er geht immer mit, wenn wir Außenaufnahmen machen«,

sagte sie kurz. »Manchmal muß ein Manuskript während der Aufnahme geändert werden.«

»Wo fahren wir hin?« fragte er.

»Zuerst nach Griff Towers«, entgegnete sie. Es wurde ihr schwer, unhöflich zu sein. »Es ist eine große Besitzung, die Sir Gregory Penne gehört.«

»Ich dachte, wir führen nach Dower House.«

Sie sah ihn mit Stirnrunzeln an. »Warum fragen Sie denn, wenn Sie es besser wissen?« entgegnete sie mit einer gewissen Schärfe.

»Weil ich Sie gern sprechen höre«, sagte er ruhig. »Sir Gregory Penne – ich glaube den Namen zu kennen.«

Sie antwortete nicht.

»War er nicht früher lange Jahre in Borneo?«

»Er ist unausstehlich«, sagte sie heftig. »Ich hasse ihn.«

Sie gab Mike keinen näheren Grund dafür an, und er wollte sie nicht durch Fragen verletzen. Aber plötzlich fuhr sie fort: »Zweimal war ich dort. Er hat einen sehr schönen Park, in dem Mr. Knebworth schon öfters Aufnahmen gemacht hat. Damals kam ich als Statistin mit und hatte nur in der großen Masse zu spielen. Ich wollte, ich wäre noch viel weniger aufgefallen. Er ist ein großer Schürzenjäger und besonders hinter Schauspielerinnen her. Damit will ich nicht behaupten, daß ich eine Schauspielerin bin«, fügte sie hastig hinzu. »Aber ich meine damit Leute, deren Beruf es ist, zu spielen. Gott sei Dank wird nur eine Szene in Griff Towers gedreht. Hoffentlich ist er nicht zu Hause – aber das ist unwahrscheinlich, denn er ist immer daheim, wenn ich dorthin muß.«

Mike sah sie von der Seite an. Der erste Eindruck, den er von ihrer Schönheit hatte, wurde wesentlich verstärkt. Ihre ernsten, großen, schönen Augen gefielen ihm. Er ahnte ihre Haltung gegenüber den Huldigungen des Sir Gregory, obwohl er ihn bisher nicht kannte.

»Es ist doch merkwürdig, daß alle Barone in Filmen und Romanen Bösewichter sind«, sagte er. »Aber alle, die ich in Wirklichkeit kennenlernte, waren meist Leute von sehr ehrenwertem Charakter. Aber ich falle Ihnen auf die Nerven, weil ich mich

Ihnen aufgedrängt habe?« fragte er, indem er seine Stimme zu einem Flüstern dämpfte.

Sie schaute ihn groß an.

»Das kann man wohl sagen«, entgegnete sie frei heraus. »Mr. Brixan, heute ist die große Chance meines Lebens. Solch eine Gelegenheit kommt vielleicht nie wieder. Ich hielt es nicht für möglich. Derartige Glücksfälle finden sich sonst nur in Romanen. Sie werden verstehen, daß für mich alles davon abhängt, wie es heute ausgeht. Sie können sich vielleicht vorstellen, daß mich Ihre Gegenwart dabei nervös macht. Aber noch viel mehr verwirrt es mich, daß die erste Szene, in der ich auftrete, in Griff Towers spielt. Mir ist der Platz so furchtbar verhaßt«, sagte sie aufgebracht. »Dieses große, düstere Haus mit den vielen Tigerfellen und den schrecklichen Schwertern an den Wänden –«

»Schwerter?« fragte er schnell. »Was meinen Sie damit?«

»Die ganzen Wände hängen voll. Es sind alles Waffen aus dem Fernen Osten. Ich zittere, wenn ich sie nur sehe. Aber Sir Gregory hat seine Freude an ihnen. Er erzählte Mr. Knebworth bei unserer letzten Anwesenheit, daß die Klingen noch scharf seien, als ob sie eben erst aus der Hand des Waffenschmiedes kämen – und manche von ihnen sind über dreihundert Jahre alt. Sir Gregory ist ein außergewöhnlicher Mann, er kann zum Beispiel einen Apfel, den Sie in der Hand halten, mit einem Säbel in zwei Hälften spalten, ohne daß Sie auch nur im mindesten verletzt werden. Das ist eine seiner Spezialitäten. – Dort liegt das Haus.«

Es kam jetzt in Sicht.

»Mir wird schon übel, wenn ich es nur sehe.«

Griff Towers war eines jener düsteren Gebäude, wie sie die Architekten in der ersten Zeit der Regierung der Königin Viktoria zu bauen pflegten. Ein großer grauer Turm auf dem linken Flügel machte die Fassade unsymmetrisch. Aber selbst diese malerische Anlage konnte die langweilige Kastenform der Vorderfront nicht verdecken. Das Haus machte einen kahlen Eindruck, und nirgends rankten sich Schlinggewächse an den Wänden hoch. Es stand auf einem großen Platz, der mit gelbem Schotter bedeckt war, was den nüchternen Eindruck noch verstärkte.

»Es sieht beinahe wie eine Kaserne aus, mit einem kleinen Exerzierplatz davor«, sagte Mike.

Der Wagen fuhr durch das Parktor und hielt mitten auf der Zufahrtsstraße. Die Gartenanlagen befanden sich offenbar auf der Rückseite des Gebäudes, denn diese langweilige vordere Fassade hätte wohl keinen Filmmann anzuziehen vermocht.

Mike stieg aus. Jack Knebworth ordnete bereits das Abladen der Kameras und Scheinwerfer an. Hinter dem Bus kam der Dynamowagen mit den drei großen Jupiterlampen, die das Tageslicht noch verstärken sollten.

»Sie sind ja auch schon wieder auf der Bildfläche«, brummte Jack. »Ich wäre Ihnen sehr zu Dank verpflichtet, Mr. Brixan, wenn Sie mir nicht im Wege stehen würden. Ich habe heute noch ein schweres Stück Arbeit vor mir.«

»Könnten Sie mich nicht als Statisten einstellen?« fragte Mike.

Jack machte ein unwilliges Gesicht.

»Was haben Sie denn vor?« fragte er argwöhnisch.

»Ich habe einen besonderen Plan. Es würde mir sehr nützen, wenn Sie es mir erlaubten. Ich verspreche Ihnen auch, daß ich nichts unternehme, was Sie im mindesten stören könnte, Mr. Knebworth. Ich muß heute hier zur Stelle sein, und es würde auffallen, wenn meine Anwesenheit nicht durch die Teilnahme am Spiel motiviert wäre.«

Jack Knebworth biß sich auf die Lippen, fuhr mit der Hand über sein glattrasiertes Gesicht und schaute düster drein.

»Meinetwegen können Sie dableiben«, sagte er dann nicht gerade sehr erfreut. »Mag sein, daß Sie gleich mitmachen können – aber gewöhnlich habe ich große Mühe, einem Amateur klarzumachen, worum es sich handelt.«

Zu der Gesellschaft gehörte auch ein schlanker junger Mann. Er sah hübsch aus und trug das Haar glatt aus der Stirn nach hinten zurückgekämmt. Auf der Herfahrt saß er an der linken Seite Helens und hatte die ganze Zeit über kein Wort gesprochen. Jetzt schlenderte er, die Hände in den Hosentaschen, zu dem Direktor und fragte ihn vorwurfsvoll:

»Mr. Knebworth, wer ist eigentlich dieser Mensch?«

»Welcher Mensch?« fragte Jack, der alle Hände voll zu tun hatte. »Meinen Sie etwa Brixan? Er ist ein Statist.«

»Ach so, ein Statist!« sagte der junge Mann von oben herab. »Es ist etwas Fürchterliches, wenn sich solche Leute mit den Prominenten auf gleiche Stufe stellen. Und diese Leamington, die wird uns noch den ganzen Film verderben, darauf können Sie sich fest verlassen!«

»Wirklich?« knurrte Mr. Knebworth. »Hören Sie, Mr. Connolly, ich bin von Ihrem Spiel nicht so begeistert, daß ich mir solche Bemerkungen von Ihnen gefallen lasse, daß mir eine Statistin den Film verdirbt.«

»Ich habe in meinem ganzen Leben noch nie eine Statistin zur Partnerin gehabt, verdammt noch einmal!«

»Sie kommen sich jetzt wohl verlassen vor?« brummte Jack und ließ sich beim Entladen und Auspacken nicht stören.

»Mr. Knebworth, die Mendoza ist eine erstklassige Künstlerin –« begann der junge Mann wieder. Der Direktor richtete sich hoch auf und sah ihn von oben bis unten an.

»Machen Sie, daß Sie fortkommen und warten Sie, bis ich Sie rufe«, sagte er scharf. »Wenn ich Ihren Rat brauche, werde ich Sie darum fragen. Im Moment sind Sie mir hier zuviel. Sie sind überall besser am Platz als gerade hier.«

Reggy Connolly zuckte verärgert die Schultern und entfernte sich. Er war fest davon überzeugt, daß dieser Film ein böser Mißerfolg werden würde, aber er lehnte jede Verantwortung ab – er hatte ja den Direktor gewarnt.

In dem großen Torweg von Griff Towers stand Gregory Penne und betrachtete aufmerksam die ganze Gesellschaft. Er war ein starker, untersetzter Mann von dunkler Farbe. Sein großer Appetit und der Aufenthalt in Borneo waren schuld daran. Viele Runzeln und Falten durchzogen sein von Tropensonne und Rauschgiften zerstörtes Gesicht. Die zusammengekniffenen Augenlider markierten sich nur als zwei waagerechte Striche. Nur das runde, weiche, fast frauenhafte Kinn hatte seine ursprüngliche Form behalten.

Mike folgte ihm mit seinen Blicken, als er auf sie zuging, und vermutete, daß er Sir Gregory vor sich hatte. Er trug einen auffällig karierten Golfanzug von rötlicher Färbung; eine Mütze aus demselben Stoff hatte er tief ins Gesicht gezogen. Jetzt nahm er die Zigarre aus seinem Mund und drehte mit einer schnellen, eckigen Bewegung die Enden seines Schnurrbartes in die Höhe.

»Guten Morgen, Knebworth!« rief er. Seine Stimme war rauh und hart. Niemals hatte ein Lachen ihren barschen Ton gemildert.

»Guten Morgen, Sir Gregory!« Der alte Knebworth trennte sich von seinen Leuten. »Es tut mir leid, daß ich so spät komme.«

»Sie brauchen sich nicht zu entschuldigen«, sagte der andere. »Ich dachte mir nur, Sie würden früher mit den Aufnahmen anfangen. Haben Sie mein kleines Mädel mitgebracht?«

»Ihr kleines Mädel?« Jack sah ihn verständnislos an. »Meinen Sie die Mendoza? Nein, die kommt heute nicht.«

»Nein, nicht die Mendoza. Ich sehe sie schon – die dunkle da. Aber nichts für ungut, ich habe nur einen Spaß gemacht.«

Wer, zum Donnerwetter, sollte denn bloß das kleine Mädel sein? dachte Jack. Er konnte ja nicht wissen, welche unangenehmen Erfahrungen eine seiner Statistinnen früher hier machen mußte. Das Rätsel sollte sich aber bald lösen, denn der Baron ging langsam zu Helen Leamington, die eifrig in ihrem Manuskript las.

»Guten Morgen, hübsches Fräulein«, sagte er. Dabei hob er seine Kappe kaum einen halben Zentimeter in die Höhe.

»Guten Morgen, Sir Gregory«, sagte sie kühl.

»Sie haben Ihr Versprechen nicht gehalten?« er schüttelte den Kopf. »Ja, die Weiber!«

»Ich könnte mich nicht erinnern, Ihnen ein Versprechen gegeben zu haben«, sagte das Mädchen ruhig. »Sie luden mich zum Abendbrot ein, aber ich sagte Ihnen, daß ich auf keinen Fall kommen würde.«

»Ich wollte Ihnen doch meinen Wagen schickten, damit Sie nicht die Entschuldigung hätten, daß der Weg zu weit für Sie wäre. Aber das macht nichts – macht gar nichts.«

Mike war wütend, als er sah, wie er Helen in den Arm kniff.

Gregory wollte sich als väterlicher Freund aufspielen, aber das Mädchen fühlte sich dadurch abgestoßen und beleidigt.

Mit einem Ruck machte sie ihren Arm frei, drehte dem aufdringlichen Menschen den Rücken und ging zu Jack Knebworth hinüber. Sie fragte ihn, ob er ihr helfen könne, eine Zeile zu lesen, obwohl diese ganz klar geschrieben war. Der alte Jack wußte Bescheid. Er hatte alles, was vorging, unter seinen fast geschlossenen Augenlidern beobachtet.

Das soll das letzte Mal sein, daß wir in Griff Towers Aufnahmen machen, sagte er zu sich.

Jack Knebworth hielt sehr auf guten Ton und anständiges Betragen, und seine Ansichten über Frauen waren denen Gregory Pennes gerade entgegengesetzt.

7

Die Filmleute gingen nach hinten zur Aufnahme und ließen Mike Brixan mit dem Baron allein. Gregory Penne sah dem Mädchen mit glänzenden Augen nach. Als er sich umdrehte, bemerkte er Brixan und warf ihm einen kühlen und geringschätzigen Blick zu.

»Wer sind Sie?« fragte er, indem er den Detektiv von oben bis unten ansah.

»Ich bin ein Statist«, sagte Brixan.

»Ein Statist? So einer von der Komparserie? Die ihr Gesicht mit Farbe und Schminke bemalen? Das ist doch kein Beruf für einen Mann!«

»Es gibt noch schlechtere Berufe«, sagte Brixan, indem er seine Abneigung gegen den Mann niederkämpfte.

»Kennen Sie das kleine Mädel?« fragte der Baron. »Wie heißt sie doch gleich – Leamington?«

»Ich bin gut mit ihr befreundet«, log Brixan.

»Ach, sehen Sie mal an«, sagte der Baron und wurde plötzlich liebenswürdig. »Sie ist ein hübsches, nettes Ding. Eigentlich zu schade für eine Statistin. Kommen Sie doch einmal zum Abendessen mit ihr hierher.« Gregory zwinkerte ihm mit seinen geschwollenen Augenlidern zu. Brixan interessierte sich für diesen ungeschlachten Menschen mit den brutalen Instinkten, der anscheinend ein Sklave seiner Leidenschaften war – und doch war er zweifellos begabter als der Durchschnitt, denn er hatte früher einen hohen Posten bei der Regierung bekleidet.

»Müssen Sie jetzt mitspielen? Wenn nicht, dann kommen Sie doch mit mir nach oben und sehen Sie sich einmal meine Schwertersammlung an«, sagte der Baron.

Brixan fühlte, daß Gregory sich nur mit ihm anfreunden wollte, weil er gesagt hatte, daß er mit Helen gut bekannt sei.

»Nein, ich brauche jetzt nicht mitzuspielen«, antwortete er.

Für ihn konnte sich die Sache nicht besser entwickeln. Der Baron ahnte nicht, daß Brixan sich vorgenommen hatte, Griff Towers nicht eher zu verlassen, bevor er die seltsame Waffensammlung eingehend besichtigt hatte.

»Ja, sie ist ein sehr nettes, liebes Mädel.« Gregory Penne kam sofort wieder auf sein früheres Thema zurück, als sie auf das Haus zugingen.

»Wie ich schon vorher gesagt habe, eigentlich ist sie zu schade für eine Statistin. Sie ist jung, natürlich, bildet sich nichts ein, und die Hauptsache – sie ist eine unberührte Unschuld. Alle diese aufgeklärten, schnippischen Mädels können mir gestohlen bleiben. Sie haben keinen Reiz mehr für mich. Wissen Sie, ein Mädchen muß so rein sein wie eine Frühlingsblume, wie ein zartes Veilchen oder ein Schneeglöckchen. Ich würde einen großen Strauß prächtigster Rosen für eine einzige dieser kleinen, süßen Waldblumen geben.«

Brixan fühlte sich angeekelt, und trotzdem hörte er Penne mit großem Interesse zu, obgleich seine Worte freche Gemeinheiten für ihn waren. Er mußte sich sehr zusammennehmen, um diesem Menschen nicht an die Gurgel zu fahren, als er neben ihm die Treppe emporstieg. Er kam sich wie ein begeisterter Zoologe vor, der sich mit Schlangen abgibt. Und dieser Vergleich gab ihm seine Selbstbeherrschung zurück.

Die große Eingangshalle, die sie jetzt betraten, war mit Fayenceplatten belegt, und als Brixan aufschaute, sah er, daß die ganzen Wände mit schönen Schwertern dekoriert waren.

Hunderte hingen an den Wänden, Krise, Klewangs, alte japanische Schwerter mit schöngeflochtenen Griffen, Zweihänder, die vor langer Zeit von Seeräubern im Kampf benützt wurden.

»Wie gefällt Ihnen das?« fragte Sir Gregory Penne mit dem Stolz eines begeisterten Sammlers. »Darunter ist keine Waffe, die Sie noch ein zweitesmal finden würden, mein Lieber. Und das ist nur der kleinere Teil meiner Sammlung.«

Er führte seinen Besuch einen breiten Gang entlang, der durch quadratische Fenster in gleichmäßigen Abständen erhellt wurde. Auch hier waren die Wände mit blitzenden Waffen geschmückt. Sir Gregory öffnete eine Tür und nötigte den anderen in einen großen Raum, der offenbar als Bibliothek diente, obgleich Brixan nur wenig Bücher sah. Es waren die üblichen Bände, die man überall auf den Landsitzen findet.

Über dem niedrigen Kamingesims hingen zwei große gekreuzte Schwerter. Brixan hatte derartige Waffen noch nie gesehen.

»Was sagen Sie dazu?«

Gregory Penne gab Brixan eines der beiden Schwerter von den silbernen Haken, an denen sie aufgehängt waren. Als er die Klinge aus der Scheide zog, blitze sie in der Sonne.

»Fassen Sie nicht an die Schneide, Sie werden sich sonst verletzen. Die Klinge ist so scharf, daß Sie ein Haar spalten können. Damit könnte ich im Nu Ihren Körper durchschlagen, und Sie würden noch gar nicht einmal wissen, was Ihnen passiert ist, wenn Sie umsinken.«

Plötzlich verdüsterte sich sein Gesicht. Er nahm Brixan das Schwert wieder ab, steckte es in die Scheide und hing es auf.

»Stammt dieses Schwert aus Sumatra?«

»Nein, es ist aus Borneo«, sagte der Baron kurz.

»Ach, das ist die Heimat der Kopfjäger?«

Sir Gregory schaute sich nach Brixan um und zog die Augenbrauen zusammen.

»Nein, es ist aus dem holländischen Teil von Borneo.« Anscheinend war irgendeine böse Gesichte mit der Waffe verknüpft, an die sich der Baron nicht gerne erinnerte. Lange Zeit blickte er schweigend in das kleine Feuer im Kamin.

»Ich tötete den Mann, dem es gehörte«, sagte er schließlich, und Mike war erstaunt, daß er mehr zu sich selbst als zu ihm sprach. »Ich hoffe wenigstens, daß er nicht mehr am Leben ist«, fügte er leise hinzu.

Als der Baron seinen Blick wieder hob, bemerkte Brixan, daß sich Furcht und Entsetzen darin spiegelten.

»Nehmen Sie Platz – wie ist doch gleich Ihr Name?« sagte er und zeigte auf zwei niedrige Sessel. »Wir wollen etwas trinken.«

Er drückte auf einen Knopf, und zu Brixans Verwunderung kam ein untersetzter, kupferfarbener Eingeborener herein, der bis zum Gürtel unbekleidet war. Gregory gab ihm einen Befehl in einer Sprache, die Brixan nicht verstand. Es war malaiisch, soviel er vermuten konnte. Der Diener verbeugte sich, indem er die Arme über der Brust kreuzte. Dann erhob er seine Hand und legte sie auf Stirn, Mund und Herz. Bald darauf kam er mit einem Tablett wieder, auf dem eine Karaffe und zwei kleine Gläser standen.

»Ich habe keine weißen Dienstboten, ich kann sie nicht ausstehen«, sagte Penne, indem er den Inhalt seines Glases mit einem Zug leerte. »Ich liebe Diener, die nicht stehlen und nicht klatschen. Sie können diese braunen Kerle prügeln, wenn sie sich nicht ordentlich benehmen, und Sie haben nachher keine Unannehmlichkeiten deshalb. Ich habe diesen Mann letztes Jahr in Sumatra in meine Dienste genommen, er ist der beste Diener, den ich jemals hatte.«

»Gehen Sie jedes Jahr nach Borneo?« fragte Brixan.

»Fast jedes Jahr. Ich habe eine eigene Jacht, die liegt im Hafen von Southampton. Wenn ich nicht wenigstens einmal im Jahr aus diesem verfluchten Land herauskomme, werde ich verrückt. Hier ist auch wirklich nichts los, gar nichts – haben Sie jemals diesen alten Narren, den Longvale, gesehen? Knebworth sagte mir, daß Sie auch bei ihm Aufnahmen machen werden – das ist ein alter Esel, der sich wichtig macht. – In Gedanken lebt er in der Vergangenheit. Er kleidet sich, als ob er ein lebendes Reklamebild für eine bekannte Whiskymarke wäre. Nehmen Sie noch ein Glas!«

»Ich habe noch nicht ausgetrunken«, sagte Brixan lächelnd. Dabei sah er wieder auf das Schwert über dem Kamin. »Ist es schon sehr lange in Ihrem Besitz? Es sieht ziemlich neu aus.«

»Neu?« sagte der andere schnell. »Wo denken Sie hin! Die Waffe ist über dreihundert Jahre alt. Ich besitze sie allerdings erst ein Jahr.« Gregory änderte das Gesprächsthema plötzlich. »Wissen Sie, ich mag Sie gut leiden. Wenn ich jemanden sehe, dann weiß ich gleich, ob ich ihn gern habe oder ob er mir unangenehm ist. Sie müßten eigentlich nach dem Fernen Osten gehen, Sie könnten dort viel Geld machen. Ich habe zwei Millionen Vermögen dort zusammengebracht. Der Osten ist voller Wunder. Man kann dort Dinge erleben, die kaum glaublich sind.« Er drehte sich um und sah Brixan mit glänzenden Augen an.

»Da könnten Sie gute Diener kennenlernen«, sagte er langsam. »Wollen Sie einmal den besten Diener sehen, den es überhaupt gibt?«

Er sprach diese Worte mit einem gewissen Unterton, der Brixan nicht entging. Aber er nickte zustimmend.

»Wollen Sie den Sklaven sehen, der niemals fragt und niemals den Gehorsam verweigert? Der niemanden anders liebt als mich?« Dabei schlug er gegen seine Brust. »Und alle haßt, die ich hasse? – Sie sollen ihn kennenlernen, meinen treuen – Bhag.«

Er erhob sich, ging zum Schreibtisch und ergriff einen Hebel, den Brixan vorher an der Seite des Tisches bemerkt hatte. Als er ihn umlegte, öffnete sich ein Teil der Holzverkleidung in der Wand auf der anderen Seite des Raumes, und einige Augenblicke später sah Brixan dort eine düstere, schreckenerregende Gestalt. Mike Brixan unterdrückte nur mühsam einen Schrei.

8

Es war ein großer Orang-Utan. Obwohl er gebückt ging, war er doch über sechs Fuß hoch. Mit einem bösen Blick aus seinen schwarzen Augen schaute er zu Brixan hinüber. Seine haarige Brust war hochgewölbt, seine Arme reichten bis auf den Boden und hatten den Umfang eines menschlichen Oberschenkels. Er trug dunkelblaue Drillichhosen, die mit breiten Trägern über seinen Schultern befestigt waren. »Bhag!« rief Gregory mit einer so milden Stimme, daß Brixan erstaunt aufhorchte. »Komm her!«

Die riesige Gestalt kam quer durch den Raum zu dem Kamin, an dem sie saßen.

»Das ist mein Freund, Bhag!«

Der große Affe streckte seine Hand aus, und einen Augenblick fühlte Brixan, wie die große weiche Samthand des Affen die seine vollkommen umschloß. Als Bhag wieder losließ, hob er sie zu seiner Nase und schnüffelte daran.

»Hole mir Zigarren!« sagte Penne.

Sofort ging der Affe zu einem kleinen Schrank, zog eine Schublade auf und brachte eine Kiste.

»Die nicht«, sagte Gregory. »Die kleinen!«

Er sprach sehr deutlich und gut betont, als ob er einem Tauben etwas klarmachen wollte. Aber Bhag nahm ohne Zögern die Kiste wieder mit und brachte eine andere dafür.

»Schenk mir einen Whisky Soda ein!«

Der Affe gehorchte und verschüttete nicht einen einzigen Tropfen. Als Gregory sagte: »Genug!« nahm er den Glasstöpsel und verschloß die Karaffe.

»Danke – gut so, Bhag!«

Ohne einen Laut zog sich der Affe wieder in seinen Raum zurück. Gregory schloß die Tür hinter ihm.

»Das Tier benimmt sich wie ein Mensch«, sagte Brixan noch ganz starr vor Verwunderung.

Sir Gregory Penne lachte leise.

»Der nützt mir mehr als ein menschlicher Diener. Bhag schützt mich gegen jeden Angriff.«

Gregorys Blicke schweiften zu dem Schwert über dem Kamin.

»Wo hält er sich auf?«

»Er hat einen eigenen Raum für sich, den er auch sauberhält. Er ißt mit den Dienern.«

»Alle Wetter!« sagte Brixan überwältigt, und der andere lachte wieder über das Erstaunen, das Bhag hervorgerufen hatte.

»Ja, er nimmt seine Mahlzeiten mit den Dienern zusammen ein. Sie fürchten ihn sehr, aber sie verehren ihn auch. Für sie ist er eine Art Dämon – wissen Sie, was passiert wäre, wenn ich ihm gesagt hätte: Dieser Mann ist mein Feind?« Dabei wies er mit seinem dicken Finger auf Brixans Brust. »Er hätte Sie in Stücke zerrissen, und Sie hätten sich nicht gegen ihn wehren können. Er kann aber auch sehr liebenswürdig sein, außerordentlich liebenswürdig.« Gregory nickte vor sich hin. »Schlau ist er auch. Jede Nacht geht er aus. Bis jetzt ist noch keine Klage über ihn gekommen. Es ist noch kein Schaf gestohlen worden, er hat niemanden erschreckt. Er streift nur durch die Wälder und hat noch niemandem etwas zuleide getan, nicht einmal einem Huhn.«

»Wie lange haben Sie ihn schon?«

»Acht oder neun Jahre«, sagte der Baron gleichgültig, indem er den Whisky trank, den ihm der Affe eingegossen hatte. »Jetzt wollen wir aber zu den Schauspielern und Schauspielerinnen nach unten gehen. Sie ist doch ein zu hübsches Mädel – vergessen Sie auch ja nicht, sie mit zum Essen zu bringen. Wie heißen Sie eigentlich?«

»Brixan«, sagte der andere. »Mike Brixan.«

Sir Gregory brummte etwas. »Ja, ich will den Namen nicht vergessen – Brixan. Ich muß ihn auch Bhag sagen, der muß das auch wissen.«

»Würde er mich denn wiedererkennen, wenn Sie ihm den Namen genannt haben?« fragte Brixan lächelnd.

»Sie wiedererkennen?« fragte der Baron verächtlich. »Er wird Sie nicht nur wiedererkennen, sondern er wird auch Ihre Spur verfolgen und Sie finden. Haben Sie nicht gesehen, wie er Witterung an seiner Hand nahm? Er hat sich Ihren Geruch gemerkt, mein Freund, und wenn ich ihm jetzt sagen würde: Geh, und bringe Brixan diese Botschaft, würde er Sie sicher finden.«

Als sie in den schönen Garten auf der Rückseite des Hauses kamen, war die erste Szene schon aufgenommen. Jack Knebworth lächelte, und das bedeutete, daß Helens Befürchtungen sich nicht erfüllt hatten. Die Aufnahmen waren tatsächlich gut gelungen.

»Das Mädchen ist wirklich so zart und süß wie ein Pfirsich«, sagte Jack begeistert. »Eine geborene Schauspielerin! Sie eignet sich ganz besonders für diese Rolle – es ist eigentlich zu schön, um es glauben zu können. Was wünschen Sie?« Mit diesen Worten wandte er sich an Mr. Reggie Connolly, dem wieder einmal etwas nicht paßte, wie das ja immer bei Filmschauspielern ist, die eine besondere Stellung einnehmen. Connolly war der Ansicht, daß ihm der Film nicht genügend Möglichkeiten gäbe, seine Talente zu entfalten.

»Mr. Knebworth«, sagte er in einem tieftraurigen Ton, »mein Anteil an diesem ganzen Film ist zu gering. Im ganzen werden nur etwa fünfzehn Meter von mir in Großaufnahme gezeigt. Sie müssen doch einsehen, daß das nicht geht. Wenn ein junger Mann eine gute Figur hat –«

»Sie haben überhaupt keine gute Figur«, sagte Jack kurz. »Die Mendoza hat sich hauptsächlich darüber beschwert, daß Sie in dem Film eine viel zu große Rolle spielen.«

Mike schaute sich um. Sir Gregory Penne war schon wieder zu Helen gegangen. Aber in ihrer Begeisterung vergaß sie den Widerwillen und Haß, den sie gegen den Mann empfand.

»Liebes Fräulein, ich möchte Sie noch sprechen, bevor Sie gehen«, sagte er leise.

Sie lächelte ihn sogar an.

»Sie finden mich in günstiger Stimmung, Sir Gregory.«

»Ich möchte Ihnen sagen, daß mir sehr leid tut, was neulich passiert ist. In Zukunft werde ich Ihre Ansicht respektieren, daß ein Mädchen nur den Mann zu küssen braucht, den sie gern mag. Habe ich nicht recht?« fragte er.

»Selbstverständlich haben Sie recht. Aber bitte vergessen Sie doch die ganze Geschichte, Sir Gregory.«

»Also, ich werde Sie nicht gegen Ihren Willen küssen, besonders wenn Sie in meinem Hause sind. Bitte, verzeihen Sie mir.«

»Ich will Ihnen gern verzeihen.« Sie wandte sich um und wollte gehen, aber er faßte sie am Arm.

»Sie kommen doch zum Abendessen?« Er wies mit dem Kopf nach Brixan, der die beiden keinen Augenblick aus den Augen gelassen hatte. »Ihr Freund hat mir versprochen, daß er Sie zu mir begleiten will.«

»Welcher Freund?« fragte sie und runzelte die Stirn. »Meinen Sie etwa Mr. Brixan?«

»Ja, den meine ich. Warum lassen Sie sich eigentlich mit derartigen Leuten ein? Ich will damit nicht sagen, daß er ein schlechter Mensch ist, im Gegenteil, ich habe ihn persönlich sogar sehr gern ... Werden Sie zum Essen kommen?«

»Nein, ich kann nicht kommen«, sagte sie. Ihre alte Abneigung kam wieder zum Durchbruch.

»Mein liebes Fräulein«, sagte er ernst, »Sie können von mir alles haben. Warum zerbrechen Sie sich Ihr schönes Köpfchen, um diese blöden Filme zu spielen? Wenn Sie wollen, gründe ich Ihnen eine eigene Filmgesellschaft, und Sie sollen die besten Autos haben, die überhaupt für Geld zu haben sind.«

Seine Augen glühten auf, als er dies sagte, und sie schüttelte sich vor Widerwillen.

»Ich brauche nichts, Sir Gregory. Ich habe alles, was ich brauche«, antwortete sie kurz.

Sie war sehr böse auf Brixan. Wie durfte er eine Einladung für sie annehmen? Wie durfte er sich überhaupt ihren Freund nennen? Ihr Ärger über Brixan machte ihre Abneigung gegen Gregory im Augenblick geringer.

»Kommen Sie heute abend – lassen Sie sich von ihm begleiten«, sagte Gregory mit heiserer Stimme. »Ich möchte Sie gern heute abend bei mir haben. Verstehen Sie mich? Sie werden die Nacht bei dem alten Longvale logieren, da können Sie sich leicht frei machen.«

»So etwas werde ich nie tun. Ich glaube, Sie wissen selbst nicht, was Sie sagen, Sir Gregory«, entgegnete sie ihm. »Alles, was Sie mir da eben gesagt haben, beleidigt mich aufs tiefste.«

Sie wandte sich brüsk von ihm ab. Mike Brixan hätte sie gern angeredet, aber sie warf den Kopf in den Nacken und ging schnell an ihm vorbei. Er erschrak, als er sie ansah. Einen Augenblick dachte er nach und ahnte dann die Ursache ihres Verhaltens.

Als die verschiedenen Apparate alle eingepackt waren und die ganze Gesellschaft wieder in dem Autobus saß, sah Mike, daß Helen ihren Platz zwischen Jack Knebworth und dem schmollenden Connolly gewählt hatte. Er war klug genug, sich jetzt nicht in ihre Nähe zu drängen. Der Wagen wollte gerade anfahren, als Sir Gregory zu Brixan kam und auf das Trittbrett stieg.

»Sie sagen doch, daß Sie sie zu mir bringen würden –« begann er.

»Wenn ich das gesagt hätte, wäre ich betrunken gewesen«, entgegnete Mike. »Und dazu gehört mehr als ein Glas Whisky! Miss Leamington kann tun und lassen, was sie will. Sie wäre sicherlich schlecht beraten, wenn sie mit Ihnen oder einem anderen Mann allein zu Abend speisen würde.«

Er erwartete eine zornige Erwiderung, aber zu seinem größten Erstaunen lachte der dicke Mann nur und winkte ihm freundlich zum Abschied. Als der Wagen durch das Parktor fuhr, blickte sich Mike um und sah Gregory mit einem Mann sprechen. Bei näherem Zusehen erkannte er Foß, der aus irgendeinem Grund zurückgeblieben war.

Dann blickte er über die beiden Männer noch einmal auf die Fenster der Bibliothek. Dort saß der ungeheure Bhag in seinem dunklen Raum und wartete nur auf die Befehle seines Herrn, um sie ohne Vernunft und Mitleid restlos auszuführen. Mike Brixan, der doch schon durch viele Gefahren gegangen war, zitterte bei diesem Gedanken.

9

Dower House lag abseits von der Hauptstraße. Die Besitzung bestand aus einer Menge unregelmäßiger kleiner Gebäude, die sich hinter verwilderten Hecken und schiefen Mauern erhoben. Früher hatte sich ein Pförtner um das Anwesen gekümmert, aber sein Häuschen lag verlassen da, die Fenster waren zerbrochen, und das Ziegeldach war schwer beschädigt. Die Tore standen schon seit Generationen offen und lehnten zertrümmert gegen die Mauer.

Wo früher saftige, gutgepflegte Rasenflächen prangten, zeigte sich nun ein wüstes Dickicht von Unkraut und Sträuchern. Wo einst die früheren, vornehmen Bewohner Kricket und Golf spielten, wuchsen jetzt Disteln und wilde Kamillen. Mike Brixan sah auf den ersten Blick, daß nur ein Teil des Hauses bewohnt war, denn nur in einem Flügel waren die Fensterscheiben unversehrt. Fast alle anderen waren zerbrochen oder mit Staub und Spinnweben bedeckt, so daß man hätte meinen können, sie seien mit Ölfarbe gestrichen.

Er war belustigt und erstaunt, als er zum erstenmal die sonderbare Erscheinung Mr. Sampson Longvales sah, der aus seinem Haus trat, um die Gesellschaft zu begrüßen. Sein kahler Kopf leuchtete in der Nachmittagssonne. In seinen rehfarbenen Hosen, seiner Samtweste und dem altväterlichen Spazierstock sah er genauso aus, wie Gregory ihn beschrieben hatte.

»Ich freue mich sehr, Sie bei mir zu sehen, Mr. Knebworth. Ich habe allerdings nur ein sehr bescheidenes Haus, aber ich entbiete Ihnen einen um so herzlicheren Willkommensgruß. In meinem kleinen Speisezimmer ist Tee serviert. Wollen Sie mir bitte die Mitglieder Ihrer Gesellschaft vorstellen?«

Diese Höflichkeit und Würde einer früheren Zeit entzückten Mike Brixan, und er fühlte sich zu dem alten Herrn hingezogen, der in diese moderne Zeit einen Schimmer liebenswerter Vergangenheit hineintrug.

»Ich möchte gern noch eine Szene aufnehmen, bevor das Licht zu schlecht wird, Mr. Longvale«, sagte der Direktor. »Wenn Sie nichts dagegen haben, daß der Tee schnell eingenommen wird, kann ich den Schauspielern noch eine Viertelstunde Zeit geben.« Er sah sich um. »Wo ist Foß?« fragte er. »Ich muß noch etwas an der einen Szene ändern.«

»Mr. Foß wollte zu Fuß von Griff Towers nachkommen«, sagte einer der Leute. »Er blieb noch zurück, um mit Sir Gregory zu sprechen.«

Jack Knebworth war wütend auf seinen saumseligen Dramaturgen.

»Hoffentlich ist er nicht dort geblieben, um sich wieder Geld zu borgen«, sagte er ungehalten zu Mike. »Der Mensch wird mir noch meinen ganzen Kredit verderben, wenn ich ihm nicht auf die Finger sehe.«

Anscheinend hatte er seine Abneigung gegen den neuen Statisten überwunden und fühlte, daß niemand sonst unter der ganzen Gesellschaft war, den er ins Vertrauen ziehen konnte, ohne die Disziplin zu untergraben.

»Neigt er denn zum Schuldenmachen?« fragte Brixan.

»Er hat niemals Geld und versucht sich immer etwas durch irgendwelche faulen Tricks zu verdienen. Dabei fällt er dann gewöhnlich herein und hat nachher weniger als zuvor. Wenn ein Mensch erst so anfängt, dann ist er nicht mehr weit vom Gefängnis entfernt. – Wollen Sie die Nacht auch hier bleiben? Ich glaube nicht, daß Sie hier schlafen können. Sie werden wahrscheinlich nach London zurückkehren?«

»Heute abend nicht«, sagte Mike ruhig. »Machen Sie sich aber meinetwegen keine Sorge. Ich möchte Ihnen ganz und gar keine Umstände machen.«

»Kommen Sie, ich will Sie dem alten Herrn vorstellen«, sagte Knebworth leise. »Er ist ein sonderbarer Kauz, aber gutherzig wie ein Kind.«

»Nach allem, was ich von ihm gesehen habe, gefällt er mir gut.«

Als alle Mr. Longvale vorgestellt waren, sagte der alte Herr: »Ich fürchte, daß im Speisezimmer nicht genügend Platz ist. Deshalb habe ich eine kleine Tafel in meinem Studierzimmer decken lassen. Vielleicht nehmen Sie und Ihre Freunde den Tee dort ein.«

»Oh, das ist sehr liebenswürdig von Ihnen, Mr. Longvale. Habe ich Ihnen schon Mr. Brixan vorgestellt?«

Der alte Mann nickte lächelnd.

»Ich werde seinen Namen sowieso kaum behalten. Das ist eine ganz merkwürdige Schwäche, die sich schon bei meinem Urgroßonkel Charles zeigte. Als er seine Memoiren schrieb, brachte er alles durcheinander. Daher kommt es auch, daß man viele Erlebnisse, die er erzählte, später für erfunden hielt.«

Er führte sie in einen schmalen Raum, der sich von der Vorder- bis zur Rückwand des Hauses ausdehnte. Dunkles Gebälk trug die Decke. Die Holztäfelung, die im Laufe der Zeit spiegelblank geworden war, schaute mindestens auf ein Alter von fünfhundert Jahren zurück. Hier hängen keine gekreuzten

Schwerter über dem Kamin, dachte Mike Brixan und mußte bei diesem Gedanken innerlich lächeln. Statt dessen sah er dort das Porträt eines schönen alten Herrn. Würde und Vornehmheit sprachen aus dem Gesicht und der anziehenden Erscheinung. Es lag etwas Grandioses in der Haltung dieses Mannes, das man am besten mit dem Wort »majestätisch« bezeichnen konnte.

Longvale machte keine Bemerkung über das Gemälde. Als der Tee in aller Eile beendet war, ging man hinaus. Mike Brixan setzte sich auf die Gartenmauer und beobachtete dort die letzte Szene, die bei Tageslicht aufgenommen wurde. Auch ihm fiel die schauspielerische Begabung Helens auf. Er wußte genug über Filmaufnahmen, um zu verstehen, welche Erleichterung es für den Direktor bedeutete, daß er eine so gute Schauspielerin hatte. Schnell und leicht führte sie alle die Bewegungen aus, die ihr der alte Mann suggerierte.

Sonst wäre es ihm vielleicht lächerlich vorgekommen, wenn Jack Knebworth die Rolle eines jungen Mädchens gespielt hätte. Aber jetzt sah er mit Interesse, wie er sein Kinn schüchtern in die Hand legte und mit zierlichen Schritten von einer Seite der Szene zu der anderen ging. Er wußte, daß der Amerikaner ein Künstler war, der in großen Umrissen die Gestalten herausarbeitete und die feinere künstlerische Durchbildung des Ausdrucks seinen Schauspielern überließ. Helen Leamington war nicht mehr sie selbst, sondern nur noch Roselle, die Erbin einer Besitzung, die ihr eine böse Kusine streitig machen wollte. Die Geschichte selbst erkannte er wieder. Sie baute sich aus bekannten Motiven auf.

»Das ist ja alles irgendwoher zusammengeschrieben«, sagte Jack Knebworth mit philosophischer Ruhe. »Es ist nur schade, daß ich mich vorher nicht genügend darum gekümmert habe. Die ganze Sache hat Foß zusammengestellt. Wenn ich mir noch soviel Mühe gäbe, könnte ich keine originelle Idee von ihm darin entdecken.«

Mr. Foß war, wenn auch spät, wieder auf der Bildfläche erschienen. Brixan fragte sich, was er wohl so vertraulich mit Sir Gregory besprochen haben mochte.

Er ging zum Wohnzimmer zurück und konnte dort vom

Fenster aus beobachten, wie das Tageslicht immer mehr abnahm. Er mußte über die eigenartige Wirkung nachdenken, die Helen auf ihn ausübte.

Mike Brixan hatte im Lauf der Jahre viele schöne Frauen aus vielen Ländern und allen Gesellschaftskreisen kennengelernt. Er hatte gute und schlechte getroffen. Einige hatte er hinter Schloß und Riegel gebracht, und er hatte erlebt, daß eine von ihnen als Spionin an einem grauen Wintermorgen von französischen Soldaten in Vincennes erschossen wurde. Er hatte manche gern gehabt, eine beinahe geliebt, aber jetzt stellte er mit objektiver Selbstkritik fest, daß er ernstlich in Gefahr schwebte, sich in ein Mädchen zu verlieben, das er heute morgen zum erstenmal gesehen hatte.

»Das ist doch wirklich sonderbar!« sagte er laut.

»Was ist denn so sonderbar?« fragte Knebworth, der unbemerkt in das Zimmer gekommen war.

»Ich habe mir auch schon den Kopf darüber zerbrochen, worüber Sie sich so ernste Gedanken machen«, sagte Mr. Longvale lächelnd, der den jungen Mann die ganze Zeit über schweigend beobachtet hatte.

»Ich – hm – ich dachte über das Bild nach.« Mike Brixan drehte sich um und zeigte auf das Gemälde über dem Kamin. In mancher Beziehung sagte er auch die Wahrheit. »Mir kommt das Gesicht so bekannt vor«, sagte er. »Aber das ist ja nicht möglich, denn es ist doch offenbar ein altes Gemälde.«

Mr. Longvale steckte zwei Kerzen an und beleuchtete damit das Porträt. Mike schaute das Bild wieder an, und aufs neue machte die majestätische Haltung des Mannes tiefen Eindruck auf ihn.

»Es ist mein Urgroßonkel Charles Henry«, sagte Mr. Longvale stolz, »oder der ›große Herr‹, wie man ihn in unserer Familie mit Bewunderung nennt.«

Brixan hatte sich während der Erklärung des alten Herrn halb dem Fenster zugewandt . . . Plötzlich schien sich der Raum vor seinen Augen zu drehen. Jack Knebworth sah, wie er bleich wurde, und ergriff ihn am Arm.

»Was ist los?« fragte er.

»Nichts«, antwortete Mike unsicher.

Knebworth folgte seinem Blick und sah aus dem Fenster.

»Was war denn das?« rief er aus.

Mit Ausnahme des schwachen Lichtes, das die beiden Kerzen verbreiteten, und des Zwielichtes, das durch das Fenster vom Garten herkam, lag der Raum im Dunkeln.

»Haben Sie das gesehen?« fragte Knebworth, eilte zum Fenster und schaute hinaus.

»Was war es denn?« fragte Mr. Longvale, indem er zu ihnen trat.

»Ich könnte einen Eid darauf leisten, daß ich ein Gesicht im Fenster sah. Haben Sie es auch gesehen, Brixan?«

»Auch ich habe etwas bemerkt«, erwiderte Mike beunruhigt. »Haben Sie etwas dagegen, wenn ich einmal in den Garten gehe?«

»Ich glaube, es war der Kopf eines großen Affen«, sagte Knebworth.

Mike nickte. Er verließ den Raum und ging den langen, mit Fliesen bedeckten Gang zum Garten hin. Er nahm einen Browning aus seiner hinteren Tasche, entsicherte und steckte ihn dann in seinen Rock.

Er verschwand, und fünf Minuten später sah Knebworth vom Fenster aus, wie er den Gartenweg entlangging. Er lief zu ihm hinaus.

»Haben Sie irgend etwas gefunden?«

»Im Garten war nichts. Sie müssen sich geirrt haben.«

»Haben Sie es denn nicht auch gesehen?«

Mike zögerte.

»Ich glaube, etwas gesehen zu haben«, sagte er und gab sich den Anschein, als ob es ihm gleichgültig wäre. »Wann werden Sie die Nachtaufnahmen machen?«

»Sie haben bestimmt etwas gesehen, Brixan – war es ein Gesicht?«

Mike Brixan nickte.

10

Die Dynamomaschine surrte, als er den Gehweg entlangging. Zischend und funkensprühend sprang das grelle Licht an und beleuchtete plötzlich die Fassade des Landhauses. Auf der Straße hielt ein Motorradfahrer erstaunt an und betrachtete das ungewöhnliche Schauspiel.

»Was ist denn hier los?« fragte er neugierig.

»Hier werden Filmaufnahmen gemacht«, sagte Mike.

»Ach so, daher das Licht. Sicher gehört die Ausstattung Mr. Knebworth.«

»Wo fahren Sie hin?« fragte Mike plötzlich. »Entschuldigen Sie meine Frage, aber wenn Sie nach Chichester unterwegs sind, könnten Sie mir einen sehr großen Dienst erweisen, wenn Sie mich bis dahin mitnehmen.«

»Sitzen Sie hinten auf«, sagte der Mann. »Ich fahre nach Petworth, aber es macht mir nichts aus, wenn ich Sie erst nach der Stadt bringe.«

Brixan stieg nahe am Markt ab und ging zu dem Haus eines seiner früheren Lehrer, der sich in Chichester niedergelassen hatte. Er wußte, daß dieser eine ausgezeichnete Bibliothek besaß. Nachdem er die Einladung zum Abendessen strikt abgelehnt hatte, trug er sein Anliegen vor, und sein alter Lehrer lachte.

»Ich kann mich nicht darauf besinnen, daß Sie sehr fleißig waren, als Sie noch zur Schule gingen«, sagte er dann. »Aber meinetwegen können Sie ruhig die Bibliothek benützen. Haben Sie einen Vers von Vergil vergessen? Dann könnte ich Ihnen vielleicht das Nachschlagen ersparen.«

»Nein, um Vergil handelt es sich nicht, großer Meister«, antwortete Mike lächelnd. »Es handelt sich um etwas viel Greifbareres.«

Er hatte etwa zwanzig Minuten in der Bibliothek zu tun, und als er wieder zum Vorschein kam, lag ein zufriedener Zug auf seinem Gesicht.

»Kann ich einen Augenblick bei Ihnen telefonieren?« fragte er.

Er bekam die Verbindung mit London sofort. Ungefähr zehn Minuten lang sprach er mit Scotland Yard, dann ging er ins Speisezimmer, wo sein Lehrer, ein alter Junggeselle, allein sein Abendbrot einnahm.

»Sie können mir noch einen großen Dienst erweisen«, sagte er zu ihm. »Haben Sie eine Schnellfeuerpistole im Haus, die ein größeres Kaliber hat als diese?«

Bei diesen Worten zog er seine eigene Waffe aus der Tasche und legte sie auf den Tisch. Mike wußte, daß Mr. Scott als Offizier beim Heer gedient hatte und sogar Lehrer bei dem Offiziersausbildungskurs gewesen war. Deshalb schien die Erfüllung seiner Bitte nicht so unmöglich, wie es aussehen mochte.

»Ja, ich kann Ihren Wunsch erfüllen. Was wollen Sie denn schießen – etwa Elefanten?«

»Etwas viel Gefährlicheres«, sagte Mike.

»Ich bin noch nie neugierig gewesen«, meinte Mr. Scott, verließ das Zimmer und kam mit einer schweren Browningpistole wieder. In der anderen Hand hatte er eine Schachtel mit Patronen.

Fünf Minuten reinigten sie die Pistole, die lange Zeit nicht in Gebrauch gewesen war. Und mit dieser neuen Waffe, deren Gewicht seinen Rock bedenklich herunterzog, nahm Mike Abschied.

Sein Herz war jetzt leichter und sein Verstand klarer als bei seiner Ankunft. Er nahm in der Stadt ein Auto und fuhr wieder nach Dower House. Kurz vor dem Ziel stieg er aus und schickte den Wagen zurück. Jack Knebworth hatte nicht einmal gemerkt, daß er verschwunden war. Aber der alte Mr. Longvale, der einen langen Rock mit einem Cape und eine seidene Kappe mit einer langen Troddel trug, kam gleich auf ihn zu, als er den Garten betrat.

»Kann ich Sie sprechen, Mr. Brixan?« fragte er leise. Sie gingen zusammen in das Haus.

»Erinnern Sie sich, daß Mr. Knebworth sehr bestürzt war, weil er glaubte, daß jemand zum Fenster hereinschaute – ein Geschöpf mit einem Affengesicht?«

Mike nickte.

»Es ist merkwürdig«, sagte der alte Herr nachdenklich. »Es war vor einer Viertelstunde – ich machte meinen gewöhnlichen Spaziergang in dem hinteren Teil meines Gartens und schaute über die Hecke auf das Feld hinaus. Plötzlich sah ich, wie sich eine riesenhafte Gestalt erhob, die wie aus dem Erdboden wuchs. Sie bewegte sich auf jenes Gebüsch zu.« Er zeigte durch ein Fenster auf eine Gruppe von Bäumen und Sträuchern, die jenseits der Straße stand. »Sie wollte sich wohl heimlich entfernen.«

»Können Sie mir den Platz zeigen?« fragte Mike schnell.

Er ging mit dem anderen quer über die Straße zu dem Gebüsch, aber in dem Gehölz war nichts zu entdecken. Um besser sehen zu können, kniete er nieder und suchte den ganzen Horizont ab, aber keine Spur von Bhag. Er war überzeugt, daß es der Affe von Griff Towers war. Vielleicht hatte die ganze Sache nichts zu bedeuten, denn Gregory hatte ihm selbst erzählt, daß sich das Tier nachts umhertrieb und daß es völlig harmlos war, vorausgesetzt ...

Der Gedanke war zu phantastisch, zu absurd – aber der Affe war so außergewöhnlich vernünftig und besaß fast menschlichen Verstand, daß keine Vermutung über ihn unmöglich gewesen wäre.

Als er zum Garten zurückkehrte, sah er Helen stehen. Sie hatte ihre Szene zu Ende gespielt und beobachtete nun die vorsichtigen Bewegungen zweier Filmbanditen, die in dem abgeblendeten Licht der Bogenlampen an der Mauer entlangkrochen.

»Entschuldigen Sie eine aufdringliche Frage, Miss Leamington. Haben Sie andere Kleider und Wäsche bei sich?«

»Warum wollen Sie das wissen?« fragte sie erstaunt. »Ja, ich habe andere Kleider mitgenommen. Das tue ich immer, für den Fall, daß wir einmal in den Regen kommen.«

»Nun noch etwas, haben Sie etwas verloren, als Sie in Griff Towers waren?«

»Ich vermisse meine Handschuhe«, sagte sie schnell. »Haben Sie sie gefunden?«

»Nein. Wann haben Sie sie verloren?«

»Ich habe sie gleich vermißt. Einen Augenblick dachte ich ...« Sie hielt plötzlich inne. »Aber das war nur eine dumme Idee –«

»Was dachten Sie?« fragte er.

»Das möchte ich Ihnen lieber nicht sagen, das ist eine rein persönliche Sache.« – »Sie dachten, daß Sir Gregory sie sich als Andenken angeeignet hat?«

Selbst in dem Halbdunkel sah er, wie sie die Farbe wechselte.

»Ja, das dachte ich«, sagte sie verwirrt.

»Dann ist die Frage, ob Sie noch andere Kleider mitgebracht haben, ziemlich belanglos.«

»Worüber sprechen Sie denn eigentlich?«

Sie sah ihn argwöhnisch an, und er fühlte, daß sie ihn vielleicht für etwas angetrunken hielt. Aber er konnte ihr im Augenblick unmöglich seine unzusammenhängenden Fragen erklären.

»Jetzt müssen alle zu Bett gehen«, sagte Jack Knebworth vernehmlich. »Legen Sie sich jetzt schlafen. Mr. Foß hat allen Räume angewiesen. Morgen früh um vier Uhr müssen wir wieder an der Arbeit sein. Deshalb muß jeder sehen, soviel wie möglich zu schlafen. – Foß, haben Sie die Räume bezeichnet?«

»Ja«, sagte der Dramaturg. »Ich habe die Namen an jede Tür geschrieben. Miss Leamington habe ich einen Raum für sich gegeben – ist das recht so?«

»Vielleicht«, sagte Knebworth in zweifelndem Ton. »Na, sie ist ja nicht lange genug dort, um sich daran zu gewöhnen.«

Helen sagte dem Detektiv gute Nacht und ging direkt in ihr Zimmer. Es war ein kleiner Raum, in dem ein etwas muffiger Geruch herrschte. Die bescheidene Einrichtung bestand aus einer Bettstelle auf Rollen, einer Kommode mit beweglichem Spiegel, einem kleinen Tisch und einem Stuhl. Bei dem Licht ihrer Kerze konnte sie sehen, daß der Fußboden erst kürzlich gescheuert worden war. In der Mitte des Zimmers lag ein abgenützter, quadratischer Teppich.

Sie schloß die Tür, löschte das Licht, entkleidete sich im Dunkeln, ging zum Fenster und öffnete einen Flügel. Dabei bemerkte sie, daß in der Mitte der einen Scheibe ein kreisrundes weißes Papier aufgeklebt war. Zuerst wollte sie es abreißen, aber sie vermutete, daß es ein Merkzeichen für die Filmaufnahmen am nächsten Morgen sei, das Knebworth hatte anbringen lassen.

Sie konnte nicht gleich einschlafen. Ihre Gedanken beschäftigten sich mit Mike Brixan, auf den sie sehr ärgerlich war. Sie wußte nicht, ob sie ihn bewundern oder sich über ihn lustig machen sollte. Er war ein sympathischer Mensch, das stimmte. Der sechste Sinn, den Frauen hierfür entwickeln, hatte ihr bereits diese Gewißheit gegeben. Sicherlich hatte er viel Mut. Schließlich siegte der Humor über ihre Gefühle, und sie schlief lächelnd ein.

Kaum hatte sie zwei Stunden geruht – ihr schien es nur ein kurzer Augenblick zu sein –, da erwachte sie voller Entsetzen. Das Gefühl einer unmittelbar drohenden Gefahr weckte sie. Sie richtete sich im Bett auf. Ihr Herz schlug heftig. Ängstlich sah sie sich im Zimmer um. In dem blassen Mondlicht war jede Ecke zu erkennen. Nichts rührte sich. Niemand befand sich außer ihr im Zimmer. War vielleicht jemand vor der Tür, der sie aufgestört hatte? Sie stand auf und drückte den Griff leise nieder. Aber die Tür war noch verschlossen. Das Fenster? Es lag nicht sehr hoch über dem Erdboden, wie sie sich erinnern konnte. Sie ging zum Fenster, um den einen Flügel zu schließen. Als sie auch den anderen zumachen wollte, kam plötzlich aus dem Dunkeln ein haariger langer Arm, und fünf Finger legten sich wie ein Schraubstock um ihr Handgelenk.

Sie schrie nicht. Sie stand atemlos vor Schrecken, ihr Herz setzte aus. Kalte Todesfurcht faßte sie. Was war das – was konnte das sein? Sie nahm all ihren Mut zusammen und schaute aus dem Fenster. Sie sah ein schreckliches, tierisches Gesicht, aus dem ihr zwei runde, grüne Augen entgegenfunkelten.

11

Das unheimliche Wesen gab ein vogelähnliches, sanftes Zwitschern von sich, als ob es mit ihr sprechen wollte. Als sie näher hinschaute, erblickte sie seine weißen Zähne in der Dunkelheit. Es zog nicht an ihrer Hand, es umspannte sie nur fest. Mit einer Hand hielt es sich an den Efeuranken, an denen es emporgeklettert war. Wieder fing das Wesen an zu zwitschern, und jetzt zog es an ihrem Arm. Sie versuchte, ihn zurückzuziehen, aber ebensogut hätte sie versuchen können, einen Maschinenkolben anzuhalten. Plötzlich schwang sich ein großes haariges Bein über das Fensterbrett, und jetzt kam auch die zweite Hand und bedeckte ihr Gesicht, so daß ihr Schrei erstickte. Und doch hatte ihn jemand gehört. Von unten herauf kam ein blitzartiger Feuerschein und der betäubende Knall eines Pistolenschusses. Ein Geschoß pfiff durch die Luft und schlug zwischen den Efeuranken in die Mauer ein. Sofort ließ der große Affe sie los, sprang auf den Boden und verschwand. Halb ohnmächtig fiel sie auf das Fensterbrett, sie war unfähig, sich zu bewegen.

Unten löste sich aus dem Schatten des Lorbeergebüsches eine Gestalt, und sie erkannte den mitternächtlichen Schützen. Es war Mike Brixan.

»Sind Sie verletzt?« fragte er leise.

Sie konnte nur den Kopf schütteln, die Sprache versagte ihr.

»Habe ich ihn getroffen?«

Unter Aufbietung all ihrer Kräfte versuchte sie zu sprechen.

»Nein, ich glaube nicht«, flüsterte sie heiser. »Er ließ sich hinunterfallen.«

Mike leuchtete mit seiner elektrischen Taschenlampe den Boden ab.

»Ich kann keine Blutspuren finden. Er war sehr schwer zu treffen – ich war besorgt, Sie zu verletzen.«

Ein Fenster wurde aufgerissen, und man hörte Knebworths Stimme rufen.

»Was bedeutet diese Schießerei? Sind Sie es, Brixan?«

»Ja, ich bin es. Kommen Sie herunter in den Garten, ich werde Ihnen alles erklären.«

Mr. Longvale schien durch den Lärm nicht aufgewacht zu sein, ebenso keiner der Filmleute. Als Knebworth in den Garten kam, fand er nur Mike Brixan.

Mit ein paar Worten erzählte Mike alles, was geschehen war.

»Der Affe gehört unserem Freund Penne. Ich habe ihn heute morgen selbst gesehen.«

»Was halten Sie davon? Sind Sie der Ansicht, daß er hier umherstreifte und dabei das offene Fenster sah?«

Mike schüttelte den Kopf.

»Nein«, sagte er ruhig. »Er kam mit einer ganz bestimmten Absicht hierher. Er wollte Ihre Diva entführen. Das klingt zwar hochdramatisch und scheint fast unmöglich zu sein, aber ich bin zu dem Schluß gekommen, daß dieser Affe nahezu menschlichen Verstand hat.«

»Aber er kannte Helen doch gar nicht -- hatte sie nie gesehen!«

»Er hatte aber ihre Witterung«, sagte Mike. »Sie hat in Griff Towers heute ein Paar Handschuhe verloren, und es ist sehr wahrscheinlich, daß sie der edle Gregory Penne gestohlen hat, um Bhag eine unfehlbare Witterung zu geben.«

»Das kann ich nicht glauben, das ist unmöglich. Aber ich gebe gern zu«, sagte Jack Knebworth gedankenvoll, »daß diese großen Affen Erstaunliches leisten können. Haben Sie ihn angeschossen?«

»Nein, ich habe ihn nicht getroffen, aber ich kann Ihnen versichern, daß dieses Tier früher einmal einen Schuß abbekam, denn sonst wäre es ohne weiteres auf mich losgegangen und wäre jetzt sicher tot.« – »Wie kamen Sie eigentlich hierher?«

»Ich war hier auf Wache«, sagte der andere gleichgültig. »Ein Detektiv, der es ernst meint, muß so viele Dinge beobachten, daß er nicht schlafen kann wie gewöhnliche Menschen. Ich hatte auch nie die Absicht, den Garten zu verlassen, weil ich Bhag nämlich erwartete – wer ist da?«

Die Tür öffnete sich, und eine schlanke Gestalt, in einen Morgenrock gehüllt, trat heraus.

»Liebes Fräulein, Sie werden sich fürchterlich erkälten«, warnte Knebworth. »Was ist Ihnen passiert?«

»Ich weiß nicht.« Sie strich über ihr Handgelenk. »Ich hörte plötzlich ein Geräusch und ging zum Fenster. Dann kam dieses schreckliche Wesen und hielt mich fest. Was war eigentlich, Mr. Brixan?«

»Weiter nichts Besonderes, nur ein Affe«, sagte er mit gekünstelter Gleichgültigkeit. »Es tut mir leid, daß Sie so geängstigt wurden. Ich glaube, der Schuß hat Sie am meisten erschreckt.«

»Das dürfen Sie nicht denken, Sie wissen doch ganz genau, daß ich über den Schuß nicht erschrak. Aber es war schrecklich, ganz schrecklich.« Sie bedeckte ihr Gesicht mit den zitternden Händen.

Jack brummte.

»Ich glaube schon, daß sie recht hat. Aber, liebes Fräulein, Sie sind unserem Freund hier zu Dank verpflichtet. Offenbar erwartete er diesen Besuch und blieb deshalb im Garten.«

»Sie erwarteten ihn?« fragte sie starr vor Staunen.

»Mr. Knebworth hat die Rolle, die ich spielte, übertrieben«, sagte Mike. »Und wenn Sie vermuten, daß es die Bescheidenheit eines Helden ist, so sind Sie auf dem falschen Weg. Ich wartete auf diesen Burschen, weil er von Mr. Longvale auf dem Felde gesehen wurde. Sie sahen ihn doch auch, Mr. Knebworth?«

Jack nickte.

»Wir haben ihn tatsächlich alle gesehen«, fuhr Mike fort. »Und da ich nicht wünschte, daß die Karriere eines neu entdeckten Filmstars durch das Erscheinen eines blöden Affen gestört wird, habe ich im Garten Wache gehalten.«

Mit einer plötzlichen Bewegung streckte sie ihre kleine Hand aus, und Mike drückte sie.

»Ich danke Ihnen, Mr. Brixan, ich hatte Sie in falschem Verdacht.«

»Wem passiert das nicht«, sagte Mike und zuckte die Schultern.

Sie ging in ihr Zimmer zurück, und diesmal schloß sie das Fenster fest zu. Aber bevor sie sich zum Schlafen niederlegte, trat sie nochmals ans Fenster, schaute durch die Gardinen und sah einen kleinen, glühenden Punkt. Es war Mikes Zigarre. Dann legte sie sich ruhig wieder zu Bett, um noch möglichst viel zu schlafen, bevor Foß an die Türen klopfen und die ganze Gesellschaft wecken würde.

Der Dramaturg war der erste, der unten im Freien war. Der Garten begann langsam im fahlen Morgendämmerlicht sichtbar zu werden. Er wünschte Mike Brixan ein unfreundliches guten Morgen. Mike erwiderte den Gruß.

»Da ich Sie gerade treffe, Mr. Foß – warum blieben Sie gestern in Griff Towers zurück, um mit Penne zu sprechen?«

»Das geht Sie doch nichts an«, brummte er und wollte vorbeigehen. Mike trat ihm in den Weg.

»Aber etwas geht mich sehr wohl an. Ich möchte Sie nämlich fragen, was diese weiße Marke am Fenster von Miss Leamington zu tun hat?« Dabei zeigte er auf das runde Papier, das Helen in der vorigen Nacht auch bemerkt hatte.

»Darüber weiß ich nichts«, sagte Foß ärgerlich. Aber es drückte sich Furcht in seiner Stimme aus.

»Wenn Sie es nicht wissen, wer soll es dann wissen? Ich habe doch selbst gesehen, wie Sie es gestern anbrachten, kurz bevor es dunkel wurde.«

»Nun gut, wenn Sie es durchaus erfahren wollen – es ist eine Marke, die dem Operateur die Grenze des Gesichtsfeldes angibt.«

Diese Erklärung klang glaubwürdig. Brixan hatte gesehen, wie Jack Knebworth im Garten die Grenzen abgesteckt hatte, um sicher zu sein, daß die Schauspieler auch auf den Filmstreifen kämen. Bei der ersten Gelegenheit, als er Knebworth sah, fragte er ihn wegen der Sache.

»Nein, ich habe niemals Anweisungen gegeben, solche Marken anzuheften. Wo ist sie denn?«

Mike zeigte sie ihm.

»Da oben würde ich niemals ein Markierungszeichen anbringen, gerade mitten im Fenster. Was mag das zu bedeuten haben?«

»Ich glaube, daß Foß eine bestimmte Absicht damit verfolgte. Ich nehme an, daß er es auf Gregorys Wunsch getan hat.«

»Aber warum denn?« fragte Knebworth verblüfft.

»Um das Zimmer Helen Leamingtons für Bhag kenntlich zu machen. Das ist der Grund«, sagte Mike, und er war von dem, was er sagte, vollkommen überzeugt.

12

Mike Brixan wartete nicht, um sich die Filmaufnahmen am frühen Morgen anzusehen. Er hatte selbst etwas vor und verließ Dower House, sobald es, ohne den Anstand zu verletzen, möglich war. Er ging querfeldein und erreichte die Straße, die nach Griff Towers führte. Er hatte sich den Feldweg, der an der Grenze von Gregory Pennes Grundstück entlanglief, genau gemerkt. Wenn er den benutzte, konnte er einen ziemlichen Umweg vermeiden. Als er zehn Minuten gewandert war, kam er zu der Stelle, wo sich der Fußweg von der Fahrstraße trennte. Er schritt schnell und beobachtete den Boden scharf, um womöglich Bhags Fährte zu finden. Aber es hatte lange nicht geregnet, und wenn das Tier nicht verwundet war, konnte er kaum hoffen, seine Spur zu entdecken.

Er kam zu der hohen Steinmauer, die die südliche Grenze der Besitzung des Barons bildete. Hier ging er entlang, bis er an einen hinteren Ausgang kam. Vor kurzem mußte jemand hier durchgegangen sein, denn die Tür war nur angelehnt, wie er zu seiner Befriedigung feststellte.

Als er eingetreten war, stand er am Rand eines großen Feldes, das anscheinend als Küchengarten benützt wurde. Er konnte niemanden sehen. In der frühen Morgendämmerung machte der Turm einen häßlichen und abschreckenden Eindruck. Kein Rauch kam aus dem Kamin. Griff Towers schien wie ausgestorben. Vorsichtig ging er weiter. Aber er wagte sich nicht aufs offene Feld, sondern hielt sich im Schatten der Mauer, bis er die hohe Hecke erreicht hatte, die im rechten Winkel abbog und den Küchengarten von dem wundervoll angelegten alten Park trennte, den Jack Knebworth gestern als Hintergrund für seine Filmaufnahmen benützt hatte.

Immer noch spähte er scharf nach Bhag aus. Er war darauf vorbereitet, diese häßliche Gestalt jeden Augenblick auftauchen zu sehen. Schließlich erreichte er das Ende der Hecke, nur noch wenige Schritte trennten ihn von dem grauen viereckigen Turm, der dem Haus den Namen gab.

Von seinem Standpunkt aus konnte er alles überschauen; die

zugezogenen weißen Vorhänge und die Totenstille, die in Griff Towers herrschte, hätten einen weniger kritischen Mann als Mike Brixan überzeugt, daß sein Verdacht unbegründet sei.

Er zögerte und wußte nicht recht, ob er in das Haus gehen sollte oder nicht. Da hörte er, wie eine Fensterscheibe eingeschlagen wurde. Vom obersten Turmzimmer fielen Glasscheiben herunter. Die Sonne war noch nicht aufgegangen, die Erde lag noch im dämmerigen Morgenlicht, so daß die Hecke ein gutes Versteck bildete.

Wer mochte zu so früher Morgenstunde ein Fenster einstoßen? Jedenfalls konnte das nicht der vorsichtige Bhag sein ... So weit war er in seinen Überlegungen gekommen, als plötzlich ein greller, entsetzlicher Schrei die Stille des Morgens zerriß. Er kam vom Turmzimmer und war scharf abgerissen, als ob jemand dem Unglücklichen den Mund mit der Hand geschlossen hätte.

Mike packte ein kaltes Grauen. Er verließ sein Versteck, lief schnell über den geschotterten Platz und klingelte am Haupteingang, der sich unmittelbar neben dem Turm befand. Mit einem schnellen Blick ringsum vergewisserte er sich, daß nicht Bhag oder einer der farbigen Diener hinter ihm war.

Eine Minute verging und noch eine. Soeben hob er seine Hand, um noch einmal zu läuten, als er schwere Schritte in dem Gang und gleich darauf das Schlürfen von Pantoffeln auf den Fliesen der Halle hörte.

»Wer ist da?« fragte eine rauhe Stimme.

»Mike Brixan.«

Er hörte ein heiseres Räuspern, dann Rasseln von Ketten. Es wurde aufgeschlossen, und die schwere Tür öffnete sich eine Handbreit.

Gregory Penne erschien hinter der Tür. Er trug graue Flanellhosen und ein Hemd, dessen Ärmel am Handgelenk nicht geschlossen waren. Sein düsterer Blick erhellte sich, als er Mike Brixan sah. »Was wünschen Sie?« fragte er verwundert und öffnete die Tür etwas weiter.

»Ich möchte Sie besuchen«, sagte Mike.

»Machen Sie Ihre Besuche immer bei Tagesanbruch?« brummte Gregory und schloß die Tür hinter Brixan.

Mike antwortete nicht, sondern folgte Gregory. Die Bibliothek mußte die ganze Nacht benützt worden sein. Die Fensterläden waren fest geschlossen, das elektrische Licht brannte, und vor dem Kamin stand ein Tisch mit zwei Whiskyflaschen. Eine davon war leer.

»Wollen Sie ein Glas trinken?« fragte Penne mechanisch und schenkte sich selbst ein. Mike sah, daß seine Hand sehr unsicher war.

»Ist Ihr Affe zu Hause?« fragte der Detektiv, indem er die angebotene Erfrischung mit einer Handbewegung ablehnte.

»Meinen Sie Bhag? Ich glaube, er ist in seinem Raum. Er geht und kommt, wann er will. Möchten Sie ihn sehen?«

»Nein, jetzt nicht«, sagte Mike. »Ich habe ihn die letzte Nacht schon einmal zu Gesicht bekommen.«

Penne steckte sich seine ausgegangene Zigarre wieder an, während er sprach. Mit einem schnellen Blick sah er sich im Raum um.

»Sie haben ihn vorhin gesehen? Was meinen Sie damit?«

»Ich sah ihn in Dower House, als er versuchte, in Miss Leamingtons Zimmer einzudringen, und beinahe hätte er dabei seinen Tod gefunden.«

Gregory ließ das brennende Streichholz fallen und stand erregt auf.

»Haben Sie auf ihn geschossen?« fragte er.

»Ich habe auf ihn geschossen.«

Gregory nickte.

»So, so«, sagte er mit ruhiger Stimme. »Deshalb kommen Sie also. Warum haben Sie das getan? Er ist doch vollkommen harmlos.«

»Ich hatte nicht den Eindruck, daß er so harmlos ist«, sagte Mike kühl. »Er versuchte, Miss Leamington aus ihrem Zimmer zu zerren.«

Gregory machte große Augen. »Hat er das getan?«

Eine Pause entstand.

»Sie haben ihn ausgeschickt, um das Mädchen zu holen«, sagte

Mike. »Sie haben auch Foß bestochen, ein Zeichen am Fenster anzubringen, so daß Bhag wußte, wo das Mädchen schlief.«

Gregory kniff die Lider so weit zusammen, daß man seine Augen nicht mehr sehen konnte. Sein Gesicht war noch eine Schattierung dunkler geworden.

»Darauf wollen Sie hinaus?« sagte er. »Ich dachte, Sie meinen es gut mit mir.«

»Ich kann nichts dafür, wenn Sie sich falsche Vorstellungen machen«, entgegnete Mike. »Ich sage Ihnen nur«, und dabei berührte er die Brust des anderen mit seinem Finger, »wenn Helen Leamington auch nur das geringste passiert, das mit Ihnen oder Ihrem scheußlichen Affen zusammenhängt, dann werde ich nicht nur Mr. Bhag erschießen, dann komme ich auch hierher und jage Ihnen eine Kugel durch den Kopf. Verstehen Sie mich? Und jetzt sagen Sie mir gefälligst, was bedeutete der Schrei, den ich soeben aus Ihrem Turmzimmer hörte?«

»Was zum Teufel bilden Sie sich denn ein, mich so zu verhören?« polterte Penne los. Er war furchtbar wütend. »Sie niederträchtiger, elender kleiner Filmmensch!«

Mike nahm eine Karte aus seiner Tasche und reichte sie seinem Gegenüber.

»Wenn Sie dies lesen, werden Sie sehen, daß ich das Recht habe, Sie zu fragen.«

Gregory las die Karte beim Licht der Tischlampe. Er war vollständig erschlagen. Sein Kinn sank herab, und seine Hand zitterte so heftig, daß die Karte zu Boden fiel.

»Ein Detektiv?« sagte er stockend. »Sie – Sie sind ein Detektiv? Was wollen Sie denn von mir?«

»Ich habe hier jemanden furchtbar schreien hören«, sagte Mike.

»Das war vielleicht einer der Dienstboten – das ist schon möglich. Wir haben eine Papuafrau im Hause, die krank und nicht ganz bei Sinnen ist. Sie soll morgen von hier fortkommen. Ich will einmal nach ihr sehen, wenn Sie gestatten.«

Er sah zu Brixan hinüber, als ob er seine Erlaubnis einholen wolle. Seine ganze Haltung war gedrückt, und sein blasses Gesicht und seine Bestürzung genügten Mike, um seinen Verdacht zur Gewißheit werden zu lassen. In diesem Haus ging etwas vor. Er wollte der Sache auf den Grund kommen.

»Kann ich gehen und nachsehen?« fragte Penne.

Mike nickte. Der große, starke Mann verließ den Raum, als ob er sich fürchtete. Brixan hörte, wie er den Schlüssel umdrehte. Im Nu war er an der Tür und drückte die Klinke herunter. Er war eingeschlossen. Rasch sah er sich im Zimmer um, eilte zu einem Fenster, zog den Vorhang zurück und wollte die Fensterläden öffnen. Aber die waren auch verschlossen. Als er sie genauer untersuchte, entdeckte er, daß sie wie eine Tür versperrt werden konnten. Er fand das kleine Schlüsselloch. Plötzlich gingen alle Lichter im Zimmer aus. Nur die dunkelrote Glut des Kamins verbreitete noch spärliches Licht.

13

Brixan hörte ein schwaches Krachen in einer Ecke des Raumes, dann das leise Geräusch nackter Füße auf dem dicken Teppich und schnelle Atemzüge.

Mit der Hand fühlte er, wo das Schlüsselloch im Fensterladen war. Ohne Zögern zog er die Pistole und feuerte zweimal hintereinander dagegen. Die Schüsse krachten unheimlich laut in dem geschlossenen Raum; das mußte auf die Leute, die eingedrungen waren, einen überwältigenden Eindruck gemacht haben, denn als der Fensterladen mit einem Ruck aufflog, der weiße Fensterflügel sich öffnete und das schwache Morgenlicht in den schön möblierten Raum fiel, war niemand mehr zu sehen.

Gleich darauf öffnete sich die Tür wieder, und der Baron kam herein. Vorher war er schon von panischem Schrecken ergriffen, aber jetzt machte er einen fast bedauernswerten Eindruck.

»Was ist los, was ist geschehen?« wimmerte er. »Hat hier jemand geschossen?«

»Ja, hier hat jemand geschossen«, sagte Mike ruhig. »Und der Jemand war ich. Die Leute, die Sie hierher schickten, um mit mir abzurechnen, können froh sein, daß ich nur auf das Schloß im Fensterladen geschossen habe und nicht auf sie.«

Irgendein weißer Gegenstand lag auf dem Fußboden. Schnell ging Brixan hin und nahm ihn auf. Er hatte eine rohseidene Binde in der Hand. Ein penetranter Geruch ging davon aus.

»Jemand muß das hier in der Eile verloren haben«, sagte er. »Ich glaube, man wollte es eben bei mir anwenden . . .«

»Aber mein Lieber, ich versichere Ihnen, daß ich nichts davon weiß«, sagte Penne.

»Wie befindet sich die kranke Frau?« fragte Mike mit einem spöttischen Lächeln. »Sie wissen, die verrückte Frau, die vorhin so geschrien hat?«

Gregory strich mit seiner Hand einen Augenblick über die zitternden Lippen, anscheinend, um sich zu beruhigen.

»Oh, es geht gut, es war schon so, wie ich dachte«, sagte er. »Sie hatte einen Anfall.«

Mike sah ihn durchdringend an.

»Ich wünsche sie zu sehen«, sagte er.

»Das können Sie nicht.« Penne antwortete mit einer lauten, herausfordernden Stimme. »Sie können überhaupt hier niemanden sehen. Was zum Teufel wollen Sie denn, wenn Sie zu so früher Morgenstunde in mein Haus kommen und mein Eigentum beschädigen? Ich werde die Sache Scotland Yard anzeigen! Das wird Sie Ihre Stellung kosten, mein Lieber! Manche Detektive glauben, sie können sich alles herausnehmen. Aber ich werde Ihnen zeigen, daß Ihre Macht sehr beschränkt ist.« Seine Stimme wurde immer lauter, schließlich fing er an zu schreien.

Mike merkte, daß er seine Furcht durch Schimpfen und Drohen verdecken wollte. Er schaute nach den Schwertern über dem Kamin. Sir Gregory folgte seinem Blick und änderte plötzlich sein Benehmen.

»Warum bringen Sie mich auch so in Wut! Ich bin der netteste Mensch auf der Welt, wenn Sie mich richtig behandeln. Sie scheinen sich verrückte Ideen über mich in den Kopf gesetzt zu haben.«

Mike antwortete nicht. Er schritt langsam die Treppe hinunter. Als er hinaustrat, ging gerade die Sonne auf.

»Ich kann nicht darauf bestehen, Ihr Haus zu durchsuchen«, wandte er sich an Gregory, »weil ich keinen Durchsuchungsbefehl in Händen habe, und wenn ich mir ihn jetzt erst beschaffe, dann wird nichts mehr zu finden sein. Darüber bin ich mir klar. Aber nehmen Sie sich in acht, alter Freund!« Dabei drohte er ihm mit dem Finger.

Als er sich weiter und weiter auf dem Pfad entfernte, folgten ihm die Blicke einer verzweifelten, blassen Frau aus dem Fenster des obersten Turmgeschosses.

Brixan kam zur Frühstückszeit wieder in Dower House an. Niemand schien seine Abwesenheit entdeckt zu haben. Nur Helen hatte sein Verschwinden bemerkt, und sie war auch die erste, die von seiner Rückkehr wußte.

Jack Knebworth war in der heitersten Stimmung. Die Aufnahmen waren seiner Meinung nach sehr gut gelungen.

»Ich kann natürlich noch nichts Genaues sagen, dazu muß ich erst die Filmstreifen entwickelt haben. Aber soweit es Miss Leamingtons Spiel angeht, sind sie geradezu prachtvoll geworden. Im Augenblick kann man noch nichts voraussagen, aber ich bin fest davon überzeugt, daß sie eine große Künstlerin werden wird.«

»Zuerst haben Sie das nicht erwartet«, sagte Mike erstaunt.

Jack lachte verlegen. »Im Anfang war ich über die Mendoza furchtbar erzürnt, und als ich Miss Leamington als Aushilfe bei den Aufnahmen nahm, rechnete ich damit, daß ich nachher die Aufnahmen alle noch einmal mit der Mendoza machen müßte. Filmstars werden im allgemeinen nicht fertig geboren, sie müssen langsam erzogen werden, und sie haben viel bittere Enttäuschungen durchzumachen, bevor sie etwas werden. Aber Helen hat alle Entwicklungsphasen schon durchgemacht – Ihr Mädchen ist schon über alle Gefahren hinaus.«

»Sie sprachen von ›meinem Mädchen‹«, sagte Mike vorsichtig. »Wollen Sie damit mehr ausdrücken, als daß ich großes Interesse an ihr habe?«

»Tun Sie doch nicht so – Sie wissen schon, was ich meine.«

»Was für Aussichten hat denn ein Filmstar?« fragte Mike, um das Gespräch auf ein anderes Thema zu bringen.

Knebworth fuhr mit der Hand durch sein weißes Haar.

»In England sind ihre Chancen recht gering. Meistens haben sie nur lokale Bedeutung ...«

Das war sein Lieblingsthema, und er sprach auf dem ganzen Rückweg nach Chichester nur darüber.

»... nein, Ihre kleine Freundin hat wenig Aussichten in diesem Land. Etwas anderes wäre es, wenn der Film nach Amerika verkauft wird. Dann würde sie in zwölf Monaten in Hollywood unter amerikanischen Regisseuren spielen.«

Im Vorzimmer seines Büros wartete jemand auf ihn. Er sagte nur kurz und unfreundlich guten Morgen.

»Ich möchte Sie sprechen«, sagte Stella Mendoza zu ihm. Dabei lächelte sie Connolly an, der dem Detektiv folgte.

»Wollen Sie mich sprechen? Was wünschen Sie von mir?«

Sie zupfte an ihrem Spitzentaschentuch und gab sich den Anschein, als ob sie reuevoll und verlegen sei. Aber das machte gar keinen Eindruck auf Jack. Er selbst hatte ihr ja die ganzen Posen mit dem Taschentuch erst beigebracht.

»Ich war sehr eigensinnig, Mr. Knebworth – ich möchte Sie um Verzeihung bitten. Es war nicht richtig von mir, daß ich zu spät kam und die ganze Gesellschaft warten ließ. Es tut mir sehr leid. Kann ich morgen wieder anfangen – oder vielleicht schon heute?«

Jack lachte belustigt.

»Sie brauchen morgen nicht zu kommen, und auch heute brauchen Sie nicht zu warten, Stella«, sagte er ironisch. »Ihr Ersatz hat so gut gespielt, daß ich gar nicht daran denke, die Aufnahmen noch einmal zu machen.«

Sie sah ihn wütend an, was gar nicht zu ihrer vorigen sanften Haltung paßte. »Ich habe einen Kontrakt – ich vermute, daß Sie das wissen, Mr. Knebworth«, sagte sie plötzlich aufgeregt.

»Ich würde auch lieber Miss Mendoza als Partnerin haben«, sagte der junge Reggie Connolly. »Es ist wirklich nicht leicht, mit Miss – ich weiß noch nicht einmal ihren Namen ... Sie ist so – ihr fehlt jedes Verständnis für Kunst, Mr. Knebworth.«

Der alte Jack sagte gar nichts. Er sah den jungen Mann nur böse an.

»Dann, was die Hauptsache ist«, fuhr Reggie fort, »ich fühlte, daß ich nicht so vollwertig spielen kann, wenn Miss Mendoza nicht dabei ist. Wirklich, ich kann es einfach nicht! Ich bin so furchtbar nervös, und es ist schwer, ja unmöglich, seine Persönlichkeit zu entfalten, wenn man so nervös ist. Es geht nicht«, sagte er rücksichtslos, »ich spiele in dem Film nicht mehr mit, wenn Miss Mendoza fortbleibt!«

Die Diva sah ihn dankbar an, dann wandte sie sich wieder mit einem sanften Lächeln an den schweigenden Jack.

»Würden Sie mich heute wieder anfangen lassen?«

»Weder heute noch an einem anderen Tag«, sagte der Direktor mit lauter, scharfer Stimme. »Was Sie nun angeht, Sie unverschämter junger Mann, wenn Sie mich aufsitzen lassen wollen mit diesem Film, dann werde ich Sie auf die schwarze Liste setzen und allen Filmgesellschaften in diesem Land mitteilen, wie sie sich betragen haben, und werde dafür sorgen, daß Sie nie wieder eine Rolle bekommen.«

Damit drehte er den beiden den Rücken und kam wütend in sein Büro, wohin ihm Brixan vorausgegangen war.

»Was halten Sie von solcher Gemeinheit?« fragte er, als er sich wieder etwas beruhigt hatte. »Mit solchen Dummheiten kommen sie mir nun immer wieder. Er will jetzt mitten im Film aufhören. Haben Sie gehört, was er sagte? Dieser Zwerg, diese Kanaille ... Sagen Sie einmal, Brixan, möchten Sie nicht den Versuch machen und den Partner von Miss Leamington spielen? Viel schlechter als Connolly werden Sie Ihre Sache auch nicht machen! Und so könnten Sie sich wenigstens ihre Zeit vertreiben, wenn Sie sich nach dem Kopfjäger umsehen!«

Aber Brixan schüttelte bedächtig den Kopf.

»Nein, ich danke Ihnen«, sagte er. »Damit habe ich wirklich nichts zu tun. Und was den Kopfjäger betrifft« – er zündete sich eine Zigarette an und blies Ringe zur Decke –, »ich weiß, wer er ist, und ich kann ihn verhaften, wann ich will.«

Jack sah den Detektiv erstaunt an.

»Sie machen wohl Spaß?« fragte er.

»Im Gegenteil, ich meine es sehr ernst«, sagte Brixan. »Aber es ist noch ein großer Unterschied, ob man nur weiß, wer der Kopfjäger ist, oder ob man ihm auch seine Verbrechen nachweisen kann.«

Jack Knebworth saß mit den Händen in den Hosentaschen an seinem Schreibtisch. Er konnte das nicht glauben.

»Ist es einer von meiner Filmgesellschaft?« fragte er.

Brixan mußte laut lachen.

»Ich habe nicht das Vergnügen, alle Leute Ihrer Gesllschaft zu kennen«, sagte er liebenswürdig. »Aber machen Sie sich auf keinen Fall Gedanken wegen des Kopfjägers. – Was werden Sie mit Mr. Reggie Connolly anfangen?«

Der Direktor zuckte die Achseln.

»Der meint das nicht so, ich hätte nicht gleich wütend werden sollen«, sagte er. »Diese Einfaltspinsel haben überhaupt keine Meinung. Wenn Sie ihn auf der Leinwand sehen, dann spielt er zärtliche Liebe, strotzt von Kraft, Tugend und Männlichkeit und ist doch nur ein armer Gimpel ohne Witz und Verstand. Die Mendoza ist weit gefährlicher, die verdiente ...« Dabei machte er eine nicht mißzuverstehende Geste.

Miss Stella Mendoza war nicht in der Gemütsverfassung, ihre Entlassung so ohne weiteres hinzunehmen. Sie hatte sich aus kleinsten Anfängen mühsam emporgearbeitet und wollte nicht ohne Kampf den Platz räumen. Sie hatte Geld – so viel Geld, daß sie nicht mehr zu arbeiten brauchte. Außer ihrem sehr reich bemessenen Gehalt besaß sie noch andere Einnahmequellen. Es war aber besser für sie, daß man nicht zu genaue Nachforschungen hierüber anstellte. Sie mußte auch fürchten, daß Knebworth es nicht allein bei ihrer Entlassung bewenden ließe, sondern weitere Schritte gegen sie unternehmen würde.

Zuerst machte sie sich auf, um Helen Leamington zu besuchen, die, wie sie erst heute morgen erfuhr, ihre Stelle eingenommen hatte. Als sie entdeckte, daß Helen bereits ihren Ankleideraum innehatte, wurde sie wütend. Man denke doch nur, den Raum, der von alters her nur für Stella Mendoza reserviert war! Sie zwang sich aber zur Ruhe und klopfte an die Tür. Daß sie, Stella Mendoza, an die Tür klopfen sollte, die doch von Rechts wegen zu ihrem eigenen Zimmer führte, war überhaupt nicht auszudenken!

Helen saß an ihrem Ankleidetisch und erschrak etwas, als sie die Mendoza hereinkommen sah. Der Raum war vornehm ausgestattet mit großen Spiegeln. Vielerlei Lampen und Leuchter waren angebracht. Man hatte einen Blick auf den langen Verbindungsgang, der als Garderobe eingerichtet war und in dem eine Anzahl schöner Kostüme hing. Als sie zu ihrer Besucherin aufschaute, wurde sie rot.

»Miss Leamington – Sie sind es doch?« fragte Stella mit ihrer süßesten Stimme. »Darf ich hereinkommen?«

»Bitte«, sagte Helen und stand schnell auf.

»Aber bitte, behalten Sie doch Platz«, sagte Stella. »Es ist ein sehr unbequemer Stuhl, aber hier sind ja fast alle Stühle nichts wert. Ich habe gehört, daß der Direktor Sie als Stellvertreterin für mich genommen hat und manche Szenen doppelt drehen will.«

»Als Stellvertreterin?« fragte Helen erstaunt.

»Ja, Mr. Knebworth sagte, daß Sie ein paar Szenen für mich spielen würden. Sie verstehen doch, was ich meine? Wenn eine Künstlerin nicht auftreten kann, dann nimmt man manchmal einen Ersatz in Szenen, wo die Personen nicht deutlich auf dem Film erscheinen. Großaufnahmen dagegen –«

»Aber Mr. Knebworth hat auch davon mehrere von mir gemacht«, sagte das Mädchen ruhig. »Außerdem hat er gerade die Hauptszenen mit mir gedreht.«

Miss Mendoza verbarg ihren Ärger und seufzte. »Der arme alte Kerl, er war sehr ärgerlich auf mich, und tatsächlich habe ich ihm etwas Anlaß dazu gegeben. Aber morgen komme ich zurück, das wissen Sie doch?« Helen wurde blaß. »Das ist allerdings sehr unangenehm für Sie – ich verstehe das am besten. Aber wir haben das alle früher einmal durchmachen müssen. Die Kolleginnen im Atelier werden alle sehr nett zu Ihnen sein.«

»Aber das ist doch unmöglich!« sagte Helen. »Mr. Knebworth

sagte, daß ich die Rolle in diesem Film von Anfang bis zu Ende spielen solle.«

Die Mendoza schüttelte lächelnd den Kopf.

»Sie können sich nicht darauf verlassen, was die Leute Ihnen sagen. Gerade im Augenblick hat er mir mitgeteilt, daß ich mich für morgen vormittag bereit halten soll, um bei den Aufnahmen in den South Downs zu spielen.«

Helens Mut sank. Sie wußte, daß morgen dort gespielt werden sollte. Aber sie hatte natürlich nicht erfahren, daß Stella Mendoza ihre Informationen von dem verärgerten Connolly erhalten hatte.

»Natürlich ist es sehr peinlich für Sie«, fuhr Stella vorsichtig fort. »Ich an Ihrer Stelle würde so lange zur Stadt gehen und mich einige Wochen fernhalten, bis die ganze Sache vorüber ist. Ich fühle, daß ich eigentlich die Schuld trage, daß Sie so Unannehmlichkeiten haben, und wenn ich durch Geld die Sache wieder gutmachen könnte –.«

Bei diesen Worten öffnete sie ihre Tasche und nahm einen dicken Stoß Banknoten heraus. Sie zählte vier davon ab und legte sie auf den Tisch .

»Wofür soll das sein?« fragte Helen kalt.

»Nun ja, meine Liebe. Sie werden doch Ausgaben haben –«

»Wenn Sie sich einbilden, daß ich nach London gehe, ohne Mr. Knebworth zu sprechen und ohne mich davon zu überzeugen, ob Sie die Wahrheit reden –«

Stella Mendozas Gesicht wurde feuerrot.

»Glauben Sie etwa, daß ich lüge?«

Sie ließ ihre freundliche Maske fallen und stand wie eine Xanthippe da, die Arme in die Seiten gestemmt. Mit dunkelrotem Gesicht schaute sie Helen an.

»Ich weiß nicht, ob Sie lügen oder ob Sie nur falsch unterrichtet sind«, sagte Helen. Sie machte sich wenig aus Stellas Toben und war nicht erschrocken über die Nachrichten, die sie soeben vernommen hatte. »Für heute ist dies mein Zimmer, und ich bitte Sie, den Raum sofort zu verlassen.«

Sie öffnete die Tür. Einen Augenblick sah es so aus, als ob Stella Mendoza die Hand gegen Helen erheben wolle, aber die starke, breitschultrige irische Ankleidefrau, die stumm, aber interessiert von draußen zugehört hatte, schob ihre dicke Gestalt dazwischen und drängte den wütenden Star in den Korridor.

»Ich werde Sie da schon herausbringen«, schrie Stella über die Schulter der Frau zurück. »Jack Knebworth hat in der Gesellschaft noch lange nicht alles zu sagen! Mein Einfluß ist groß genug, daß ich ihn hinauswerfen kann!«

Es folgte noch eine Flut von Schimpfworten, die man nicht wiederholen kann. Aber Helen Leamington hörte sie in stillem Zorn an. Sie war sehr erleichtert, denn die ohnmächtige Wut der anderen verriet die Wahrheit zu deutlich. Sie wußte jetzt, daß Stella sie belogen hatte. Im ersten Augenblick hatte sie sich allerdings täuschen lassen und ihr geglaubt. Sie war überzeugt, daß Knebworth keinen Augenblick zögern würde, sie sofort fallenzulassen und ein anderes Mitglied an ihre Stelle zu setzen, wenn er dadurch die Güte des Films heben könnte.

Knebworth war allein, als ihm seine frühere Diva gemeldet wurde. Zuerst hatte er die Absicht, Stella überhaupt nicht zu empfangen. Sie ließ ihn aber gar nicht erst zu einem Entschluß kommen, sondern überfiel ihn einfach in seinem Zimmer, während er noch überlegte, was er tun sollte. Einen Augenblick sah er sie durchbohrend an, dann winkte er sie mit einem Kopfnicken herein. Als sie die Tür geschlossen hatte, sagte er:

»Ich habe früher schon Gelegenheit gehabt, vieles an Ihnen zu bewundern, Stella, nicht zuletzt Ihre Zähigkeit, aber wenn Sie mir jetzt sagen wollen, daß Vergangenes vergangen sein soll, sind Sie bei mir an die falsche Adresse gekommen. Sie werden in dem Film nicht mehr mitspielen, und wahrscheinlich überhaupt in keinem Film mehr, den ich drehe.«

»So?« fragte sie gedehnt. Dabei setzte sie sich ohne Einladung in einen Sessel und nahm eine Zigarettendose aus ihrer Tasche.

»Ich weiß schon, Sie sind hierhergekommen, um mir zu sagen, daß Sie großen Einfluß bei einer Anzahl von Aktionären haben«, sagte Jack. Stella war verärgert. Beinahe hätte sie geglaubt, daß eine telefonische Verbindung zwischen dem Ankleideraum und dem Büro bestünde, aber sie wußte genau, daß eine solche nicht vorhanden war.

»Ich habe schon mit vielen Damen zu tun gehabt in meinem Beruf«, fing er wieder an. »Und jedesmal, wenn ich eine hinausgesetzt habe, hat sie den Präsidenten, den Vizepräsidenten oder den Schatzmeister in Bewegung gebracht und gegen mich ausspielen wollen. Aber alle haben es nicht fertiggebracht, mich aus der Gesellschaft herauszubringen. Leute, die finanziell an der Gesellschaft interessiert sind – mögen sie Sie persönlich noch so gern haben und bis über beide Ohren in Sie verliebt sein –, müssen doch vor allem Geld verdienen, um Sie lieben zu können. Und wenn ich keine Filme drehe, die verkäuflich sind, ist auch ein gewisser Aktionär nicht in der Lage, Ihnen Brillantkolliers zu schenken.«

»Nun gut, wir wollen sehen, ob Sir Gregory auch so denkt«, sagte sie überheblich.

Jack Knebworth grinste.

»Gregory Penne? Sieh einmal an – ich wußte gar nicht, daß er auch Ihr Freund ist. Stimmt, der ist auch Aktionär unserer Gesellschaft, aber er hat nicht genug Anteile, um irgendwie seine Meinung durchsetzen zu können. Vielleicht hat er Ihnen nur gesagt, daß er es könnte. Und selbst, wenn er neunundneunzig Prozent aller Anteile hätte, würde sich der alte Jack Knebworth nicht darum kümmern, denn der hat einen Vertrag in der Tasche, der ihm in solchen Dingen Vollmacht gibt. Ich kann meine Stelle nur dann verlieren, wenn ich dauernd Filme drehe, die unverkäuflich sind. Meine Stellung können Sie nicht erschüttern, Stella! In dem Punkt irren Sie sich, meine Gnädige!«

»Wollen Sie mich denn auch auf die schwarze Liste setzen?« fragte sie verdrießlich.

Vor dieser Strafe hatte Stella die größte Angst – daß Jack Knebworth allen Filmgesellschaften mitteilen würde, daß sie ihn mitten in einem Film hatte sitzenlassen.

»Ich habe schon daran gedacht«, sagte er und nickte. »Aber ich will nicht rachsüchtig sein, ich will Sie laufenlassen, und wir können ja sagen, daß die Rolle Ihnen nicht lag und daß Sie deswegen austraten. Im Grunde genommen ist es ja ganz egal, was Sie für Flausen machen. Gehen Sie mit Gott, Stella – ich glaube ja nicht, daß Sie diesen Weg einschlagen werden, weil Sie nicht so veranlagt sind, aber immerhin!«

Er verabschiedete sie, und sie ging um vieles bescheidener weg, als sie gekommen war. Draußen traf sie Lawley Foß und erzählte ihm das Resultat ihrer Unterhaltung.

»Das ist gerade so, als ob Sie gar nichts mehr bedeuteten«, sagte er. »Ich würde ja gern für Sie eintreten, Stella, aber im Moment muß ich für mich selbst sprechen«, fügte er bitter hinzu. »Der Gedanke, daß ein Mann von meiner Begabung sich solch einem verdammten alten Yankee unterordnen muß, ist sehr beschämend.«

»Sie müßten eigentlich Direktor einer eigenen Gesellschaft sein, Lawley«, sagte sie. Foß war das nichts Neues, das hatte sie mindestens schon ein dutzendmal zu ihm gesagt. »Sie schreiben die Filme, und ich spiele die Hauptrollen. Dann würden Sie großen Erfolg haben. Durch Ihre Konkurrenz können Sie Kneb einfach totmachen. Ich weiß das, Lawley. Ich war drüben in Amerika an der einzigen Stelle auf der ganzen Erde, wo man wirklich Kunst schätzt, und ich kann Ihnen sagen, daß ein solcher Stümper wie Jack Knebworth sich nicht eine Lichtmeile lang in Hollywood halten könnte!«

»Eine Lichtmeile lang«, war ein Ausdruck, den sie von einem Verehrer angenommen hatte, der wissenschaftlichen Kreisen angehörte. Sie gebrauchte ihn gar zu gern. Erstens klang es großartig, und dann mußten die anderen immer erst um eine Erklärung fragen. Aber zu ihrem nicht geringen Ärger wußte Foß genügend mit den Anfangsgründen der Physik Bescheid und fragte sie nicht danach.

»Ist er jetzt im Büro?« fragte er.

Sie nickte. Ohne ein Wort zu verlieren, klopfte Lawley Foß an die Tür. Es war ihm nicht recht wohl dabei.

»Mr. Knebworth, ich wollte Sie um eine Gefälligkeit bitten.«

»Geld?« fragte Jack, indem er ihn unter seinen buschigen Augenbrauen von unten herauf ansah.

»Ja, tatsächlich, Geld. Ein oder zwei kleine Rechnungen habe ich übersehen, und der Gerichtsvollzieher ist hinter mir her. Ich muß heute nachmittag bis zwei Uhr fünfzig Pfund auftreiben.«

Jack zog eine Schublade seines Schreibtisches auf, nahm ein Scheckbuch heraus und schrieb einen Scheck aus, aber nicht über fünfzig sondern über achtzig Pfund.

»So, hier haben Sie ein Monatsgehalt im voraus«, sagte er. »Bis heute haben Sie ja das Geld bekommen. In Ihrem Vertrag ist vorgesehen, daß Sie einen Monat Kündigungsfrist haben, oder daß Ihnen das Gehalt für einen Monat im voraus ausgezahlt werden muß. Das war Ihr letztes Gehalt.«

Foß wurde dunkelrot. »Soll das bedeuten, daß ich entlassen bin?« fragte er mit lauter Stimme.

Jack nickte.

»Ich habe Sie entlassen – nicht, weil Sie immer Geld brauchen, und nicht, weil es furchtbar schwer ist, mit Ihnen umzugehen, sondern wegen Ihrer Handlungsweise gestern abend.«

»Was meinen Sie damit?« fragte Foß fassungslos.

»Ich bin Brixans Ansicht, daß Sie die weiße runde Marke am Fenster von Miss Leamingtons Zimmer angebracht haben, um einem Beauftragten von Sir Gregory Penne ein Zeichen zu geben. Nun wohl, der kam auch und hätte beinahe meine Diva geraubt.«

Foß lächelte verächtlich.

»Sie werden pathetisch, Knebworth«, sagte er. »Ihre Diva entführen? So etwas mag vielleicht in Amerika vorkommen – in England gibt es das nicht.«

»Machen Sie, daß Sie hinauskommen!« sagte Jack, der sich wieder seiner Arbeit zuwandte.

»Lassen Sie mich Ihnen doch erklären«, begann Foß.

»Ich lasse Sie gar nichts mehr erklären«, fuhr Knebworth auf. »Ich gestatte auch nicht mehr, daß Sie Lebewohl sagen. Hinaus!«

Als die Tür hinter seinem Besucher zugeschlagen war, klingelte der Direktor, und als sein Hilfsregisseur eintrat, sagte er:

»Bitte, lassen Sie Miss Leamington zu mir kommen, ich möchte endlich einmal einen liebenswürdigen Menschen um mich sehen!«

15

Chichester ist gerade nicht wegen seiner vornehmen Restaurants berühmt, aber der Speisesaal des kleinen Hotels, in dem sich drei Herren an einem Nachmittag trafen, war immerhin ruhig und anheimelnd.

Als Mike Brixan in sein Hotel zurückkam, warteten zwei Herren auf ihn, die ihn zu sehen wünschten. Nachdem sie sich kurz vorgestellt hatten, bat er sie mit sich nach oben in sein Wohnzimmer.

»Ich freue mich, daß Sie gekommen sind«, sagte er, als der Inspektor die Tür hinter sich geschlossen hatte. »Reine Kriminalarbeit ist mir noch neu. Ich fürchte, daß ich Ihnen nur dunkle Andeutungen machen kann«, gestand er lächelnd. »Im Augenblick bin ich noch nicht so weit, daß ich alle meine Verdachtsgründe aussprechen könnte.«

Der Detektivinspektor Lyle, der Rangältere der beiden, lachte.

»Wir sind Ihnen vollkommen unterstellt, Captain Brixan«, sagte er, »und keiner von uns beiden hat das Recht, Sie um Aufklärung zu bitten. Die Informationen, um die Sie gebeten haben, hat Sergeant Walters mitgebracht.« Dabei wies er auf seinen stattlichen Begleiter.

»Welche Informationen? Ach, Sie meinen Gregory Penne? Kennt ihn die Polizei?« fragte Brixan interessiert.

Sergeant Walters nickte.

»Er wurde überführt und bestraft, weil er vor einigen Jahren sich an einer Angestellten vergriffen hatte – an einer Frau. Soviel ich feststellen konnte, hat er dem Mädchen gegenüber die Peitsche gebraucht, und es war dicht daran, daß er ins Gefängnis gekommen wäre. Damals wurde unsere Aufmerksamkeit das erstemal auf ihn gelenkt. Wir haben Erkundigungen über ihn eingezogen, sowohl in London als auch in den malaiischen Staaten, und wissen jetzt ziemlich genau über ihn Bescheid. Er ist ein reicher Mann. Da er ein entfernter Vetter des letzten Barons war, hatte er unverhofftes Glück, als er den Titel erbte. In Borneo lebte er fünfzehn oder zwanzig Jahre lang tatsächlich im Dschungel. Und die Geschichten, die wir über ihn erfahren haben, sind nicht besonders schön. Einige davon können Sie zu Ihrer Unterhaltung lesen, sie sind in diesem Aktenstück zusammengestellt.«

Mike nickte.

»Steht in den Akten irgend etwas von einem Orang-Utan, den er erzogen hat und der ihn bedient?«

»Bhag? O ja, den kennen wir ganz genau«, sagte der Beamte zu seiner größten Verwunderung. »Penne fing ihn ein, als er noch ein ganz junges Tier war, und zog ihn in der Gefangenschaft groß. Es ist sehr schwer, den Mann zu kontrollieren, weil er niemals mit den gewöhnlichen Postdampfern nach England zurückkehrt, so daß es geradezu unmöglich ist, stets ein Auge auf ihn zu haben. Er hat seine eigene Jacht, ein feines seetüchtiges Schiff, die ›Kipy‹. Offiziere und Besatzung sind Papuas. Es ist schwer dahinterzukommen, wen und was er mitbringt und mit sich nimmt. Als Penne das letztemal auf Fahrt war, wäre es ihm beinahe ans Leben gegangen. Er hatte einen schweren Streit mit einem Eingeborenen dort unten – wir haben später von der Sache erfahren. – Nun, Mr. Brixan, was sollen wir für Sie tun?«

Mike erteilte ihnen nur wenige und kurze Instruktionen.

Als Helen an diesem Abend auf dem Heinweg war, bemerkte sie, daß ihr ein Mann folgte, und da sie in der vergangenen Nacht allerhand erlebt hatte, wurde sie unruhig. Als sie aber nach Hause kam, fand sie eine Nachricht von Mike Brixan:

›Wären Sie damit einverstanden, wenn ich einen Mann von Scotland Yard beauftrage, über Sie zu wachen? Ich glaube nicht, daß noch irgendeine Gefahr für Sie besteht. Aber ich wäre viel beruhigter, wenn Sie nichts gegen diese Sicherheitsmaßregel einwenden würden.‹

Sie runzelte die Stirn, als sie den Brief las. Sie wurde also überwacht! Diese Entdeckung war nicht angenehm für sie, doch konnte sie nichts dagegen sagen. Viel eher war sie diesem strebsamen jungen Mann, der überall auftauchte, zu wärmstem Dank verpflichtet. Er schien tatsächlich die Absicht zu haben, sie nicht aus den Augen zu lassen.

16

Lawley Foß hatte wieder neuen Grund, sich über das Leben zu beklagen, und er sammelte seine Streitkräfte, um sich an dieser Welt zu rächen, die ihn so ungerecht behandelte. Die erste und mächtigste seiner Bundesgenossen war Stella Mendoza. Im Salon der kleinen, schönen Villa, die Stella bezogen hatte, als sie bei der Knebworth-Filmgesellschaft eintrat, wurde ein regelrechter Kriegsrat abgehalten. Der Dritte im Bund war Mr. Reggie Connolly. Da sie alle drei denselben Gegner hatten, verbrüderten sie sich miteinander und schlossen in selbstloser Freundschaft ein Bündnis.

»Wir sind von Knebworth niederträchtig behandelt worden, besonders Sie, Mr. Foß. Mit Ihnen verglichen, ist mein Fall nicht von Bedeutung.«

»Aber wie er gegen Sie vorgegangen ist, bringt mich wirklich auf«, sagte Foß energisch. »Bedenken Sie doch, eine Künstlerin von Ihrem Rang!«

»Vergessen Sie nicht, was Sie alles für ihn getan haben«, sagte Stella wieder. »Und dann Reggie – hat er den nicht wie einen Hund behandelt?«

»Persönlich macht mir das ja nichts aus«, sagte Reggie. »Ich kann ja immer wieder in einen neuen Vertrag hineinrutschen. Mir ist es nur um Sie zu tun.«

»Wenn es darauf ankommt – jeder von uns kann leicht einen neuen Vertrag bekommen«, unterbrach ihn Stella etwas scharf. »Ich kann meine eigene Gesellschaft aufmachen, wenn ich will. Zwei Direktoren sind wild darauf, mich zu engagieren. Ich habe zwei Verehrer, die sich ein Vergnügen daraus machen würden, ihren letzten Penny herzugeben, um mir mein eigenes Unternehmen zu starten – mindestens würden sie eine Menge Geld aufbringen. Und Chauncey Seller ist verrückt danach, als mein Partner zu spielen. Sie wissen doch, wie berühmt er ist! Er würde mich in den Vordergrund bringen und selbst mit einer kleineren Rolle zufrieden sein. Er ist ein reizender Mensch und der beste jugendliche Darsteller – nicht nur in England, sondern auf der ganzen Welt!«

Mr. Connolly räusperte sich.

»Die Frage ist, ob wir das Geld gleich bekommen«, sagte Foß, der die Sache von der praktischen Seite betrachtete. Aber Stella gab ihm keine bindende, direkte Antwort und schien auch durch seinen plötzlichen Eifer in dieser Richtung nicht sehr erfreut.

»Sollte das nicht der Fall sein, so glaube ich, daß es mir möglich sein wird, das ganze Geld aufzubringen«, sagte Foß zur Überraschung der beiden anderen. »Ich kann jetzt noch nicht sagen, von wem oder auf welche Art ich das Geld auftreibe. Aber soviel steht fest – ich kann große Summen flüssig machen, und es ist leichter, Kapital für einen bestimmten Plan aufzubringen, als für mich persönlich.«

»Sie glauben, das ist mit geringerem persönlichen Risiko verbunden?« meinte Connolly, der nur etwas sagen wollte, um auch an der Unterhaltung teilzunehmen.

Aber mit dieser Bemerkung hatte er Pech, um so mehr, als er hiermit den Nagel auf den Kopf getroffen hatte. Foß wurde dunkelrot. »Was zum Teufel verstehen Sie unter ›mit geringerem Risiko verbunden‹?«

Der arme Reggie hatte nichts Besonderes damit sagen wollen und beeilte sich, dies ohne weiteres zuzugeben. Er hatte doch nur helfen wollen und war nun verdrießlich über den Sturm, den er hervorgerufen hatte. Er war überhaupt unzufrieden, denn je weiter die Unterhaltung fortschritt, desto mehr wurde er in den Hintergrund gedrängt. Und nichts kann einen Verschwörer mehr in Wut bringen, als wenn er sieht, daß die Verschwörung ohne ihn gemacht wird. Er war überzeugt, daß er jetzt seine Persönlichkeit zur Geltung bringen müßte.

»Das ist alles ganz schön, Stella«, sagte er. »Aber es scheint mir fast so, als ob ich kaltgestellt werden soll. Was nun Chauncey Seller angeht – natürlich hat er in mehr Filmen gespielt als zwei andere Darsteller zusammen, das weiß ich sehr wohl. Was Sie sonst noch alles von ihm erzählt haben, interessiert mich nicht. Ich weiß schon, Sie halten mich für einen schrecklichen Spielverderber, aber ich muß doch sagen, daß wir dem alten Jack Knebworth allerhand verdanken – denke ich wenigstens. Ihnen zuliebe habe ich meine Stellung aufs Spiel gesetzt. Ich bin auch bereit, alles zu tun, was Sinn und Vernunft hat. Aber wenn Sie Chauncey Seller vorziehen wollen – nebenbei bemerkt, ein ganz übler Mensch – und wenn Foß mir gleich an die Kehle springt, wenn ich irgendeine Bemerkung mache, so muß ich schon sagen, daß ich mich besser nicht an der Neugründung beteilige.«

Die beiden hatten gar kein Interesse daran, ihn zu beruhigen, da sie so mit ihren Plänen für die Zukunft beschäftigt waren, daß sie nicht an die Gegenwart dachten. Reggie war über alle Maßen aufgebracht und verließ das Haus, noch bevor Stella überlegt hatte, daß sie besser getan hätte, ihn zurückzuhalten. Sie hätte dann Knebworth wenigstens dadurch geschädigt, daß er alle die Szenen, in denen Reggie bisher mitgespielt hatte, noch einmal aufnehmen mußte.

»Wir wollen uns über Connolly nicht den Kopf zerbrechen«, sagte sie. »Der Film wird sowieso eine böse Katastrophe mit der Statistin in der Hauptrolle, sie kann doch nichts.«

»Ich habe einen Freund in London«, erklärte Foß, nachdem das alte Thema wiederaufgenommen wurde, »der das ganze Geld aufbringen kann. Ich habe ihn gewissermaßen in der Hand. Tatsächlich – ich kann ihn sogar dazu zwingen. Heute abend noch werde ich zu ihm gehen.«

»Und ich will meinen Freund aufsuchen«, sagte Stella. »Wir werden das Unternehmen die Stella-Mendoza-Filmgesellschaft nennen.«

Lawhey Foß hatte seine Bedenken dagegen. Ihm schwebte ein anderer Name vor. Schließlich war er bereit, einen Vergleich zu schließen und die Firma Foß-Mendoza- oder F.-M.-Gesellschaft zu nennen. Dieser Vorschlag wurde von Stella unter der Voraussetzung akzeptiert, daß die beiden Namen umgestellt wurden.

»Wer ist eigentlich Brixan?« fragte sie, als Foß aufbrechen wollte.

»Ein Detektiv.«

Sie machte große Augen.

»Ein Detektiv? Was tut er denn hier?«

Layley Foß lächelte verächtlich.

»Er hat sich eine Aufgabe gestellt, die keiner seines Verstandes lösen wird. Er will nämlich den Kopfjäger ausfindig machen. Ich bin der einzige Mann auf der Welt, der ihm helfen könnte. Statt dessen«, lächelte er wieder, »helfe ich mir selbst.«

Mit dieser geheimnisvollen und mystischen Andeutung verließ er sie.

Stella Mendoza war eine ehrgeizige Frau, und wenn Ehrgeiz auf Reichtum und Ruhm gerichtet ist, müssen Gewissensskrupel zurücktreten. Um ihr Privatleben und ihren Ruf stand es nicht besser und nicht schlechter als um den tausend anderer Frauen, und ihre Vorliebe für eine luxuriöse Wohnung und teures Essen gehörte nun einmal zu ihrem Beruf. Man kann gewisse Sünden und Vergehen nicht immer einer bestimmten Klasse zuschreiben, denn die Selbsterziehung spielt eine größere Rolle. Die eine Frau würde lieber sterben als ihre Selbstachtung verlieren, die andere wiederum würde gerade das Gegenteil tun, um nicht in Elend und Not zu kommen, und würde sich über Mittel und Wege, die zu ihrem Ziele führen, keine Gedanken machen.

Als sich Foß verabschiedet hatte, ging sie nach oben, um sich umzuziehen. Es war noch zu früh, um den Besuch zu machen, den sie vorhatte, denn Sir Gregory wünschte keine Besuche bei Tag. Auf der einen Seite hatte er gar keine Bedenken, Bhag auf ein gefährliches und verbrecherisches Abenteuer auszuschikken, auf der anderen Seite war er bemüht, nach außen hin den guten Anstand nicht zu verletzen.

Sie schrieb einige Briefe und brachte sie zur Post. Als sie am Spätnachmittag mit ihrem Auto durch Chichester fuhr, sah sie Mike Brixan in einer merkwürdigen Situation. Er stand mitten in einer großen Menschenmenge in der Nähe des Marktplatzes. Sogar ein Polizist war dort, sie sah seinen Helm. Sie war einen

Augenblick versucht, auszusteigen, um ihre Neugierde zu befriedigen; aber dann änderte sie ihre Absicht. Als sie später wieder an der Stelle vorüberfuhr, war die Menge zerstreut und Mike Brixan verschwunden. Auf der Heimfahrt dachte sie darüber nach, ob der Detektiv dort wohl berufsmäßig zu tun gehabt hatte.

Mike war durch Chichester geschlendert und dabei auf eine große Ansammlung von Leuten gestoßen, die sich um einen Polizisten geschart hatte. Dieser bemühte sich vergeblich, sich mit einem kleinen, braunen Eingeborenen zu verständigen. Der Mann sah in seinem schlechtsitzenden, fertiggekauften Anzug furchtbar komisch aus. Auf dem Kopf trug er einen steifen Hut, der viel zu groß für ihn war. In der einen Hand hielt er ein Bündel, das mit einem hell leuchtenden, großen grünen Taschentuch zusammengeknüpft war. Unter dem Arm hatte er einen langen Gegenstand, der in Leinen eingenäht und stark verschnürt war. Mike dachte zuerst, daß er einer von Pennes malaiischen Dienern wäre, aber dann überlegte er sich, daß Sir Gregory nicht zulassen würde, daß einer seiner Leute sich in einem solchen Aufzug im Land umhertriebe.

Er bahnte sich einen Weg zu dem Polizisten, der ihn militärisch grüßte.

»Beim besten Willen kann ich den Kerl nicht verstehen«, sagte er. »Er will etwas wissen, aber ich kann nicht herausbringen, was er will. Gerade eben ist er in die Stadt gekommen.«

Der braune Mann wandte seine dunklen Augen auf Brixan. Er sagte etwas, was der Detektiv nicht verstand. Der Fremde hatte etwas Vornehmes in seinem Wesen, das selbst die lächerlich wirkende Kleidung nicht ganz verwischen konnte. Seine Haltung war aufrecht. Die unbeschreibliche Würde, die in seinem Benehmen lag, zog sofort Mikes Aufmerksamkeit auf sich. Plötzlich kam ihm ein guter Gedanke. Er redete den Mann auf Holländisch an. Die Augen des Eingeborenen leuchteten auf.

»Ja, Mynheer, ich spreche Holländisch.«

Mike vermutete mit Recht, daß er aus dem Malaiischen Archipel kam, wo die besseren Klassen der Eingeborenen Holländisch und Portugiesisch sprechen.

»Ich komme von Borneo und suche einen Mann, der Truji heißt. Er ist Engländer. Nein, Mynheer, ich will nur sein Haus sehen. Er ist ein großer Mann in meinem Lande. Wenn ich sein Haus gesehen habe, kehre ich nach Borneo zurück.«

Mike beobachtete ihn, als er sprach. Wenn man von der großen, langen, häßlichen Narbe absah, die von seiner Stirn bis zum Kinn reichte, hatte er ein schönes Gesicht.

Der Detektiv dachte sich, daß er ein neuer Diener für Gregory Penne sei, und beschrieb ihm den Weg dorthin.

Er beobachtete den merkwürdigen Fremden, bis er mit seinem Bündel verschwunden war.

»Eine seltsame Sprache«, sagte der Polizist. »Für mich war es dasselbe, als ob er Holländisch gesprochen hätte.«

»Für mich auch«, sagte Mike und lächelte. Dann setzte er seinen Weg zum Hotel fort.

17

Helen Leamington saß auf ihrem Bett. Neben ihr stand eine Schachtel Konfekt. Sie hatte die Knie hochgezogen und war eifrig mit ihrem Filmmanuskript beschäftigt. Aber obgleich sie sich die größte Mühe gab, war es ihr doch unmöglich, die komplizierten Anweisungen zu verstehen, die Foß an den Rand der Seiten geschrieben hatte. Sie runzelte die Stirn. Für gewöhnlich fiel es ihr nicht allzu schwer, ein Filmmanuskript durchzuarbeiten. Aber heute wanderten ihre Gedanken, sie beschäftigten sich nicht mit dem Film. Und obwohl sie im Manuskript las, erfaßte sie doch nicht dessen Sinn. Es wäre dasselbe gewesen, wenn sie leere Seiten vor sich gehabt hätte.

Wer war Mike Brixan eigentlich? Sie stellte sich einen Detektiv ganz anders vor. Warum hielt er sich hier in Chichester auf? War es möglich, daß er ihretwegen ...? Sie gab diesen Gedanken sofort wieder auf und ärgerte sich über sich selbst. Es war doch ganz unmöglich, daß ein Mann, der ein schreckliches Verbrechen aufklären wollte, sich nur hier aufhielt, um ihr nahe zu sein. Ob der Mörder, der Kopfjäger, in der Nähe von Chichester wohnte? Bei dieser Vorstellung legte sie das Manuskript gedankenvoll auf ihre Knie.

Die Stimme ihrer Wirtin störte sie auf.

»Wollen Sie Mr. Foß empfangen?«

Sie sprang vom Bett und öffnete die Tür.

»Wo ist er?«

»Ich habe ihn ins Empfangszimmer gebeten«, sagte die Wirtin, die jetzt schon etwas mehr Respekt vor ihr bekommen hatte. Wenn eine Statistin zu einer Filmdiva avancierte, so wußte man dies natürlich in der Kleinstadt. Die Bewohner nahmen überhaupt regen Anteil an den Schicksalen der Filmschauspieler, die für sie von größter Bedeutung waren.

Lawley Foß stand am Fenster und schaute hinaus, als sie in das Zimmer trat.

»Guten Tag, Helen!« sagte er in guter Laune. Früher hätte er sie nie bei ihrem Vornamen genannt, selbst wenn er ihn gekannt hätte.

»Guten Tag, Mr. Foß«, sagte sie lächelnd. »Zu meinem Bedauern habe ich gehört, daß Sie nicht mehr in unserer Gesellschaft tätig sind.«

Foß zuckte gleichgültig die Achseln.

»Die Firma war zu klein, als daß ich mich dort hätte richtig entfalten können«, sagte er. Er war gespannt, ob Brixan ihr etwas von dem runden, weißen Papier auf ihrem Fenster erzählt hatte, und freute sich, als er fand, daß sie nichts davon wußte. Foß selbst maß der Sache keinerlei Bedeutung bei. Er war nur zu sehr geneigt, Gregorys Erklärung anzunehmen, der ihm gesagt hatte, daß er Miss Leamington sehr verehre und ihr einen Blumenstrauß durch das Fenster schieben wolle. Durch dieses Geschenk hoffe er, sie zu besänftigen. Foß hatte ihn bei sich einen liebestollen Narren genannt und hatte ihm seinen Wunsch erfüllt. Was Knebworth ihm mitgeteilt hatte, wollte er nicht glauben und lehnte es als phantastische Übertreibung ab.

»Helen, Sie sind noch sehr jung und unerfahren. Sie tun sehr unrecht, wenn Sie einen Mann wie Gregory Penne ablehnen«, sagte er. Aber er sah an ihrem Gesichtsausdruck sofort, daß er auf diese Weise keinen Erfolg haben würde. »Es hat doch keinen Zweck, daß Sie etwas Besonderes für sich haben wollen. Wir sind nun einmal alle Menschen. Es ist doch nichts dabei, wenn Sie Gregory Penne einmal treffen. Niemand kann etwas dabei finden! Hunderte von jungen Damen speisen mit einem Herrn zu Abend, ohne daß irgend etwas Schlimmes geschieht. Ich bin ein Freund von ihm und besuche ihn heute abend in einer wichtigen persönlichen Sache – wollen Sie mit mir kommen?«

Sie schüttelte den Kopf.

»Es ist möglich, daß nichts dabei ist, aber mir macht es eben keinen Spaß.«

»Er ist reich und hat großen Einfluß«, sagte Foß eindringlich. »Seine Bekanntschaft könnte Ihnen viel nützen.«

Aber sie schüttelte den Kopf.

»Ich brauche keine andere Hilfe als meine Begabung«, sagte sie, »beinahe hätte ich Kunst gesagt, aber das klingt zu hochtrabend. Ich brauche die Befürwortung eines reichen Mannes nicht. Wenn ich ohne diese keinen Erfolg haben sollte, dann habe ich eben nicht das Zeug zur Filmdiva und will mich damit abfinden.«

Foß dachte nach. »Ich glaube, daß ich es auch ohne Sie kann, aber ich wäre sehr froh gewesen, wenn Sie mir geholfen hätten. Er mag Sie sehr gern. Wenn Stella Mendoza das wüßte, würde sie Sie umbringen.«

»Miss Mendoza?« fragte das Mädchen erstaunt. »Warum? Kennt sie ihn denn?«

Er nickte.

»Ja, aber nur sehr wenig Leute wissen darum. Es gab einmal eine Zeit, wo er alles für sie getan hätte, und sie war in ihrer Art sehr klug und wies seine Hilfe nicht zurück. Die Mendoza hat jetzt so viel Geld, daß sie es zum Fenster hinauswerfen könnte, und Diamanten genug, um die Schatzkammer im Tower zu füllen.«

Helen horchte erschreckt auf. Sie konnte es nicht glauben. Foß beeilte sich deshalb, dafür zu sorgen, daß Stella nichts von seiner Indiskretion erfahren würde.

»Sie brauchen ihr das nicht zu sagen, das war nur eine ganz vertrauliche Mitteilung. Auch möchte ich mich mit Penne nicht gern überwerfen.« Er schüttelte sich. »Der Mann ist ein Teufel.«

Sie biß sich auf die Lippen. »Und trotzdem wollen Sie mich dazu veranlassen, mit ihm zu speisen? Und wollen mich dazu mit Miss Mendozas Diamanten ködern?«

»Ich vermute, daß Sie von ihr nicht viel Gutes denken?« sagte er höhnisch.

»Sie tut mir leid«, sagte das Mädchen ruhig. »Aber ich möchte mir selbst nicht leid tun!«

Schweigend öffnete sie die Tür, und er ging ohne Gruß fort. Nach allem, dachte er, würde er auch ohne fremde Hilfe sein Ziel erreichen.

Denn in seiner Brieftasche lag ein Stück Papier, das mit der Schreibmaschine des Kopfjägers geschrieben war, und das war viele tausend Pfund wert, wenn er dem Verbrecher mit seinen Enthüllungen drohte.

18

Mr. Sampson Longvale machte nach dem Abendessen einen kleinen Spaziergang vor seinem zerfallenen Haus. Wie gewöhnlich trug er einen langen, grauseidenen Schlafrock, der von einem roten Gürtel zusammengehalten wurde, und eine seidene Mütze auf dem Kopf. Er rauchte seine altmodische Tonpfeife, und während er vor seinem Anwesen auf und ab ging, blies er große Rauchwolken in die Luft.

Er wünschte seiner Aufwartefrau ein freundliches gute Nacht. Sie kam täglich, um seine Zimmer zu reinigen und das Essen für ihn zu kochen. Als er Schritte auf dem Fahrweg hörte, dachte er zuerst, daß es seine Angestellte wäre, die noch einmal zurückkam, gewöhnlich hatte sie etwas vergessen. Als er sich umwandte, sah er die wenig anziehende Gestalt seines Nachbarn Sir Gregory Penne. Er hatte ihn in schlechter Erinnerung. Die einzige Bekanntschaft, die er bisher mit ihm gemacht hatte, beschränkte sich darauf, daß Penne sich ihm gegenüber recht unangenehm betragen hatte. Der alte Herr wartete ruhig, bis der wenig liebenswürdige Besuch herangekommen war.

»Guten Abend«, brummte Penne. »Kann ich Sie einmal privat sprechen?«

Mr. Longvale nickte.

»Gewiß, Sir Gregory. Wollen Sie bitte näher treten.«

Er führte ihn in das lange Wohnzimmer und steckte die Kerzen in den Leuchtern an. Sir Gregory schaute sich um und kräuselte verächtlich die Lippen, als er die bescheidene Einrichtung sah. Der alte Herr schob ihm einen Stuhl hin, aber es dauerte erst einige Zeit, bevor Penne Platz nahm.

»Nun, Sir Gregory«, sagte Mr. Longvale höflich. »Welchem Umstand verdanke ich das Vergnügen Ihres Besuches?«

»Gestern logierten hier bei Ihnen einige Filmschauspieler?«

Mr. Longvale nickte.

»Ich hörte von einem unsinnigen Gerede, daß mein Affe versucht haben soll, in Ihr Haus einzubrechen.«

»Ein Affe?« fragte Mr. Longvole höchst überrascht. »Es ist das erste, was ich davon höre.«

Der alte Herr sprach die Wahrheit, denn keiner der Beteiligten hatte ihm etwas von dem nächtlichen Abenteuer erzählt. Aber Gregory sah ihn argwöhnisch an.

»Haben Sie wirklich nichts davon erfahren?« fragte er. »Wollen Sie mir das etwa weismachen?«

Der alte Herr erhob sich würdevoll.

»Wollen Sie damit sagen, daß ich Sie belüge, Sir?« fragte er. »Wenn dem so ist, dann ist dort die Tür. Und obgleich ich nur sehr ungern unhöflich gegen einen meiner Gäste bin, bleibt mir in diesem Falle doch nichts anderes übrig, als Sie zu bitten, sofort mein Haus zu verlassen.«

»Es ist schon gut«, sagte Sir Gregory Penne ungeduldig. »Seien Sie nicht böse. Ich komme ja gar nicht deswegen hierher. Sind Sie nicht Arzt?«

Mr. Longvale sah ihn überrascht an.

»In meiner Jugend übte ich die ärztliche Praxis aus«, sagte er.

»Viel haben Sie anscheinend dabei nicht verdient.« Gregory sah sich noch einmal mit beleidigender Offenheit um. »Ich möchte wetten, daß Sie zu nichts gekommen sind.«

»Da sind Sie sehr im Irrtum«, sagte Mr. Longvale ruhig. »Ich habe ein großes Vermögen. Daß ich mein Haus nicht reparieren lasse, hängt damit zusammen, daß ich eine Vorliebe für Ruinen habe. Sicher ist das eine etwas krankhafte Neigung, das gebe ich ohne weiteres zu. Sagen Sie mir aber bitte, woher Sie wissen, daß ich Arzt bin?«

»Ich habe es durch einen meiner Diener erfahren, der zufällig einmal sah, wie Sie einem Fuhrmann einen gebrochenen Finger einrichteten und verbanden.«

»Aber ich habe jahrelang keine Praxis ausgeübt«, sagte Mr. Longvale. »Ich wünschte, ich hätte sie nicht aufgegeben«, fügte er nachdenklich hinzu. »Medizin ist doch eine Wissenschaft –«

»Immerhin«, unterbrach ihn Penne. »Selbst wenn Sie Ihren Beruf nicht mehr ausüben, sind Sie doch ein schweigsamer alter Herr, und das ist das, was ich suche. In meinem Haus liegt ein schwerkrankes Mädchen, ich möchte nicht, daß einer dieser jungen, neugierigen Doktoren seine Nase in meine Privatangelegenheiten steckt. Würden Sie so liebenswürdig sein, sie zu behandeln?«

Der alte Herr nickte nachdenklich mit dem Kopf.

»Ich würde es gern tun«, sagte er. »Aber ich fürchte, meine medizinischen Kenntnisse sind nicht mehr ganz ausreichend. Ist es eine Hausangestellte von Ihnen?«

»Ja, in gewissem Sinne«, sagte Sir Gregory kurz. »Wann können Sie kommen?«

»Ich werde Sie sofort begleiten«, sagte Mr. Longvale ernst und ging aus dem Zimmer. Gleich darauf kam er in seinem langen grauen Gehrock zurück.

Der Baron sah mit einem spöttischen Lächeln auf den altfränkischen Anzug des andern.

»Warum in aller Welt tragen Sie so altmodische Kleider?«

»Für mich sind sie modern«, sagte der alte Herr höflich. »Die heutige Kleidung ist so prosaisch und hat gar keinen Reiz für mich.« Er strich über seinen faltigen Umhang und lächelte. »Ein alter Mann hat seine Eigentümlichkeiten, lassen Sie sie mir, Sir Gregory.«

Zu derselben Zeit, als Mr. Sampson Longvale Sir Gregory nach Griff Towers begleitete, begab sich Mike Brixan in das Büro von Jack Knebworth, der ihn durch einen Boten dorthin hatte holen lassen.

»Ich hoffe, daß Sie nicht böse sind, daß ich Sie zu mir bat«, sagte der Direktor. »Sie erinnern sich doch, daß wir eine Szene in Griff Towers aufgenommen haben?«

Mike nickte.

»Ich möchte, daß Sie sich diese Szene einmal genau ansehen und mir dann sagen, was Sie von – einer bestimmten Sache halten.«

Gespannt folgte Mike dem Direktor in den Vorführungsraum.

»Der Fotograf, der den Streifen entwickelte, zeigte mir schon das Negativ«, erklärte Jack, als sie nebeneinander in dem verdunkelten Zimmer saßen. »Ich will mir jetzt auch das Positiv ansehen.«

»Worum handelt es sich denn?« fragte Mike neugierig.

»Das möchte ich ja gerade herausbringen«, sagte Jack, indem er sich durch das weiße Haar fuhr. »Aber sehen Sie selbst.«

Das Licht blitzte auf und zeichnete ein weißes Quadrat auf die Leinwand. Man hörte, wie der Filmstreifen eingespannt wurde. Dann erschien ein Bild mit zwei Personen – es waren Helen und ihr Partner Reggie Connolly. Mike sah zunächst verständnislos zu. Die Liebesszene zwischen den beiden war ihm langweilig. Im Hintergrund erhob sich die große massive Wand des Turmes, und als Mike genauer hinsah, bemerkte er ein kleines Fenster, das er vom Innern der Halle aus nicht gesehen hatte. Es war dort besonders dunkel, und selbst bei Tage brannte eine Lampe.

»Ich hatte das Fenster gar nicht bemerkt«, sagte er zu dem Direktor.

»Bitte achten Sie gerade darauf!« sagte Jack Knebworth. Und während er noch sprach, zeigte sich dort ein Gesicht.

Zunächst sah man es nur ungenau und verschwommen, aber später konnte man es ganz deutlich erkennen. Es war das schöne, ovale Gesicht eines jungen Mädchens mit dunklen Augen. Die

Haare hingen unordentlich um den Kopf. Mit einem unaussprechlich angstvollen Ausdruck hob es seine Hand, als ob es jemandem winken wollte – wahrscheinlich wollte es sich damals bei Jack bemerkbar machen, der bei dieser Aufnahme Regie führte. So wenigstens erklärte es sich der Direktor. Aber kaum war dieses geheimnisvolle Bild auf dem Film erschienen, als es ebenso plötzlich wieder verschwand. Man konnte sich nur denken, daß das Mädchen mit Gewalt vom Fenster zurückgerissen worden war.

»Was halten Sie davon?« fragte Knebworth.

Mike starrte in Gedanken vor sich hin.

»Es sieht fast so aus, als ob unser Freund Penne eine Gefangene in dem dunklen Turm hat. Das muß die Frau sein, deren Schrei ich gehört habe und von der er mir erzählte, daß sie seine Dienerin sei. Aber das Fenster macht mich nachdenklich. Von innen kann man es nicht sehen. Die Treppe führt von der Halle nach oben. Das Mädchen kann weder auf der Treppe noch auf dem Podest gestanden haben. Ich schließe daraus, daß dem Treppenhaus noch eine besondere Treppe vorgelagert ist. Müssen Sie nun die Aufnahme noch einmal wiederholen?«

Jack schüttelte den Kopf.

»Nein, wir können das Stück retuschieren. Es ist nur ein kurzer Streifen. Aber ich dachte, es interessierte Sie, das zu sehen.«

Das Licht wurde wieder angedreht, und sie gingen zu dem Büro des Direktors zurück.

»Ich kann Penne aus verschiedenen Gründen nicht leiden«, sagte Jack Knebworth. »Besonders seit ich weiß, daß er mit der Mendoza auf sehr vertrautem Fuß steht.«

»Wer ist das – ist das die Diva, die Sie entlassen haben?«

Der andere nickte.

»Stella Mendoza – sie hat weder einen besonders schlechten noch guten Charakter«, sagte er. »Ich habe mich immer gewundert, warum Penne uns so bereitwillig die Erlaubnis gab, bei ihm zu filmen. Jetzt ist mir die Sache natürlich klar. Aber ich kann Ihnen versichern, daß Gregorys Haus noch mehr Geheimnisse enthält.«

Mike lächelte leicht.

»Ein Geheimnis zum mindesten. Aber ich werde diese Nacht noch dahinterkommen«, sagte er. »Ich will Griff Towers genau durchsuchen. Und ich habe nicht einmal die Absicht, Sir Gregory dazu um Erlaubnis zu bitten. Wenn es mir gelingt, das zu entdecken, was ich vermute, dann wird Gregory Penne die nächste Nacht hinter Schloß und Riegel schlafen!«

19

Mike Brixan hatte sich einen schweren Koffer aus der Stadt schicken lassen, der wertvolle Kleidungsstücke enthielt. Eine halbe Stunde lang beschäftigte er sich mit dem Inhalt, dann meldete ihm der Boy des Hotels, daß das Motorrad da sei, das für ihn bestellt worden war. Mit einem Rucksack auf dem Rükken bestieg er das Rad und hatte die Stadt bald hinter sich. Er machte einen Umweg durch die gewundenen Straßen von Sussex, ehe er Dower House erreichte, wo er seine Maschine versteckte.

Es war elf Uhr, als er über die Felder ging, die zu der Hinterpforte führten. Auf dem ganzen Weg lauschte er auf den sanftfüßigen Bhag. Die Hintertür war zu und verschlossen – darauf war er vorbereitet. Er nahm seinen Rucksack ab, nahm ein Bündel Stäbe heraus und schraubte drei zusammen. Oben befestigte er einen dicken, stumpfen Haken, dann legte er die übrigen Stäbe zurück. Er hob den Haken bis zur Kante der hohen Mauer, prüfte die Festigkeit – und in wenigen Sekunden war er auf seiner Leiter hochgeklettert und sprang auf die andere Seite hinab.

Er folgte dem Weg, den er früher schon einmal genommen hatte, und hielt sich im Gebüsch. Scharf spähte er links und rechts nach dem gefährlichen Diener Pennes aus. Als er zu dem Ende der Hecke kam, öffnete sich die Tür der Vorhalle, und zwei Männer traten heraus. Der eine war Penne, den schlanken Mann an seiner Seite erkannte er im Augenblick nicht, bis er dessen Stimme hörte. Es war Mr. Sampson Longvale!

»Ich glaube, daß sie durchkommt. Die Wunden sind nicht

sehr schlimm. Es sieht fast so aus, als ob sie von einer ungeheuren Klaue gepackt worden wäre«, sagte Longvale. »Ich hoffe, daß meine Hilfe von Nutzen war, Sir Gregory, obwohl ja, wie ich Ihnen schon erzählte, meine medizinische Tätigkeit fast fünfzig Jahre zurückliegt.«

Der alte Longvale war also Arzt! So sehr überraschte Mike diese Neuigkeit nicht. In dem wohlwollenden Verhalten und in der freundlichen Art dieses Mannes lag etwas, das selbst einen weniger guten Psychologen als Mike Brixan an einen solchen Beruf hätte denken lassen.

»Mein Wagen wird Sie zurückbringen«, hörte er Sir Gregory sagen.

»Nein, ich danke Ihnen, ich möchte zu Fuß gehen. Es ist ja nicht weit. Gute Nacht, Sir Gregory.«

Der Baron brummte gute Nacht und ging in die schwach erleuchtete Halle zurück. Mike hörte das Rasseln der Ketten, mit denen Penne die Tür sicherte.

Es war keine Zeit zu verlieren. Fast noch ehe Mr. Longvale in der Dunkelheit verschwunden war, hatte Mike seinen Rucksack wieder geöffnet und seiner Leiter drei neue Stäbe hinzugefügt. Von jedem Stab sprang ein kurzer, leichter Stahlarm vor. Es war der Typ der Hakenleiter, wie sie von Feuerwehrleuten benützt wird. Mike war während seiner bewegten Laufbahn oft auf diese Weise in unzugängliche Häuser eingedrungen. Er hatte die Entfernung gut geschätzt, denn als er den Stab hob und den Haken an dem Brett des kleinen Fensters anbrachte, hing die Leiter nur wenige Zoll über dem Boden. Er prüfte die Festigkeit durch einen kräftigen Ruck an dem Haken, dann kletterte er hinauf, und in wenigen Sekunden spähte er durch das Fenster. Es war leicht zu öffnen – der Verschluß war von verblüffender Einfachheit. Im nächsten Augenblick stand er auf den Stufen einer dunklen und engen Treppe.

Er hatte eine Taschenlampe mitgenommen und leuchtete damit den Raum ab. Unten sah er eine kleine Tür, die anscheinend in die Halle führte. Er dachte angestrengt nach und erinnerte sich dann, daß sich in einer Ecke der Halle ein Vorhang befand, dem er aber keine Wichtigkeit beigelegt hatte. Er ging hinunter, versuchte, die Tür aufzudrücken, fand sie aber verschlossen. Nun setzte er seine Lampe nieder, nahm ein Lederetui mit Werkzeug aus seiner Tasche und begann an dem Schloß zu arbeiten. In unglaublich kurzer Zeit gab es nach. Als er sich überzeugt hatte, daß die Tür sich öffnen würde, war er zufrieden. Zunächst gab es oben für ihn Arbeit. Er stieg die Stufen wieder empor und kam zu einem schmalen Podest, sah aber keine Tür.

Eine zweite, dritte und vierte Treppe brachte ihn, soweit er vermuten konnte, zu der Spitze des Turmes, und hier fand er einen schmalen Ausgang. Er lauschte, und nach einer Weile hörte er, daß sich jemand im Raum bewegte, der dem Geräusch nach Pantoffeln trug. Gleich darauf schloß eine Tür mit dumpfem Schlag, und er versuchte, die Klinke niederzudrücken. Die Tür war unverschlossen. Er öffnete sie ein wenig, bis er den größeren Teil des Zimmers übersehen konnte.

Es war ein kleiner, luftiger Raum ohne Möbel. Nur in einer Ecke stand ein Bett, auf dem eine Frau lag. Glücklicherweise wandte sie ihm den Rücken zu. Aber ihr schwarzes Haar und die dunkle Haut ihres bloßen Armes, der auf der Decke ruhte, sagten ihm, daß sie keine Europäerin war.

Sie wandte sich um, und er konnte ihr Gesicht betrachten. Er erkannte sie sofort als die Frau wieder, die er in dem Film gesehen hatte. Sie sah schön und jung aus. Ihre Augen waren geschlossen, und sie begann im Schlaf leise zu rufen. Mike war schon halb im Zimmer, als er merkte, daß sich die Klinke der anderen Tür bewegte. Blitzschnell kehrte er zu dem dunklen Treppenabsatz zurück.

Bhag in seiner alten blauen Hose kam herein. In den großen Händen hielt er ein Tablett mit Speisen. Er streckte einen Fuß aus und zog den Tisch zu sich heran. Dann stellte er das Brett an der Seite des Bettes nieder. Das Mädchen öffnete die Augen und fiel mit einem entsetzten Schrei wieder zurück. Bhag, der anscheinend an diese Äußerungen des Widerwillens gewöhnt war, schlurfte aus dem Zimmer.

Mike öffnete die Tür wieder leise und ging durch den Raum, ohne daß ihn das Mädchen bemerkte. Er sah in den Gang –

keine sechs Schritte von ihm entfernt kauerte Bhag und schaute ihn an.

Mike schloß die Tür schnell und flog zu der geheimen Treppe zurück. Die Tür zog er hinter sich zu. Er suchte nach einem Schlüssel, aber es war keiner da. Ohne eine Sekunde länger zu warten, lief er die Treppe hinab. Er wollte auf alle Fälle einen Zusammenstoß vermeiden, der seine Anwesenheit in diesem Haus verraten konnte.

Er machte nicht den Versuch, aus dem Fenster zu entkommen, sondern ging die Treppe hinunter und trat dann in die Halle ein. Diese Tür konnte er schließen, oben und unten waren zwei große Riegel. Er schob den Vorhang zurück und wartete eine Weile – gleich darauf hörte er ein Schlurfen auf der Treppe. Nun sicherte er vor allem seinen Rückzug. Geräuschlos riegelte er die Haupttür auf, zog die Kette weg und drehte den Schlüssel um. Dann schlich er sich vorsichtig auf den Gang und wandte sich Sir Gregorys Zimmer zu.

Es bestand die Gefahr, daß einer der Eingeborenen ihn sehen konnte, aber das mußte er riskieren. Er hatte bei seinen früheren Besuchen beobachtet, daß sich kurz vor der Bibliothek eine Tür befand, die in eine Art Vorzimmer führen mußte. Sie war nicht verschlossen, und er trat in vollkommene Dunkelheit. Er tastete sich an der Wand entlang und fand eine Reihe von Schaltern. Den ersten drehte er an, und zwei Wandarme leuchteten auf, die genügend Licht verbreiteten, um ihm einen Überblick über den Raum zu geben.

Es war ein kleiner Salon, der anscheinend nicht benützt wurde, denn die Möbel waren mit Überzügen bedeckt, und der Kamin stand leer. Von hier aus konnte man durch eine Tür in der Nähe des Fensters zu der Bibliothek kommen. Er drehte das Licht wieder aus, verschloß die Tür von innen und prüfte die Fensterläden. Sie waren durch Eisenstangen gesichert und nicht wie die in der Bibliothek verschlossen. Er stieß sie zurück, zog das Rouleau in die Höhe und öffnete vorsichtig zwei Flügel. Nun hatte er eine zweite Möglichkeit zu entkommen.

Er kniete nieder und spähte durch das Schlüsselloch. In der Bibliothek brannte Licht; es sprach jemand. Eine Frau! Er drückte die Klinke nieder und öffnete die Tür ein wenig, so daß er ins Zimmer sehen konnte.

Gregory Penne stand in seiner Lieblingshaltung am Kamin, den Rücken dem Feuer zugewandt. Vor sich hatte er ein Tablett mit verschiedenen Drinks, ohne die ihm das Leben anscheinend unerträglich war. An der anderen Seite des Kamins saß Stella Mendoza auf einem niedrigen Sitz. Sie trug einen Pelzmantel, denn die Nacht war kühl. Um ihren Hals funkelten so viele Edelsteine, wie Mike sie niemals zuvor an einer Frau gesehen hatte.

Das Thema der Unterhaltung schien nicht sehr angenehm zu sein, denn Gregory blickte finster drein, und Stella schien auch nicht sehr glücklich.

»Ich habe dich allein gelassen, weil ich dich eben allein lassen mußte«, grollte er als Antwort auf ihre Beschwerde. »Eine meiner Dienerinnen ist krank, und ich habe den Arzt geholt. Und wenn ich dageblieben wäre, würde es dasselbe sein. Es hat keinen Zweck, Kind«, sagte er scharf. »Das Huhn legt keine goldenen Eier mehr wie früher – dieses Huhn auf keinen Fall. Es war töricht von dir, dich mit Knebworth zu überwerfen.«

Sie sagte etwas, was Mike nicht hören konnte.

»Deine eigene Gesellschaft – das wäre schön!« sagte er sarkastisch. »Es wäre schön für mich, der ich die Rechnungen bezahlen müßte, und noch schöner für dich, die das Geld ausgeben könnte! Nein, Stella, da spiele ich nicht mit. Ich bin sehr gut zu dir gewesen, und du hast nicht das Recht, von mir zu erwarten, daß ich Bankrott mache, um dir eine Laune zu erfüllen!«

»Das ist keine Laune!« sagte sie heftig. »Das ist zwingende Notwendigkeit. Wenn du mich nicht von Atelier zu Atelier herumlaufen lassen willst, um mir ein Engagement zu suchen ... Willst du das etwa?« fragte sie in vorwurfsvollem Ton.

»Ich will dich nicht zur Arbeit zwingen, und ich wüßte auch gar nicht, warum du arbeiten müßtest. Du hast genug, um davon zu leben. Immerhin, du hast keinen Grund, auf Knebworth wütend zu sein. Wenn er nicht gewesen wäre, hättest du mich nicht kennengelernt, und wenn du mich nicht kennengelernt hättest, wärest du um viele Tausende ärmer. Das einzige ist, dir ist die Sache zu langweilig geworden, und du brauchst eine Veränderung!«

Tiefe Stille trat ein. Ihr Kopf sank, und Mike konnte ihr Gesicht nicht mehr sehen. Aber als sie sprach, hörte er an ihrem grollenden Unterton, in welcher Stimmung sie war.

»Du brauchst anscheinend auch eine Veränderung. Glaubst du etwa, ich lasse mich so abschieben? Ich könnte Dinge von dir erzählen, die nicht sehr schön aussehen, wenn sie im Druck erscheinen. Dann würdest du auch deine Veränderung haben! Denke daran, Gregory Penne! Ich bin kein Dummkopf. Ich habe hier allerhand Dinge gesehen und gehört, und die Zusammenhänge sind mir ganz klar. Du meinst, ich brauche eine Veränderung. Das glaube ich auch. Ich brauche Freunde, die keine Mörder sind –«

Mit einem Satz sprang er zu ihr hin, und seine fleischige Hand schloß ihr den Mund.

»Du Hexe!« zischte er. In dem Augenblick mußte jemand geklopft haben, denn er drehte sich zur Tür um und sagte etwas in einem Eingeborenen-Dialekt.

Mike konnte die Antwort nicht hören.

»Nun hör mal«, sagte Gregory in ruhigerem Ton zu Stella. »Foß wartet draußen und will mich sprechen. Ich werde diese Angelegenheit später mit dir bereden.«

Er ließ sie los, ging zu seinem Schreibtisch und drehte den Hebel, der die geheime Tür zu Bhags Quartier öffnete.

»Geh da hinein und warte«, sagte er. »Die Unterredung mit Foß wird nicht länger als fünf Minuten dauern.«

Sie schöpfte Verdacht, als sie zu der Tür sah, die sich plötzlich in der Täfelung öffnete.

»Nein«, sagte sie. »Ich werde nach Hause gehen. Morgen können wir über die Sache sprechen. Es tut mir leid, daß ich so heftig wurde, Gregory, aber du kannst einen manchmal auch verrückt machen.«

»Geh da hinein«, sagte er scharf. Er zeigte auf die Zelle. Er biß die Zähne aufeinander, und seine Stirnader schwoll an.

»Ich will nicht«, rief sie entsetzt, und sie wurde bleich.

»Du tierischer Mensch! Glaubst du, ich weiß nicht, was los ist? Das ist Bhags Käfig, du gemeiner Kerl!«

Sein Gesicht sah schrecklich aus. Bosheit und Niedertracht malten sich in seinen Zügen. Atemlos vor Schrecken starrte Stella ihn an und taumelte gegen die Wand. Gregory gewann wieder die Herrschaft über sich.

»Dann geh in den kleinen Salon«, sagte er rauh.

Brixan hatte gerade noch Zeit, sich in eine Ecke zu drücken, als die Tür aufgerissen wurde und sie hereinkam.

»Es ist dunkel hier drinnen«, sagte sie verdrossen.

»Dreh doch das Licht an!«

Die Tür schlug zu. Mike Brixan wußte nicht, was er nun tun sollte. Er konnte ihre Gestalt sehen, wie sie an der Wand entlangtastete, und er ging ihr vorsichtig aus dem Weg. Dabei stolperte er aber über einen Stuhl. »Wer ist da?« schrie sie auf. »Gregory, ruf das Vieh zurück! Gregory!«

Wieder hörte er den gellenden Schrei. Aber schon war er am Fenster, schlüpfte hindurch und sprang auf die Erde. Während er an der Hecke entlanglief, hörte er noch ihre schrillen Schreie. So behende er auch war, es eilte jemand noch schneller hinter ihm her – eine große, unförmige Gestalt, die sich auf Händen und Füßen fortbewegte. Der Detektiv hörte es, schaute sich um und erkannte seinen Verfolger. Von welchem verborgenen Platz aus mochte Bhag plötzlich gekommen sein? Als Mike zur Erde sprang, hatte er keine Zeit, sich umzusehen. Seine Rocktasche war so merkwürdig leicht. Er fühlte mit der Hand, daß die Pistole nicht mehr darin war. Sie mußte ihm beim Sprung entfallen sein.

Er hörte nur, daß Bhag immer noch hinter ihm her war, als er quer übers Feld raste. Er stolperte über Kohlköpfe und trat in tiefe Furchen. Das unheimliche Tier kam immer näher an ihn heran. Die Hintertür lag jetzt vor Mike, aber sie war verschlossen, und selbst die hohe Mauer hätte dem Affen kein Hindernis geboten. Die Wand hielt Mike auf. Atemlos drehte er sich nach seinem Verfolger um. In der Dunkelheit sah er zwei grüne Augen gleich zwei Unglückssternen unheimlich aufblitzen.

Mike Brixan bereitete sich zum letzten und nutzlosen Kampf vor. Aber zu seinem größten Erstaunen hielt der Affe plötzlich inne. Sein leises Gezwitscher wurde zu heftigem Fauchen. Er richtete sich in seiner ganzen Länge auf und schlug sich mit den Armen auf die Brust. Es gab ein hohlklingendes, schreckliches Dröhnen.

Aber Mike hörte trotzdem ein merkwürdiges Geräusch, das ihm fast wie das Zischen von Wasserdampf vorkam. Erstaunt blickte er sich um. Auf dem Rand der Mauer saß zusammengeduckt ein Mann, und Mike erkannte ihn sofort. Es war der braune Fremde, den er heute in Chichester gesehen hatte. Die dröhnenden Schläge wurden lauter. Plötzlich sah Mike eine aufblitzende gebogene Klinge in der Hand des Eingeborenen. Es war ein Schwert, wie es über dem Kamin Sir Gregorys hing.

Während Mike noch starr vor Staunen war, sprang der braune Mann auf den Boden herunter. Bhag wandte sich mit einem fast menschlichen Aufschrei zur Flucht. Mike sah der unheimlichen Gestalt nach, bis sie die Dunkelheit aufgesogen hatte.

»Mein Freund«, sagte Mike auf holländisch, »Sie kamen gerade im rechten Augenblick.«

Er drehte sich um, aber der Fremde war verschwunden, als ob die Erde ihn verschlungen hätte. Er hielt die Hand vor die Augen, um das Licht der Sterne abzudämpfen, und konnte in weiter Entfernung eine dunkle Gestalt beobachten, die im Schatten der Mauer fortschlich. Erst wollte er dem braunen Mann folgen und ihn fragen, aber dann ging er doch in der anderen Richtung weiter. Mit Mühe erkletterte er die Mauer und sprang auf der anderen Seite hinunter. Dann brachte er, so gut es ging, seine Sachen in Ordnung und lief an der Mauer entlang bis zum Parktor von Griff Towers. Kühn ging er auf das Haus zu und pfiff vor sich hin.

Als er über den freien Platz vor dem Haus kam, konnte er niemanden sehen. Er ging zu der Stelle zurück, wo er aus dem Fenster gesprungen war, und fand nach kurzem Suchen seine Pistole.

Er wollte sich nicht eher entfernen, als bis er Stella Mendoza in Sicherheit wußte. Eben hatte er gesehen, daß ihr Auto auf der Straße wartete. Schon hob er die Hand, um zu klingeln, als er in der Halle Fußtritte hörte. Er lauschte angestrengt. Zweifellos war Stella Mendoza eine der beiden Personen, die sprachen. Er trat hinter die Hecke zurück, um sich zu verstekken.

Sie kam heraus, und hinter ihr erschien Sir Gregory. Dem Ton ihrer Unterhaltung hätte ein Fremder, der mit den genauen Umständen nicht vertraut war, nichs Besonderes entnehmen können.

»Gute Nacht, Gregory«, sagte sie mit freundlicher Stimme. »Ich werde dich morgen wieder besuchen.«

»Komm zum Essen«, hörte er Pennes Stimme, »und bring deinen Freund mit. Soll ich dich zu deinem Wagen begleiten?«

»Danke, nein«, sagte sie hastig.

Brixan schaute ihr nach, bis er sie nicht mehr sehen konnte. Das schwere Tor von Griff Towers war inzwischen zugemacht worden, und das Rasseln der Ketten sagte ihm, daß es für heute endgültig geschlossen war.

Wo mochte Foß sein? Er mußte eher weggegangen sein, wenn er wirklich hiergewesen war. Brixan wartete noch, bis alles ruhig war, dann schlich er sich auf Zehenspitzen über den Kiesweg und folgte Stella. Er hielt noch Ausschau nach dem braunen Mann, aber er konnte ihn nirgends entdecken. Plötzlich erinnerte er sich, daß er die Leiter vergessen hatte. Er kehrte noch einmal zurück, um sie mitzunehmen, und fand sie noch an derselben Stelle, wo er sie gelassen hatte. Sie wurde auseinandergenommen und in den Rucksack gepackt. Zehn Minuten später holte er sein Motorrad wieder aus dem Versteck.

Ein gelbliches Licht kam aus dem Speisezimmer von Mr. Longvale. Beinahe wäre Mike noch zu ihm gegangen. Jedenfalls hätte der alte Herr ihm noch verschiedenes über das Mädchen mit dem ovalen Gesicht erzählen können, das sich in dem obersten Turmgeschoß aufhielt. Aber er entschloß sich, nach Hause zu gehen. Diese kleine nächtliche Untersuchung befriedigte ihn noch nicht. Der Turm hatte ihm kein grauenvolles Geheimnis enthüllt, wenigstens nicht das, was er erwartet hatte. Offenbar wurde dort ein Mädchen gefangengehalten. Sie war für Gregory Penne geraubt worden, und er hatte sie auf seiner Jacht nach England gebracht. So etwas kam vor. Vor einigen Monaten war vor Gericht ein ganz ähnlicher Fall verhandelt worden. Diese Sache war aber nicht wert, daß man deswegen seine Nachtruhe opferte.

Er nahm ein heißes Bad und machte sich selbst eine Tasse Schokolade. Bevor er sich zur Ruhe legte, überdachte er noch einmal alles, was sich an diesem Tag ereignet hatte. Nach seinen letzten Erfahrungen war er nicht mehr so sehr davon überzeugt, daß sich das Rätsel des Kopfjägers so leicht lösen ließe, wie er zuerst annahm. Je länger er darüber nachsann, desto unbefriedigter wurde er. Schließlich war er so ärgerlich über seine eigene Unschlüssigkeit, daß er das Licht ausmachte und sich zu Bett legte.

Er schlief tief und ruhig bis in den späten Morgen hinein. Erst ein unerwarteter Besuch weckte ihn. Mike setzte sich im Bett aufrecht und rieb sich die Augen.

»Entweder sehe ich Gespenster – oder es ist Staines«, sagte er erstaunt.

Major Staines lächelte freundlich.

»Sie sind wach und bei gesunden Sinnen«, erwiderte er.

»Hat sich irgend etwas ereignet?« fragte Mike und sprang aus dem Bett.

»Nichts Besonderes. Gestern abend war ein Tanzvergnügen, das sich bis spät in die Nacht hineinzog, und heute morgen fuhr in aller Frühe ein Eisenbahnzug hierher. Da entschloß ich mich, für mein leichtsinniges Leben Buße zu tun und einmal nachzusehen, wie weit Sie mit der Aufklärung des Falles Elmer gekommen sind.«

»Fall Elmer?« Mike legte die Stirn in Falten. »Großer Gott, ich hätte Elmer beinahe vergessen!«

»Ich habe Ihnen etwas mitgebracht«, sagte Staines.

Er holte aus seiner Tasche einen Zeitungsausschnitt. Mike nahm ihn und las:

›Sind Ihre geistigen und körperlichen Beschwerden unheilbar? Zögern Sie noch am Rande des Abgrundes? Fehlt Ihnen Mut? Schreiben Sie dem Wohltäter. Fach . . .‹

»Was ist das?« fragte Mike nachdenklich.

»Dieser Ausschnitt wurde in einer alten Weste gefunden, die Elmer einige Tage vor seinem Verschwinden trug. Mrs. Elmer sah alle seine Kleider nach, um sie zu verkaufen. Dabei fand sie dieses Papier. Die Anzeige erschien im ›Morgen-Telegramm‹ vom 14. des Monats. Das heißt also drei oder vier Tage, bevor Elmer verschwand. Am Ende der Anzeige steht die Nummer des Faches in der Zeitungsexpedition, wo man die Anfragen aufbewahrte. Ich habe einen Bericht von dort, daß vier Briefe an den Wohltäter eingesandt wurden. Wir haben in Erfahrung bringen können, daß er diese an einen kleinen Laden in der Stibbington Street überweisen ließ. Hier wurden sie von einer Frau, offensichtlich aus Arbeiterkreisen, abgeholt. Weiter konnten wir die Spur nicht verfolgen. Es wurden ähnliche Anzeigen in anderen Zeitungen entdeckt, aber in diesen Fällen wurden die Briefe nach einer Deckadresse in Südlondon bestellt, wo sie wahrscheinlich von derselben Frau abgeholt wurden. Bei jeder neuen Annonce änderte der Auftraggeber seine Adresse. Keiner ihrer Nachbarn kennt die Frau, die die Briefe abholt, näher. Sie verkehrt mit niemandem, und wie die Ladeninhaber aus ihrer Gegend erzählen, scheint sie etwas geistesgestört zu sein, denn sie murmelt vor sich hin und spricht zu sich selbst. Sie heißt Stivins, wenigstens ist das der Name, den sie überall angibt. Die Bescheinigungen, die sie bringt, damit ihr die Briefe ausgehändigt werden, sind mit Mark unterzeichnet.«

»Bringen Sie diese Anzeige in Verbindung mit der Ermordung Elmers?«

»Wir sind uns darüber nicht klar. Man könnte darauf mit Ja und mit Nein antworten. Diese Annonce ist recht sonderbar abgefaßt und erregt unter den eigenartigen Umständen doch Verdacht. Nun sagen Sie mir aber, was Ihre Vermutungen sind.«

Eine Stunde lang sprach Mike Brixan. Ab und zu wurde er durch die Fragen des Majors unterbrochen.

»Es ist eine sonderbare Ansicht, die Sie haben, fast möchte man sie phantastisch nennen«, meinte Staines ernst. »Aber wenn Sie davon überzeugt sind, daß Sie die richtige Fährte gefunden haben, dann gehen Sie nur auf Ihr Ziel los. Um Ihnen die Wahrheit zu sagen«, fuhr er dann vertraulich fort, »ich hatte das schauderhafte Gefühl, daß Sie einen Mißerfolg gehabt hätten. Und da ich nicht wünsche, daß Scotland Yard sich über unsere Abteilung lustig macht, hielt ich es für besser, hierherzukommen und Ihnen das Resultat meiner eigenen Nachforschungen mitzuteilen.«

»Ich bin ganz Ihrer Meinung«, sagte er, als sie später beim Frühstück saßen, »daß Sie äußerst vorsichtig zu Werke gehen müssen. Es ist eine sehr heikle Angelegenheit. Sie haben doch den Leuten von Scotland Yard Ihren Verdacht nicht mitgeteilt?«

Mike schüttelte den Kopf.

»Dann tun Sie es auch ja nicht«, sagte Staines mit Nachdruck. »Die würden natürlich den Mann, den Sie im Verdacht haben, gleich festnehmen. Dadurch würde es wahrscheinlich unmöglich werden, einen vollen Beweis beizubringen. Sagten Sie mir nicht eben, daß Sie das Haus durchsucht hätten?«

»Nicht vollständig, ich konnte nur eine oberflächliche Besichtigung vornehmen.«

»Sind Keller dort?«

»Ich sollte es annehmen«, sagte Mike. »Diese Art Häuser hat gewöhnlich ein Kellergeschoß.«

»Nebengebäude?«

Mike schüttelte den Kopf.

»Soviel ich sehen konnte, sind keine vorhanden.«

Mike ging mit seinem Vorgesetzten zur Bahnstation, und der Major versicherte Brixan, daß er viel hoffnungsvoller abfahre, als er hergekommen sei.

»Ich möchte Sie aber noch warnen, Mike«, sagte Staines. »Seien Sie vorsichtig. Sie haben es mit einem rücksichtslosen, verschlagenen Mann zu tun. Unterschätzen Sie um Himmels willen seine Intelligenz nicht. Ich möchte nicht eines Morgens die Nachricht erhalten, daß Sie nicht mehr unter den Lebenden sind.«

21

Der Rückweg führte Mike nicht direkt an der Wohnung Helens vorüber. Man mußte einen ziemlich großen Umweg machen, wollte man dorthin. Trotzdem stand er vor ihrer Tür und klopfte. Er war sehr wenig erfreut, als er hörte, daß das junge Mädchen schon seit heute morgen um sieben Uhr fort sei. Knebworth machte in den South Downs Aufnahmen, und das Atelier war leer, als er dort vorsprach. Nur der Sekretär von Knebworth und der neue Dramaturg, der gestern spät abends gekommen war, waren anwesend.

»Ich kenne die Gegend nicht, wo gefilmt wird, Mr. Brixan«, sagte der Sekretär. »Aber ich vermute, daß es in der Nähe von Arundel ist. Miss Mendoza war heute morgen auch schon hier und hat ebenfalls danach gefragt. Sie wollte Miss Leamington zum Mittagessen abholen.«

»Das ist sehr interessant«, sagte Mike liebenswürdig. »Bestellen Sie ihr bitte von mir, wenn sie wiederkommen sollte, daß Miss Leamington schon eine andere Einladung angenommen hat.«

Der Sekretär nickte verständnisvoll.

»Ich hoffe, daß Sie nicht warten müssen«, sagte er. »Wenn Direktor Jack dabei ist, Aufnahmen zu machen, dann können Sie nie wissen –«

»Ich habe ja gar nicht gesagt, daß sie eine Verabredung mit mir hat«, sagte Mike laut.

»Mr. Brixan«, meinte der Sekretär plötzlich, »erinnern Sie sich, was Sie für Aufhebens von der Sache machten – ich meine wegen des Blattes, das zufälligerweise in das Manuskript von Miss Leamington gekommen war?«

Mike nickte.

»Ist das Manuskript gefunden worden?« fragte er.

»Nein, aber der neue Dramaturg erzählt mir, daß er das Hauptbuch durchgesehen hat, in das Foß alle eingesandten Manuskripte eintrug. Dabei stellte sich heraus, daß eine Eintragung wieder vollständig ausradiert worden ist.«

»Ich würde das Buch gerne sehen«, sagte Mike interessiert.

Der große, schwere Band wurde ihm gebracht. In vielen Rubriken waren der Name des Einsenders, seine Adresse, das Datum des Eingangs und des Ausgangs notiert. Mike legte das Buch auf den Tisch in dem Büro des Direktors. Sorgfältig las er die langen Reihen der Autoren durch. »Wenn er ein Manuskript eingesandt hat, wird er sicherlich noch mehrere gesandt haben«, sagte er. »Sind noch andere Titel entfernt?«

Der Sekretär schüttelte den Kopf.

»Das ist die einzige Stelle, die wir gefunden haben«, sagte er. »Sie können viele Namen hier aus dem Ort finden. Es gibt keinen Kaufmann in der ganzen Stadt, der nicht mindestens ein Manuskript oder einen Entwurf eingesandt hätte, seitdem wir hier Filmaufnahmen machen.«

Langsam verfolgte Mike die Liste der Namen mit seinem Finger. Seite um Seite drehte er um, dann hielt er plötzlich bei einer Eintragung an. »Die Macht der Furcht, von Sir Gregory Penne« las er. Dabei sah er sich nach dem Sekretär um.

»Hat denn Sir Gregory Manuskripte eingeschickt?«

Der Sekretär nickte.

»Ja, ein oder zwei. Sie finden seinen Namen auch noch weiter hinten im Buch. Er wollte Filme schreiben, die sich für Miss Mendoza eignen sollten. Der hier kommt für Sie nicht in Frage.«

»Nein«, sagte Mike schnell. »Aber haben Sie noch eins von seinen Manuskripten?«

»Sie wurden alle zurückgeschickt«, sagte der Sekretär bedauernd. »Er schrieb viel zuviel! Ich habe eins gelesen und kann mich noch besinnen, daß Foß den Direktor zu überreden versuchte, einen Entwurf von ihm auszuführen. Foß hat viel Geld aus dieser Beschäftigung gezogen. Wir haben es erst später entdeckt. Er war daran gewöhnt, daß er Prozente von den Autoren bekam. Mr. Knebworth hat heute morgen festgestellt, daß er einmal zweihundert Pfund von einer Dame annahm und dafür versprach, ihr ein Engagement beim Film zu verschaffen. Er hat Foß heute morgen deswegen einen wütenden Brief geschrieben.«

Mike fand den Namen von Sir Gregory noch einmal. Es war

nichts Besonderes dabei, daß der Besitzer von Griff Towers Manuskripte einschickte. Es gab kaum einen Mann oder eine Frau auf der Welt, die sich nicht für fähig hielten, ein Exposé für einen Film zu schreiben.

Er schloß das Buch und gab es dem Sekretär zurück.

»Es ist sicher äußerst auffällig, daß die eine Eintragung entfernt wurde. Ich werde mit Foß darüber sprechen, sobald ich ihn finden kann«, sagte Mike.

Er begab sich sofort zu dem kleinen Hotel, in dem Foß wohnte. Aber er traf ihn nicht an.

»Ich glaube nicht, daß er die letzte Nacht hier war«, sagte der Geschäftsführer, »wenigstens hat er nicht hier geschlafen. Er sagte, daß er nach London gehen wolle«, fügte er hinzu.

Mike kehrte zum Atelier zurück, denn es hatte zu regnen begonnen, und er wußte, daß die ganze Gesellschaft bald von der Aufnahme zurückkommen würde. Mit dieser Annahme hatte er recht. Der große Autobus kam einige Minuten später in den Hof gefahren. Helen sah ihn gleich und nickte ihm zu, als er sie zu sich rief.

»Ich danke Ihnen, Mr. Brixan, aber wir haben bereits draußen unser Mittagessen verzehrt. Und ich muß bis morgen noch zwei große Szenen vorbereiten.«

Ihre Absage war nicht sehr ermutigend, aber Mike wollte sich mit ihrer abschlägigen Antwort nicht einfach zufriedengeben.

»Wie steht es denn mit dem Tee? Tee müssen Sie doch trinken, selbst wenn Sie fünfzig Szenen bis morgen studieren müßten, und beim Essen können Sie doch nicht lesen. Wenn Sie das tun, werden Sie Magenbeschwerden bekommen, und wenn Sie Magenbeschwerden bekommen –«

Sie mußte herzlich lachen.

»Wenn meine Wirtin mir ihren Salon zur Verfügung stellt, dann können Sie um halb fünf zu mir zum Tee kommen, und wenn Sie um fünf Uhr bereits eine andere Verabredung haben, werden Sie noch zurechtkommen.«

Jack Knebworth wartete auf ihn, als er in das Atelier kam.

»Haben Sie schon von dem Verschwinden der Eintragung im Hauptbuch gehört?« fragte er.

Mike nickte.

»Was halten Sie davon?« Und ohne eine Antwort abzuwarten, fuhr er fort: »Da steckt irgend etwas dahinter. Foß war ein unverbesserlicher Lügner. Der Mensch konnte einem nicht offen in die Augen sehen. Ich habe sowieso noch ein Hühnchen mit ihm zu rupfen wegen einer Summe, die er einer filmwütigen Dame abgenommen hat, die durchaus hier auftreten wollte.«

»Wie geht es mit Helen?« fragte Mike.

»Oh, die ist wunderbar, Brixan! So etwas kommt sonst im gewöhnlichen Leben nie vor. Die einzigen Filmstars, die über Nacht auftauchen, sind die Freundinnen bis über die Ohren verliebter Filmdirektoren. Sie haben ihnen einmal in einer schwachen Stunde ein Versprechen gegeben, und das muß eingelöst werden. Die Dame spielt dann mit der Unterstützung von sechshundert Statisten und in so vielen prachtvollen Kostümen, wie man sie für eine halbe Million Dollar bekommen kann, eine Königin von Persien oder eine Semiramis mit den Allüren einer Statistin, die eben erst zum Film gekommen ist oder mit den Manieren eines trainierten Mannequins. Außerdem wird der Film dann noch ohne Rücksicht auf Kosten mit zwei Wagenrennen und dem Fall von Babylon aufgeputzt! Entweder hat sie dann so wenig Kleider an, daß Sie nicht auf ihr Gesicht sehen, oder sie hat so viele an, daß Sie nichts von ihrem Spiel wahrnehmen. So etwas soll ja öfters vorkommen. Es ist so viel Glanz um diese Damen herum, daß es gar nichts ausmacht, wenn sie selbst fehlen würden. Diese Helen Leamington dagegen spielt hinreißend und überzeugend, selbst wenn sie das einfachste Bettlerkleid trägt. Aber ich sage Ihnen, Brixan, irgend etwas stimmt dabei nicht. Solche Dinge ereignen sich höchstens in der Phantasie von Journalisten.«

»Was soll denn nicht stimmen?« fragte Mike verwundert.

Knebworth blieb dabei.

»Irgend etwas geht schief. Die Sache hat irgendeinen Haken. Sie läßt mich noch im Stich. Entweder verschwindet sie, bevor der Film zu Ende gedreht ist, oder sie wird mir verhaftet, weil sie in vollständig betrunkenem Zustand in einem Auto die Regent Street entlanggefahren ist!«

Mike lachte.

»Nichts von alledem wird passieren!« sagte er.

»Haben Sie schon von der neuen Filmgesellschaft der Mendoza gehört?« fragte Jack, indem er seine Pfeife stopfte.

Mike zog sich einen Stuhl heran und setzte sich.

»Nein, davon habe ich noch nichts gehört.«

»Sie will tatsächlich eine neue Filmgesellschaft gründen. Ich habe noch niemals eine Diva entlassen, die das nicht getan hätte. Auf dem Papier macht sich das immer sehr schön. Das Kapital wird groß gedruckt und der Name des Stars noch größer! Ihre Freunde haben ihr vorher immer erzählt, daß ein Gehalt von Hunderttausend der reinste Hungerlohn für eine Schauspielerin ihres Ranges und ihrer Begabung sei. Die müssen dann das Geld zur Gründung geben. Gewöhnlich ist dann noch jemand im Hintergrund, der aus der Sache einen Profit zieht und einen Direktorposten bei der Gesellschaft einnimmt. Der steckt dann das Geld ein, und sie sucht sich ein Manuskript aus, wo sie immer zu sehen ist und womöglich in jeder Szene ein neues, kostbares Kleid tragen kann. Wenn solch ein Manuskript nicht zur Hand ist, so findet sich schon jemand, der es für sie schreibt. Die anderen Mitspieler sehen Sie nur in großen Massenszenen auftauchen. Wenn der Film halb zu Ende gedreht ist, fehlt schon das Geld, die Gesellschaft ist bankrott, und dem Star bleibt nur ein Rolls-Royce, den er extra gekauft hat, um zu den Aufnahmen zu fahren. Vielleicht auch die neue Villa, die er sich bauen ließ, um näher zur Stelle zu sein, und eventuell ein Viertel des ganzen Kapitals, das er schon auf Grund seiner späteren Tantiemen vorausbezahlt bekommen hat. – Kommen Sie herein, Mr. Longvale.«

Mike drehte sich um. Der liebenswürdige alte Herr stand in der Tür, den Hut in der Hand.

»Ich fürchte, daß ich störe«, sagte er mit seiner schönen, klangvollen Stimme. »Aber ich war in der Stadt, um meinen Rechtsanwalt zu befragen, und konnte mir nicht versagen, mich bei Ihnen zu erkundigen, wie es mit Ihrem Film vorwärtsgeht.«

»Oh, ich danke Ihnen, Mr. Longvale. Damit steht es ausgezeichnet. Sie kennen doch Mr. Brixan?«

»Weswegen wollten Sie denn zu Ihrem Rechtsanwalt?« fragte Mike.

»Das ist eine sonderbare Sache«, antwortete der alte Herr. »Vor vielen Jahren habe ich einmal Medizin studiert und habe auch mein Schlußexamen gemacht, so daß ich mit Fug und Recht ein Doktor bin. Ich habe aber dann nicht lange praktiziert. Im allgemeinen weiß kein Mensch, daß ich ein Arzt bin. Gestern abend war ich sehr überrascht, daß jemand – ein Nachbar – mich rief, um nach einem seiner Dienstboten zu sehen. Nun habe ich mir große Gedanken darüber gemacht und war mir nicht sicher, ob ich das Gesetz übertreten habe, indem ich zu ihm ging.«

»Da kann ich Ihnen helfen, Mr. Longvale«, sagte Mike. »Wenn Sie nur ein einziges Mal die Befugnis erhalten haben, zu praktizieren, so gilt das für Ihr ganzes Leben. Sie haben nichts Unrechtes getan.«

»Das hat mein Anwalt auch gesagt«, sagte Longvale ernst.

»War es ein schwerer Fall?« fragte Mike, der sich denken konnte, wer der Patient war.

»Nein, das nicht. Zuerst dachte ich, es könnte Blutvergiftung sein, aber ich habe mich wahrscheinlich geirrt. Die medizinische Wissenschaft hat seit der Zeit, als ich jung war, so große Fortschritte gemacht, daß ich nicht gerne irgend etwas verschreibe. Und obgleich ich sehr glücklich bin, jemandem geholfen zu haben, muß ich doch sagen, daß mich die Angelegenheit sehr bedrückt hat. Ich habe fast die ganze Nacht nicht geschlafen. Es war aber auch am ganzen Abend und in der Nacht keine Ruhe. Als ich hinten durch den Garten ging, fand ich dort ein Motorrad in den Sträuchern versteckt.«

Mike hätte beinahe gelacht.

»Heute morgen war es wieder fort. Nachdem ich das Motorrad entdeckt hatte, kam unser Freund Foß vorbei, der sehr verstört und aufgeregt schien.«

»Wo haben Sie ihn gesehen?« fragte Mike schnell.

»Er kam an meinem Haus vorbei. Ich stand im Tor, rauchte meine Pfeife und sagte ihm guten Abend, ohne daß ich wußte, wer es war. Als er sich umdrehte, sah ich das Gesicht von Mr.

Foß. Er sagte mir, daß er eben jemand aufgesucht hätte und daß er in einer Stunde noch eine andere Verabredung habe.«

»Um wieviel Uhr war das?« fragte Mike.

»Ich glaube halb elf.« Der alte Herr zögerte. »Ich bin nicht ganz sicher. Es war kurz bevor ich mich schlafen legte.«

Mike hätte leicht Aufschluß geben können über Foß' Betragen. Ihm war es ganz klar. Sir Gregory hatte ihn fortgeschickt und ihm gesagt, daß er wieder zurückkommen solle, nachdem die Mendoza gegangen war.

»Sonst ist mein Anwesen wegen seiner ruhigen Lage bekannt«, sagte Mr. Longvale und schüttelte den Kopf. Er wandte sich dann an Knebworth: »Sie müssen mir versprechen, wenn Ihr Film fertig ist, ihn mir zu zeigen.«

»Aber gewiß, Mr. Longvale.«

»Ich weiß nicht, warum ich gerade daran ein solches Interesse habe«, sagte er. »Ich muß selbst sagen, daß ich bis vor ein paar Wochen überhaupt noch nichts von Filmaufnahmen verstand.«

Der Sekretär klopfte, sah zur Tür herein und fragte: »Wollen Sie Miss Mendoza sprechen?«

Jack Knebworth war äußerst aufgebracht.

»Nein«, sagte er kurz.

»Sie sagte –«, begann der Sekretär.

Nur die Gegenwart des ehrenwerten Mr. Longvale hinderte Jack daran, seinem Ärger über Stella Mendoza in Worten Luft zu machen, wie er es sonst getan hätte.

»Ich habe sie gestern auch gesehen«, sagte Mr. Longvale. »Zuerst dachte ich, Sie machten Aufnahmen in der Nachbarschaft, aber Mr. Foß sagte mir, daß ich mich irre. Sie ist wirklich ein charmantes junges Mädchen. Finden Sie nicht auch?«

»Sicher«, meinte Jack Knebworth trocken.

»Sie sieht sehr lieblich aus«, fuhr Longvale fort. Er wußte nicht, wie sehr die Stimmung der anderen gegen sie war. »Das übereilte Tempo und die schreckliche Eile unserer modernen Zeit lassen Lieblichkeit und Zartheit nicht mehr aufkommen, und man ist sehr froh, wenn man einmal wirkliche Anmut findet. Für mich ist die letzte rapide Entwicklung die interessanteste Zeit meines Lebens.«

»Lieblich und zart«, brummte Jack Knebworth, als der alte Herr gegangen war. »Haben Sie das gehört, Brixan? Wenn Stella in ihrem Charakter lieblich und zart ist, dann ist der Teufel aus Schokolade gemacht!«

22

Als Mike fortging, fand er Stella vor der Tür am Eingang des Ateliers. Er erinnerte sich, daß sie zu Mittag nach Griff Towers eingeladen war. Zu seinem größten Erstaunen kam sie quer über die Straße auf ihn zu.

»Ich möchte Sie gerne sprechen, Mr. Brixan – ich habe nach Ihnen hineingeschickt.«

»Dann ist Ihre Botschaft irrtümlicherweise Mr. Knebworth ausgerichtet worden«, sagte Mike lächelnd.

Sie zuckte die Achseln, um ihre Verachtung für Jack Knebworth und alles, was mit ihm zusammenhing, auszudrücken.

»Ich wollte nur Sie sprechen. Sind Sie nicht Detektiv?«

»Ja, das bin ich«, sagte Mike und war gespannt, was jetzt kommen sollte.

»Mein Wagen wartet hinter jener Ecke. Könnten Sie mit mir kommen?«

Mike zögerte. Er hätte zu gern Helen gesprochen, obwohl er ihr nichts Neues zu sagen hatte.

»Mit Vergnügen«, sagte er dann zu Stella.

Sie fuhr ihren Wagen mit großer Gewandtheit selbst und war anscheinend so darin vertieft, daß sie während der Fahrt nicht mit ihm sprach.

Von ihrem niedlichen, hübschen Wohnzimmer aus hatte er einen schönen Ausblick auf die South Downs. Er war gespannt auf das, was sie ihm zu erzählen hatte.

»Mr. Brixan, ich muß Ihnen etwas mitteilen, was Sie eigentlich wissen müssen.«

Ihr Gesicht war bleich und ihr Benehmen merkwürdig nervös.

»Ich weiß nicht, was Sie über mich denken, wenn ich es Ihnen gesagt habe, aber ich muß es eben wagen. Ich kann nicht länger darüber schweigen.«

Ein schrilles Klingeln in der Diele unterbrach sie.

»Das Telefon. Wollen Sie mich bitte einen Augenblick entschuldigen?«

Eilig ging sie hinaus und ließ die Tür leicht angelehnt. Mike hörte, daß sie schnell und ärgerlich antwortete. Dann war sie lange ruhig, sie hörte zu, ohne selbst zu sprechen. Etwa nach zehn Minuten kam sie wieder ins Zimmer. Ihre Augen glänzten, und ihre Wangen hatten sich gerötet.

»Würden Sie es sehr übelnehmen, wenn ich Ihnen meine Mitteilung erst später mache?«

Sie hatte mit Sir Gregory gesprochen, dessen war Brixan sicher, obgleich sie seinen Namen nicht erwähnt hatte.

»Solch eine günstige Gelegenheit wird sich nicht so bald wieder finden, Miss Mendoza«, sagte er ermutigend.

Sie biß sich auf die Lippen.

»Ja, ich weiß. Aber ich habe Gründe, warum ich im Augenblick nicht sprechen kann. Würden Sie mich morgen aufsuchen?«

»Gewiß«, sagte Mike höflich. Heimlich war er froh, daß er gehen konnte.

»Soll ich Sie zurückfahren?«

»Danke, nein, ich kann gehen.«

»Ich will Sie wenigstens bis zur Stadt bringen, ich fahre in der Richtung«, bat sie.

Natürlich mußte sie den Weg fahren, dachte Mike, wenn sie nach Griff Towers wollte. Er war seiner Sache so sicher, daß er sich nicht einmal die Mühe nahm, sie danach zu fragen. Als sie ihn bei seinem Hotel absetzte, wartete sie nicht einmal, bis er auf den Fußsteig gegangen war, sondern fuhr sofort weiter.

»Es ist ein Telegramm für Sie angekommen«, sagte der Portier. Er ging in das Büro des Geschäftsführers und kam mit einem braunen Umschlag zurück, den Mike eilig öffnete.

Im ersten Augenblick konnte er die verhängnisvolle Botschaft nicht begreifen, die das Telegramm enthielt. Erst als er sie zum zweitenmal las, wurde sie ihm verständlich:

›Kopf in der Nähe des Chobham Common heute am frühen Morgen gefunden. Sofort nach Polizeistation Leatherheed kommen.
Staines‹

Eine Stunde später brachte ihn ein Auto in rasender Fahrt dorthin. Staines wartete auf der Treppe auf ihn.

»Heute bei Tagesanbruch gefunden«, sagte er. »Der Mann ist bis jetzt noch nicht identifiziert.«

Er führte Mike zu einem Nebengebäude. In einem kleinen Raum stand mitten auf dem Tisch eine Kiste. Staines öffnete den Deckel, und Mike warf einen Blick auf das wachsbleiche Gesicht. Er wurde weiß bis in die Lippen.

»Großer Gott!« stieß er hervor.

Es war der Kopf von Lawley Foß.

23

Mike starrte, von Schrecken ergriffen, auf den Kopf des Toten. Er schloß den Kasten wieder und bedeckte ihn scheu mit einem Tuch. Dann ging er mit Staines auf den gepflasterten Hof hinaus.

»Kennen Sie ihn?« fragte Staines.

Mike nickte.

»Ja. Es ist Lawley Foß, früher Dramaturg bei der Knebworth-Filmgesellschaft. Gestern abend um elf ist er zuletzt beobachtet worden. Ich selbst habe ihn um diese Zeit sprechen hören, obgleich ich ihn nicht sah. Er besuchte Griff Towers, den Wohnsitz Sir Gregory Pennes in Sussex. War eine Nachricht dabei wie sonst?« fragte er.

»Ja. Aber sie war ganz ungewöhnlich.«

Er zeigte ihm ein mit Maschine beschriebenes Stück Papier im Büro des Inspektors. Nur eine charakteristische Zeile in derselben Schrift wie früher:

»Dies ist der Kopf eines Verräters.«

Weiter nichts.

»Ich habe die Dorking-Polizeistation angerufen. Es war eine

regnerische Nacht, und obgleich mehrere Autos dort durchgekommen sind, konnte man keine Nummer feststellen.«

»Ist die Annonce erschienen?« fragte Mike.

Staines schüttelte den Kopf.

»Nein. Wir dachten gleich daran. Die Zeitungen sind sorgfältig beobachtet worden, und die Chefredakteure aller Blätter im Lande haben versprochen, uns augenblicklich zu benachrichtigen, wenn eine ähnliche Anzeige bei ihnen inseriert wird. Aber es ist keine Annonce von verdächtigem Charakter aufgegeben worden.«

»Ich möchte einmal verfolgen, wie sich die Sache möglicherweise zugetragen hat«, sagte Mike. »Es ist klar, daß der Mann zwischen elf Uhr abends und drei Uhr morgens ermordet wurde, und wahrscheinlich näher an elf als an drei. Denn wenn der Mörder in Sussex wohnt, muß er den Kopf nach Chobham bringen, und zwar so früh, daß er im Dunkeln dort wieder fortfährt und vor Tagesanbruch zurückkommt.«

Mike fuhr in seinem Wagen in rasendem Tempo nach Chichester zurück. Kurz bevor er die Stadt erreicht hatte, bog er von der Hauptstraße ab, um nach Griff Towers zu gelangen. Es war spät, als er dort ankam. Das Haus zeigte sein gewöhnliches, lebloses Gesicht. Er klingelte, aber es meldete sich niemand. Als er noch einmal läutete, rief ihn Sir Gregory aus einem der oberen Fenster an: »Wer ist dort?«

Er ging aus der Unterführung heraus und schaute nach oben. Sir Gregory Penne erkannte ihn nicht in der Dunkelheit und rief wieder: »Wer ist dort?«

Dann sagte er etwas in malaiischer Sprache.

»Ich bin es – Brixan. Ich muß Sie sprechen.«

»Was wollen Sie von mir?«

»Kommen Sie herunter, ich werde es Ihnen sagen.«

»Ich habe mich schon zur Ruhe gelegt, kommen Sie morgen früh zu mir.«

»Ich will Sie jetzt sprechen«, sagte Mike sehr bestimmt. »Ich habe eine Vollmacht, Ihr Haus zu durchsuchen.« In Wirklichkeit hatte er keine Vollmacht, denn er hatte um keine gebeten.

Sir Gregory warf das Fenster zu, und es verging eine so lange Zeit, daß Mike schon dachte, der Baron würde ihm den Zutritt verwehren. Aber er hatte sich geirrt. Als er schon lange gewartet hatte, wurde die Tür endlich geöffnet, und beim Schein der elektrischen Lampe am Eingang sah er Sir Gregory Penne in einem etwas seltsamen Aufzug.

Er war vollkommen angezogen und trug einen Gürtel, in dem zwei schwere Revolver steckten. Aber das fiel Mike nicht so sehr auf. Der Kopf des Mannes war vollständig verbunden, nur ein Auge war sichtbar. Sein linker Arm lag in einer Bandage, und er hinkte beim Gehen.

»Ich hatte einen Unfall«, sagte er trotzig.

»Ja, Sie sehen ein bißchen schlecht aus«, sagte Mike, als er ihn näher betrachtete.

»Ich möchte hier nicht mit Ihnen sprechen, kommen Sie mit nach oben«, sagte Gregory.

In der Bibliothek sah man die Spuren eines harten Kampfes. Ein langer Spiegel, der an der einen Wand hing, war vollständig zertrümmert, die Scherben lagen auf der Erde herum. Über dem Kamin fehlte eines der beiden Schwerter.

»Es ist Ihnen etwas abhanden gekommen?« fragte er. »Hängt das auch mit Ihrem Unfall zusammen?«

Sir Gregory nickte.

Die Lage der zweiten Waffe kam Mike merkwürdig vor, und ohne um Erlaubnis zu fragen, nahm er sie von der Wand. Die Klinge war dunkel von Blut.

»Was hat das zu bedeuten?« fragte er scharf.

Sir Gregory schluckte.

»In der letzten Nacht ist ein Kerl bei mir eingebrochen«, sagte er langsam. »Ein Malaie. Er schäumte vor Eifersucht – ich hätte sein Weib gestohlen! Er griff mich an, und ich verteidigte mich natürlich.«

»Haben Sie denn tatsächlich seine Frau gestohlen?«

Der Baron zuckte die Achseln.

»Das ist doch völliger Unsinn. Die meisten dieser Borneo-Leute sind verrückt und werden sofort zu Amokläufern, wenn man sie reizt. Ich tat mein Bestes, um ihn zu beruhigen –«

Mike sah auf das blutbefleckte Schwert.

»Wie ich sehe«, sagte er trocken. »Und haben Sie ihn – beruhigt?«

»Ich habe mich selbst verteidigt. Wenn Sie das meinen – ich erwiderte seine Hiebe, so gut ich konnte. Sie werden doch nicht etwa annehmen, daß ich mich ruhig hinsetze und mich in meinem eigenen Haus ermorden lasse? Ich kann ebensogut ein Schwert führen wie der andere.«

»Dem Anschein nach haben Sie es gebraucht!« sagte Mike. »Was ist mit Foß geschehen?«

Man merkte nicht, daß diese Frage den geringsten Eindruck auf Penne machte.

»Von wem sprechen Sie?«

»Von Lawley Foß, der gestern abend in Ihrem Haus war.«

»Ach, Sie meinen den Dramaturgen – den habe ich seit Wochen nicht gesehen.«

»Sie lügen«, sagte Mike ruhig. »Er war gestern abend hier. Ich weiß das, weil ich im Zimmer nebenan war.«

»Ach, das waren Sie«, sagte der Baron sichtlich erleichtert. »Ja, er kam zu mir, um Geld zu leihen. Ich habe ihm fünfzig Pfund gegeben, dann ging er fort. Das ist das letzte, was ich von ihm weiß.«

Brixan sah wieder auf die Klinge.

»Sind Sie erstaunt, wenn ich Ihnen sagte, daß Foß' Kopf im Chobham Common aufgefunden worden ist?« fragte er.

Gregory sah ihn mit einem kalten, forschenden Blick an.

»Ich bin sehr erstaunt«, sagte er kühl. »Wenn es nötig ist, so habe ich einen Zeugen, daß Foß mein Haus verließ. Aber ich möchte nicht gerne den Namen einer Dame in diese Angelegenheit verstricken. Miss Stella Mendoza war hier und hat mit mir zu Abend gespeist, wie Sie wahrscheinlich wissen, da Sie ja im nächsten Zimmer waren. Er ging vor ihr weg.«

»Und er kam wieder zurück«, sagte Mike.

»Ich habe ihn nicht wieder gesehen«, schrie der Baron heftig. »Wenn Sie jemanden finden, der ihn nach seinem ersten Besuch noch einmal in dieses Haus kommen sah, können Sie mich verhaften. Denken Sie vielleicht, ich habe ihn getötet?«

Mike antwortete nicht.

»Oben im Turm war eine Frau. Was ist aus ihr geworden?«

Sir Gregory feuchtete seine Lippen an, bevor er sprechen konnte.

»Die einzige Frau in dem Turm war eine kranke Dienerin. Sie ist nicht mehr hier.«

»Das möchte ich gerne selbst sehen«, sagte Mike.

Eine Sekunde lang blickte Gregory nach Bhags Zelle. Dann sagte er:

»Gut, folgen Sie mir.«

Er ging in den Gang, wandte sich aber nicht zur Halle, sondern in entgegengesetzte Richtung. Zehn Schritte weiter unten hielt er an und öffnete eine Tür, die so unauffällig in der Vertäfelung angebracht war und so im Schatten zwischen den beiden Lichtern lag, die den Korridor erhellten, daß es schwer war, ihr Vorhandensein zu entdecken. Er drehte ein Licht an, und Mike sah eine lange Flucht von Stufen, die rückwärts zur Halle führten.

Als er dem Baron folgte, erkannte er, daß der »Turm« nur eine Illusion war. Es war nur von der Vorderseite des Hauses aus ein Turm. Sonst war es ein Anbau von zwei engen Stockwerken an den einen Flügel.

Sie gingen durch eine Tür, dann eine Wendeltreppe hoch und kamen zu dem Gang, auf dem Mike in der letzten Nacht den lauernden Bhag gesehen hatte.

»Hier ist das Zimmer«, sagte Penne und öffnete eine Tür.

24

»O nein, dies ist nicht das Zimmer«, entgegnete Mike ruhig. »Es liegt am anderen Ende des Ganges.«

Penne zögerte.

»Warum glauben Sie mir nicht?« fragte er mit fast freundlicher Stimme. »Was sind Sie für ein skeptischer Mensch! Kommen Sie jetzt, Brixan, wir wollen uns vertragen. Gehen wir hinunter und trinken etwas. Ich fühle mich elend.«

»Ich wünsche das Zimmer zu sehen«, sagte Mike unnachgiebig.

»Ich habe den Schlüssel nicht.«

»Dann holen Sie ihn«, sagte Mike scharf.

Schließlich fand der Baron einen Hauptschlüssel in seiner Tasche und öffnete widerstrebend die Tür.

»Es ging alles ein wenig schnell«, sagte er. »Sie war so krank, daß ich sie fortschaffen mußte.«

»Dann können Sir mir wahrscheinlich den Namen des Krankenhauses angeben, in das sie gekommen ist«, sagte Mike, als er das Licht anmachte. Ein Blick in das Zimmer sagte ihm, daß ein eiliger Aufbruch glaubhaft erschien. Aber trotzdem hatte das Mädchen den Raum nicht unter normalen Umständen verlassen. Das Bett war in Unordnung, das Kissen war blutig, und an der Wand sah man dunkelbraune Flecken. Ein Stuhl war zerbrochen, der Teppich trug merkwürdige Spuren, von denen eine von einem nackten Fuß herrühren mochte. Auf dem Laken war ein Abdruck, der nicht von einer menschlichen Hand sein konnte.

»Das sind Spuren des Affen«, sagte Mike und deutete darauf. »Das war Bhag!«

Der Baron biß sich auf die Lippen.

»Es hat ein Kampf hier stattgefunden«, sagte er. »Der Mann kam herauf und behauptete, die Dienerin sei seine Frau –«

»Was geschah mit ihm?«

Keine Antwort.

»Was geschah mit ihm?« fragte Mike mit unheimlicher Geduld.

»Ich ließ ihn gehen und die Frau mit sich nehmen. Es war einfacher so –«

Mit einem plötzlichen Ausruf bückte sich Mike und hob einen glänzenden Stahl auf, der hinter dem Bett lag. Es war die Hälfte eines Schwertes, in der Mitte entzweigebrochen und fleckenlos. Er betrachtete die Klinge und fand eine oberflächliche Einkerbung. Dann nahm er den Stuhl hoch, untersuchte das Bein und fand zwei tiefere Eindrücke darin.

»Ich werde Ihnen erzählen, was vorging. Sie und Ihr Bhag haben den Mann gefangen, nachdem er in diesem Zimmer war. Der

Stuhl wurde im Kampf wahrscheinlich von Bhag zerbrochen. Der Mann floh aus dem Zimmer, lief in die Bibliothek, nahm das Schwert von der Wand, dann kam er wieder zu Ihnen herauf. Nun begann erst der richtige Kampf. Ich vermute, daß Sie hier einiges Blut verloren haben, Penne.«

»Einiges!« grollte der Baron. »Alles, verdammt noch einmal!«

Es folgte eine lange Pause.

»Verließ die Frau das Zimmer – lebend?«

»Ich glaube ja«, sagte Penne mürrisch.

»Verließ der Mann Ihre Bibliothek lebend?«

»Es wäre besser, wenn Sie das selbst herausbrächten – soweit ich weiß, ja ... Ich hatte für eine halbe Stunde das Bewußtsein verloren – Bhag kann ein Schwert gebrauchen –«

Brixan verließ das Haus nicht, bis er es von oben bis unten durchsucht hatte. Alle Diener waren versammelt, und er begann ein Verhör. Mit einer Ausnahme konnten sie holländisch sprechen, aber keiner von ihnen beherrschte die Sprache gut genug, um ihm richtig Auskunft geben zu können.

Er ging zur Bibliothek und drehte alle Lampen an.

»Ich wünsche Bhag zu sehen«, sagte er.

»Bhag ist fort, ich sagte es Ihnen ja. Wenn Sie mir nicht glauben –«

Penne ging zu dem Schreibtisch und drehte den Hebel. Die Tür öffnete sich, aber es kam niemand heraus.

Brixan zögerte einen Augenblick, dann ging er in den Raum, den Revolver in der einen, die Taschenlampe in der anderen Hand. Das Gelaß war ganz sauber, aber es herrschte ein strenger Tiergeruch in der Zelle. In der Ecke stand ein kleines Bett mit Matratzen, Bettüchern, einer Decke und einem Federkissen. Dort pflegte der Affe zu schlafen. Außerdem sah man einen kleinen Speiseschrank, der mit Nüssen gefüllt war, einen Wasserhahn und einen tiefen, abgenützten Sessel, wo sich der stumme Diener ausruhte. Drei Kricketbälle lagen darauf, die anscheinend das Spielzeug dieses sonderbaren Tieres waren.

Mike wurde es nun auch klar, auf welche Weise Bhag in das Haus kam und es wieder verließ. Ungefähr zwei Meter über dem Fußboden sah er eine quadratische Öffnung in der Mauer, in der weder Fenster noch Vorhang war. Drei eiserne Sprossen waren in gleichen Zwischenräumen zwischen Fenster und Boden in die Wand eingelassen und bildeten so für Bhag eine Art Leiter. An der Außenseite der Mauer fand Mike später die entsprechenden Sprossen.

Er konnte aber keine Blutspuren oder irgendein Zeichen dafür entdecken, daß Bhag an dem schrecklichen Kampf beteiligt gewesen war, der sich abgespielt haben mußte.

Er ging zur Bibliothek zurück und untersuchte alles, aber es war nichts zu finden. Erst als er in den kleinen Salon kam, in dem er sich in der vorigen Nacht verborgen hatte, sah er auf dem Fensterbrett Spuren genug. Da war der Abdruck eines nackten Fußes, und eine andere Stelle ließ erkennen, daß ein schwerer Körper durch das Fenster gezerrt worden war.

In diesem Augenblick kam sein Chauffeur mit den beiden Polizeibeamten zurück. Er hatte ihn bei seiner Ankunft nach Chichester geschickt, um sie zu holen. Die beiden halfen ihm bei seinen Nachforschungen auf dem Grundstück. Die Spur des Flüchtlings war leicht zu verfolgen. Blutflecken zogen sich quer über den Kies, die Pflanzen in dem runden Blumenbeet waren zertreten, und in dem weichen Boden sah man deutlich die Abdrücke nackter kleiner Füße. Im Gemüsefeld verlor sich jedoch die Spur.

»Nun ist die Frage: wer hat wen getragen?« sagte Inspektor Lyle. Mike hatte ihm vorher mit einigen Worten alles erklärt, was er in Griff Towers gefunden hatte. »Mir scheint es so, als ob die beiden Leute im Haus getötet und ihre Leichen von Bhag weggetragen wurden. In seinem Raum sind keine Blutspuren. Wahrscheinlich ist er nicht mehr dort gewesen, nachdem sie getötet worden sind. Wenn wir den Affen finden, können wir die Geschichte ganz aufklären. Penne ist natürlich der Kopfjäger«, fuhr er fort.

»Ich habe mich gestern mit ihm unterhalten und habe bemerkt, daß etwas Fanatisches in seinem Charakter liegt.«

»Ich bin nicht so sicher«, sagte Mike langsam, »daß Sie recht haben. Vielleicht ist meine Ansicht etwas merkwürdig. Aber wenn Sir Gregory Penne wirklich der Mörder sein sollte, wäre ich sehr überrascht. Ich habe mich sehr gewundert«, gab er zu, »daß keine blutigen Fußspuren in Bhags Raum waren. Deswegen glaube ich auch, daß Ihre Vermutung soweit stimmt. Wir können jetzt weiter nichts tun, als das Haus beobachten, bis ich mich mit der Zentrale in Verbindung gesetzt habe.«

In diesem Augenblick kam der zweite Beamte zurück, der das Gemüsefeld bis zu seinen äußersten Grenzen durchsucht hatte. Er meldete, daß er die Spur nahe dem hinteren Ausgang wieder gefunden habe. Die Hinterpforte stand auf, sie eilten quer über das Feld und fanden seine Worte bestätigt. Sowohl innerhalb wie außerhalb des Tores bemerkten sie Blutflecken. In der Nähe des hinteren Ausganges lag eine großer Blätterhaufen, den der Gärtner dort zusammengeharkt hatte. Hier fanden sie den Abdruck eines menschlichen Körpers, als ob jemand an dieser Stelle seine Last ein wenig abgesetzt hätte, um sich auszuruhen. Aber auf den Feldern jenseits des Tores verlor sich die Spur wieder vollkommen.

25

Das Leben setzt sich hauptsächlich aus Kleinigkeiten zusammen. Aber die Dinge von einer höheren Warte aus zu betrachten, ist der Jugend gewöhnlich nicht gegeben. Es hatte Helen Leamington große Überwindung gekostet, einen Herrn zum Tee zu bitten, aber nachdem sie es nun einmal getan hatte, erwartete sie ihn ungeduldig.

Sie besuchte Jack Knebworth in seinem Büro, während Mike gerade im Auto nach London raste.

»Sicher, meine Liebe, Sie können diesen Nachmittag freinehmen. Ich weiß nicht mehr genau, was wir eigentlich vorhatten.«

Er nahm das Programm mit der Zeittafel, aber sie konnte ihm den nötigen Aufschluß geben.

»Sie wollten im Atelier einige Porträtaufnahmen von mir machen lassen«, sagte sie.

»Das hat Zeit, das kann auch an einem anderen Tag geschehen. Nun, haben Sie Zutrauen, daß der Film gut wird?« fragte der Direktor.

»Ich? Nein, leider nicht viel, Mr. Knebworth. Ich bin sehr unruhig darüber. Es ist doch ziemlich unmöglich, daß ich gleich von Anfang an alles richtig mache. Man träumt wohl von Erfolg, aber im Traum ist es leicht, Hindernisse und Gefahren zu überwinden und über Schwierigkeiten hinwegzukommen. Jedesmal, wenn Sie ›Aufnahme‹! rufen, erschrecke ich und habe ein schlechtes Gewissen. Immer denke ich, du bewegst deine Hände ungeschickt, du wirfst deinen Kopf zu schnell herum.«

»Aber das dauerte doch nicht lange?« fragte er so eindringlich, daß sie lächeln mußte.

»Nein, in dem Moment, in dem ich die Kamera surren höre, fühle ich, daß ich die bin, die ich darstellen soll.«

Er klopfte ihr auf die Schulter.

»Das ist auch das, was Sie fühlen müssen.« Dann fuhr er fort: »Haben Sie nichts von der Mendoza gesehen? Hat sie Sie belästigt, oder ist Foß bei Ihnen gewesen?«

»Ich habe Miss Mendoza seit zwei Tagen nicht gesehen, aber Mr. Foß sah ich noch gestern abend.«

Sie erklärte ihm die näheren Umstände nicht, und Jack Knebworth fragte auch nicht weiter nach. Und so erfuhr er nichts von allem, was Helen gestern abend erlebt hatte. Als sie gestern die Hauptstraße entlanggegangen war, sah sie Lawley Foß an der Ecke der Arundel Road neben einem geschlossenen Auto stehen. Er unterhielt sich mit jemandem, der in dem Wagen saß. Später beobachtete sie, wie ihm eine weiße Hand, die wie eine Frauenhand aussah, einen Gruß zuwinkte. Deutlich erkannte sie an dem kleinen Finger der Hand einen großen Diamant. Die Person selbst aber hatte sie nicht gesehen.

Als Helen nach Hause ging, machte sie bei dem Konditor und dem Blumenhändler halt. Sie kaufte Blumen und Kuchen, um damit den Tisch im Salon der Mrs. Watson zu richten. Erstaunt fragte sie sich, welche Anziehung sie wohl auf diesen weltgewandten Mann ausüben könne. Sie neigte stark zur Selbstkritik und kam sich durch ihre Selbstverkleinerung wie ein etwas farbloses junges Mädchen ohne besonderen Charakter vor. Daß sie schön war, wußte sie. Aber Schönheit allein lockt nur oberflächliche Leute an. Wertvolle Menschen verlangen etwas mehr als das. Mike Brixan wollte sicher nicht mit ihr tändeln, er wollte sie wahrscheinlich als Freundin gewinnen.

Der Zeiger der Uhr rückte auf halb fünf, und sie wartete. Um Viertel vor fünf lief sie zur Tür und schaute die Straße entlang. Als es aber fünf Uhr schlug, wurde sie ärgerlich und setzte sich mit philosophischer Ruhe über ihre Einladung hinweg. Sie trank ihren Tee allein, und als sie fertig war, ließ sie abräumen.

Mike hatte es vergessen!

Sie erfand Entschuldigungen für ihn, verwarf sie und suchte doch wieder nach neuen. Erst war sie beleidigt, dann faßte sie die Sache von der humoristischen Seite auf, fühlte sich aber doch verletzt. Schließlich ging sie auf ihr Zimmer, drehte das Licht an, zog ihr Manuskript aus der Tasche und versuchte, die Szenen durchzuarbeiten, die am nächsten Tag gedreht werden sollten. Aber alles lenkte sie von ihrer Arbeit ab. Sie mußte viel an Mike denken, dann an das geschlossene Auto und an Lawley Foß. Sie sah die weiße Hand mit dem Diamantring vor sich, die zum Abschied winkte, als der Wagen davonfuhr. Merkwürdigerweise kam sie in ihren Gedanken immer wieder auf das geschlossene Auto zurück ...

Schließlich legte sie das Manuskript hin und stand auf. Sie schaute unschlüssig zu ihrem Bett hinüber. Es war erst neun, und sie fühlte sich noch nicht müde. Chichester bot wenig Zerstreuungen zur Abendzeit. Es gab zwei Kinos, aber sie war jetzt nicht in Stimmung, sich einen Film anzusehen. Sie setzte aber doch ihren Hut auf und ging nach unten. Als sie an der Küche vorbeikam, sagte sie zu ihrer Wirtin:

»Ich gehe jetzt noch eine Viertelstunde spazieren.«

Das Haus, in dem sie wohnte, lag in einer kleinen Villenstraße, die nicht sehr hell erleuchtet war. Es gab manche dunkle Stellen, zu denen das Licht der Laternen nur spärlich drang. An einem solchen Ort wartete ein Auto. Sie sah schwache Umrisse, bevor sie es richtig erkennen konnte und wunderte sich, daß das Schlußlicht nicht brannte. Als sie näher kam, erkannte sie denselben Wagen, den sie in der vorigen Nacht gesehen, und mit dessen Insassen Foß gesprochen hatte.

Ins Wageninnere konnte sie nicht sehen. Die Vorhänge waren

an der Straßenseite heruntergezogen. Sie glaubte schon, der Wagen sei leer, aber plötzlich hörte sie eine Stimme flüstern:

»Fräulein – kommen Sie mit mir . . .?«

Wieder kam die weiße Hand durch den Spalt des halbgeschlossenen Fensters, und ein großer Diamant blitzte auf. In einer Anwandlung von unerklärlicher Furcht eilte sie weiter.

Sie hörte, wie der Motor ansprang. Der Wagen folgte ihr. Sie lief, so schnell sie konnte. An der Ecke der Straße sah sie einen Mann stehen. Es war ein Polizist, und sie lief zu ihm hin.

»Was ist Ihnen denn passiert, mein Fräulein?«

Als sie sprach, fuhr der Wagen an ihr vorbei, bog um die Ecke und kam außer Sicht.

»Ein Mann aus jenem Wagen hat mich angesprochen«, sagte sie atemlos.

Der Polizist schaute dem Wagen nach. Vergebens. Er war fort.

»Er hatte keine Schlußlichter«, sagte er dann verdutzt. »Ich hätte sonst seine Nummer feststellen können. Hat er Sie belästigt?«

Sie schüttelte den Kopf, da sie sich ihrer Furcht schämte.

»Ich bin etwas nervös«, lächelte sie, »ich werde wieder nach Hause gehen.«

Sie machte kehrt und eilte zu ihrer Wohnung.

Wenn man Diva war, hatte man eben auch Unannehmlichkeiten – selbst bei der bescheidenen Filmgesellschaft von Jack Knebworth. Man wurde nervös dabei.

Sie schlief ein und träumte, daß der Mann in dem Auto Mike Brixan war und sie einlud, zu ihm zu kommen, um mit ihm Tee zu trinken.

Es war schon nach Mitternacht, als Mike Jack Knebworth anläutete und ihm die letzte Neuigkeit durchgab.

»Foß?« rief er entsetzt. »Sie meinen das doch nicht etwa wirklich, Brixan? Soll ich zu Ihnen kommen?«

»Ich werde Sie aufsuchen«, sagte Mike. »Ich muß noch verschiedenes von Ihnen über Foß erfahren, und es wird weniger Aufsehen erregen, als wenn Sie mich hier im Hotel besuchen.«

Jack Knebworth hatte ein Haus in der Arundel Road gemietet und wartete am Gartentor, um seinen Besucher einzulassen.

Mike erzählte ihm von der Entdeckung des Kopfes, und er glaubte Jack Knebworth so weit einweihen zu dürfen, daß er ihm über seinen Besuch bei Sir Gregory Penne ausführlich berichtete.

»Das übersteigt doch alles«, sagte Jack mit heiserer Stimme. »Der arme Foß! Glauben Sie, daß Penne es getan hat? Ich könnte mir nicht denken, warum. Man schneidet doch nicht jemandem den Kopf ab, der nur Geld leihen will.«

»Meine Ansicht hat sich etwas gewandelt«, sagte Mike. »Sie erinnern sich doch noch an das Blatt, das ich in dem Manuskript von Miss Leamington fand. Ich deutete Ihnen damals an, daß es vom Kopfjäger geschrieben sein müßte.«

Jack nickte.

»Ich bin dessen jetzt ganz sicher«, fuhr Mike fort, »besonders seitdem ich in Ihrem Büro gesehen habe, daß die Eintragung des betreffenden Manuskriptes vernichtet wurde. Foß wußte genau, wer der Autor war, und ich nehme sicher an, daß er den verzweifelten Entschluß faßte, den Schreiber zu denunzieren. Wenn das der Fall ist, und Sir Gregory war der Verfasser des Manuskripts – aber in diesem Punkt bin ich noch sehr unsicher –, dann ist es ja ganz klar, warum er aus dem Wege geräumt werden mußte. Eine Person könnte uns helfen, und das ist –«

»Stella Mendoza«, sagte Jack, und die Blicke der beiden Männer trafen sich verständnisvoll.

26

Jack sah nach seiner Uhr.

»Ich vermute, daß sie schon zu Bett gegangen ist, aber es käme auf einen Versuch an. Würden Sie sie gern noch sprechen?«

Mike zögerte. Stella Mendoza war eine Freundin Gregory Pennes, und er war nicht geneigt, sich ohne weiteres zu der Ansicht zu bekennen, den Baron für den Mörder zu halten.

»Ja, ich glaube, es ist gut, wenn wir sie noch aufsuchen. Nach allem, was vorgefallen ist, weiß Penne doch, daß er verdächtigt wird.«

Jack Knebworth wartete zehn Minuten lang am Apparat, bevor eine Antwort vom Hause Stellas kam.

»Knebworth ist am Apparat, Miss Mendoza«, sagte er. »Ist es möglich, Sie heute abend noch zu sehen? Mr. Brixan möchte Sie sprechen.«

»Zu dieser Zeit?« sagte sie schläfrig und erstaunt. »Ich war schon zu Bett. Kann es nicht morgen sein?«

»Nein, er muß Sie unbedingt heute abend noch sehen. Ich will mitkommen, wenn Sie nichts dagegen haben.«

»Was ist denn los?« fragte sie schnell. »Handelt es sich um Gregory?«

Jack sprach leise mit Mike, der neben ihm stand. Dieser nickte.

»Ja, es handelt sich um Gregory.«

»Wollen Sie dann, bitte, kommen. Ich werde mich sofort anziehen.«

Als sie ankamen, hatte sich Stella angekleidet. Sie war zu neugierig geworden, als daß sie sich noch über die späte Stunde beschwert hätte.

»Worum handelt es sich?«

»Mr. Foß ist tot.«

»Tot?« Sie sah Mike entsetzt an. »Wie kam das? Ich habe ihn gestern noch gesehen.«

»Er ist ermordet worden«, sagte Mike ruhig. »Sein Kopf wurde in der Nähe von Chobham Common gefunden.«

Sie wäre umgesunken, wenn nicht Mikes Arm sie gehalten hätte. Es dauerte einige Zeit, bevor sie sich so weit erholt hatte, daß sie die Fragen, die er ihr stellte, beantworten konnte.

»Nein, ich habe Mr. Foß nur ein paar Sekunden lang gesehen, bevor er Griff Towers verließ. Nachher nicht wieder.«

»Sagte er, daß er später wiederkommen wollte?«

Sie schüttelte den Kopf.

»Sagte Sir Gregory zu Ihnen, daß Foß wiederkommen würde?«

»Nein, er erklärte, daß er froh wäre, ihn endlich los zu sein. Auch erwähnte er, daß er ihm fünfzig Pfund bis zur nächsten Woche geliehen habe. Das ist so richtig Gregorys Art. Er wird immer Dinge weitererzählen, selbst wenn ihn die Leute gebeten haben, sie für sich zu behalten. Er ist sehr stolz auf seinen Reichtum und prahlt gern damit, daß er anderen Leuten hilft.«

»Hatten Sie sich nicht heute mit ihm zum Essen verabredet?« fragte Mike und beobachtete sie scharf.

Sie biß sich auf die Lippe.

»Sie haben wohl unsere Unterhaltung gehört, als ich fortging? Nein, ich wollte nicht zum Essen zu ihm kommen. Das war nur eine List, um einen eventuellen Lauscher zu täuschen, der draußen umherschlich. Wir wußten, daß jemand an diesem Abend im Haus war. Waren Sie das?«

Mike nickte.

»So – dann bin ich beruhigt.« Sie seufzte tief auf. »Die paar Minuten in dem dunklen Raum waren fürchterlich für mich. Ich dachte, es wäre . . .« Sie zögerte.

»Bhag!« ergänzte Mike, und sie nickte.

»Ja. Sie vermuten doch nicht, daß Gregory Mr. Foß getötet hat?«

»Ich habe im allgemeinen jeden und keinen im Verdacht«, sagte Mike. »Haben Sie Bhag gesehen?«

»Nein, gestern abend nicht, früher natürlich. Ich bekomme eine Gänsehaut, wenn ich nur an ihn denke. Ich habe noch kein Tier gesehen, das soviel menschlichen Verstand hat. Manchmal, wenn Gregory ein wenig zuviel getrunken hatte, holte er den Affen heraus und ließ ihn allerhand Kunststücke machen. Wissen Sie, daß Bhag alle Schwertgriffe der Malaien ausführen kann? Gregory hat ihm das Fechten beigebracht. Er hatte ein hölzernes Schwert, das extra für ihn angefertigt war. Es hat mich immer erschreckt, wenn ich sah, daß er mit seinem Säbel hantierte.«

Mike sah sie mit großen Augen an.

»Also konnte Bhag wirklich fechten? Penne erzählte mir das, aber ich dachte, daß er übertrieben hätte.«

»Sicher konnte er das, Gregory hat ihm noch viel mehr beigebracht.«

»Wie stehen Sie zu Penne?« fragte Mike leichthin.

Sie wurde rot.

»Er war mein Freund«, sagte sie verlegen. »Ein sehr guter

Freund – in finanziellen Dingen, meine ich. Früher hatte er mich einmal sehr gern. Wir waren – sehr gute Freunde.«

Mike nickte. »Ist das noch so?«

»Nein«, antwortete sie kurz. »Ich habe mit Gregory Schluß gemacht und will Chichester morgen verlassen. Ein Agent ist beauftragt, mein Haus zu vermieten. – Der arme Mr. Foß«, sagte sie, und Tränen standen in ihren Augen. »Der arme Mensch! Gregory hat das nicht getan, Mr. Brixan, darauf kann ich schwören. Vieles, was von Gregory erzählt wird, ist nicht wahr. Er ist ein Feigling, und obgleich er schon viel gefährliche Dinge ausführte, hat er doch immer Leute, die die schmutzige Arbeit für ihn tun.«

»Was verstehen Sie unter gefährlichen Dingen?«

Sie zögerte. Aber er wurde dringlicher.

»Er hat mir erzählt, daß er öfter in den Dschungel gezogen ist und Dörfer überfallen hat, um hübsche Mädchen zu rauben. Es soll einen Stamm geben, der besonders hübsche Frauen hat. Vielleicht hat er mir das auch alles nur vorgelogen, aber ich glaube doch, daß er in diesem Punkt die Wahrheit sprach. Er sagte mir, daß er gerade vor einem Jahr, als er in Borneo war, ein Mädchen von einem wilden Stamm im Inneren des Landes gestohlen habe. Kein Europäer würde von dort allein lebendig zurückkommen.«

»Machten diese Geständnisse denn gar keinen Eindruck auf Sie?« fragte Mike und sah sie scharf an.

Sie zuckte die Schultern.

»Das war so seine Art«, war alles, was sie antwortete, und hieraus konnte Mike die weitesten Schlüsse ziehen, daß er ihr »guter Freund« war.

Sie gingen zu Jack Knebworths Haus zurück.

»Die Geschichte, die Penne berichtet, scheint mit dem vollkommen übereinzustimmen, was die Mendoza sagt. Es besteht jetzt kein Zweifel mehr, daß die Frau in dem obersten Turmzimmer das Mädchen war, das er gestohlen hat. Ebenso sicher ist, daß der braune Mann ihr Gatte war. Wenn sie von Griff Towers entkommen sind, wird es keine großen Schwierigkeiten machen, sie aufzufinden. Ich werde noch diese Nacht alle Polizeistationen im Umkreis von fünfundzwanzig Kilometer darüber informieren, und morgen früh werden wir wohl Nachricht bekommen.«

»Es ist ja schon Morgen«, sagte Jack, als er nach Osten sah, wo der Himmel bereits heller wurde. »Kommen Sie doch noch zu mir. Ich werde Kaffee machen. Die Nachricht von Foß' Tod hat mich sehr erregt. Ich hatte mir für heute eigentlich viel vorgenommen, aber vermutlich müssen wir die Arbeit um einen Tag verschieben. Die Schauspieler und die anderen Angestellten der Gesellschaft werden durch diese Nachricht auch nicht bei der Sache sein. Alle kennen Foß, obgleich er nicht sehr beliebt bei ihnen war. Es fehlt nur noch, daß Helen nervös wird – um das Unglück voll zu machen. Aber eben kommt mir ein Gedanke, Brixan, warum ziehen Sie nicht ganz zu mir? Ich bin Junggeselle, Sie haben einen Telefonanschluß und sind hier vollkommen unbeobachtet und können viel ungestörter arbeiten als im Hotel.

Der Vorschlag gefiel dem Detektiv, und er schlief schon diese Nacht in Jack Knebworths Haus. Zuvor hatte er aber noch ein eingehendes Telefongespräch mit Scotland Yard.

In der Frühe des nächsten Morgens war er bereits wieder in Griff Towers, und bei Tageslicht konnte er seine Untersuchungen genau durchführen. Aber es kam nichts Besonderes mehr zum Vorschein. Er befand sich in einer eigentümlichen Lage. Scotland Yard hatte besonders betont, daß Gregory Penne aus einer guten Familie stamme. Er war reich und angesehen, bekleidete das Ehrenamt eines Friedensrichters, und da seine Extravaganzen bisher nicht gegen das Gesetz verstoßen hatten, »können Sie einen Mann nicht henken, weil er ein Sonderling ist«, hatte ihm der Chefinspektor am Telefon gesagt.

Die Tatsache, daß Bhag ebenso wie der braune Mann mit seiner Frau verschwunden war, erregte Mikes Verdacht.

»Er ist die ganze Nacht nicht zurückgekommen«, sagte Sir Gregory. »Ich habe nichts von ihm gesehen. Es ist nicht das erstemal, daß er auf eigene Faust längere Zeit fortbleibt. Er findet dann einen Unterschlupf, wo man es nicht vermuten sollte. Auch jetzt hat er sich sicher irgendwo versteckt. Aber das macht nichts, er kommt bestimmt wieder.«

Als Mike durch Chichester fuhr, sah er jemanden und bremste

seinen Wagen mit aller Gewalt. Es war ein Wunder, daß seine Reifen nicht platzten. Im Nu war er aus dem Wagen gesprungen und stand vor Helen.

»Es kommt mir vor, als ob ich Sie zehntausend Jahre nicht gesehen hätte«, sagte er scherzend. Zu jeder anderen Zeit hätte seine Bemerkung Helen zum Lächeln gebracht.

»Ich fürchte, Sie müssen mich entschuldigen, ich habe keine Zeit. Ich bin auf dem Weg zum Atelier«, sagte sie ein wenig kühl. »Ich versprach Mr. Knebworth, daß ich heute morgen frühzeitig kommen würde. Gestern nachmittag bat ich ihn, mir freizugeben.«

»Hat er das getan?« fragte Mike unschuldig.

»Ich hatte jemanden zum Tee eingeladen.«

Plötzlich erinnerte sich Mike und war wie vom Blitz erschlagen.

»Ist das möglich!« sagte er betroffen. »Ich bin wirklich ein unmöglicher Mensch!«

Sie wollte weitergehen, aber er hielt sie zurück.

»Ich wollte Sie wirklich nicht kränken oder verletzen, Helen«, sagte er leise. »Es hat sich eine neue Tragödie abgespielt, die Ihnen meine Vergeßlichkeit erklären wird!«

Sie stand still und schaute ihn an.

»Eine neue Tragödie?«

»Mr. Foß ist ermordet worden«, sagte er.

Sie wurde leichenblaß.

»Wann?« Ihre Stimme war ruhig, aber tonlos.

»In der letzten Nacht.«

»Es war nach neun!« sagte sie.

Er zog überrascht die Augenbrauen in die Höhe.

»Wie kommen Sie darauf?«

»Weil ich um neun Uhr« – sie sprach langsam – »die Hand des Mannes sah, der ihn ermordete!«

»Am vorletzten Abend«, fuhr sie fort, »ging ich aus, um etwas Wolle zu kaufen, die ich brauchte. Es war kurz bevor die Läden geschlossen wurden ... In der Stadt traf ich Mr. Foß und sprach mit ihm. Er war sehr nervös und unruhig. Er machte mir wieder denselben Vorschlag wie damals, als er mich besuchte. Sein Benehmen war so sonderbar, daß ich ihn fragte, ob ihn etwas bedrücke. Er sagte nein, aber er hätte eine Ahnung, daß sich etwas Furchtbares ereignen würde. Er fragte mich, ob ich schon länger in Chichester lebte und etwas über die Höhlen wüßte.«

»Die Höhlen?« fragte Mike schnell.

Sie nickte.

»Ich war sehr überrascht, ich hatte noch nie davon gehört. Er erzählte mir, daß sie in einer alten Chronik von Chichester erwähnt seien. Er hatte in den Führern nachgeschlagen, ohne irgend etwas darüber zu finden. Anscheinend gab es zu dieser oder einer anderen Zeit in der Nähe von Chellerton Höhlen, aber durch eine schwere Erdsenkung wurden sie verschüttet. Er war so verstört und sprach so abgerissen, daß ich annehmen mußte, er sei betrunken. Ich war froh, als ich mich verabschieden konnte. Ich ging zu meinem Geschäft und traf dort eine Statistin, die ich kannte. Sie fragte mich, ob ich mit ihr nach Hause gehen wollte. Ich hatte gar keine Lust dazu, konnte es aber nicht gut ablehnen, und so begleitete ich sie eben. Sobald ich konnte, machte ich mich los und ging geradewegs nach Hause.

Es war neun Uhr geworden, und die Straßen waren schon leer. Die Beleuchtung in Chichester ist nicht besonders gut. Aber ich konnte doch Mr. Foß erkennen. Er stand an der Ecke der Arundel Road und wartete auf jemanden. Ich hielt an, weil mir nichts daran lag, ihm noch einmal zu begegnen. Aber gerade, als ich mich umdrehen wollte, fuhr ein Auto in die Straße und hielt bei Mr. Foß.«

»Was war es für ein Wagen?« fragte Mike.

»Es war eine Limousine ... Als sie um die Ecke bog, gingen ihre Scheinwerfer aus, was mich sehr überraschte. Mr. Foß wartete wohl nur darauf, denn er ging hinüber, lehnte sich zum Fenster und sprach mit jemandem in dem Wagen. Ich weiß nicht, warum – aber ich wurde plötzlich neugierig und wollte sehen, wer in dem Wagen saß und ging darauf zu. Ich war bloß noch vier oder fünf Schritte entfernt, als Mr. Foß zurücktrat und das Auto anfuhr. Der Fahrer streckte seine Hand aus dem Fenster, als ob er zum Abschied winken wollte, und als der Wagen an mir vorbeifuhr, winkte er noch. Das Innere war ganz dunkel.«

»War etwas Besonderes an der Hand?«

»Nein. Sie war nur etwas klein und frauenhaft weiß. An dem kleinen Finger saß ein großer Diamantring. Sein Feuer war außergewöhnlich schön, und ich wunderte mich, daß ein Mann solchen Schmuck trug. Sie mögen denken, daß ich einfältig bin, aber der Anblick dieser Hand jagte mir ein schreckliches Angstgefühl ein – ich weiß jetzt noch nicht, warum. Es war etwas Unnatürliches und Sonderbares an ihr. Als ich mich umblickte, entfernte sich Mr. Foß schnell in der anderen Richtung, und ich machte keinen Versuch, ihn einzuholen.«

»Sie sahen keine Nummer an dem Wagen?«

»Nein.« Sie schüttelte den Kopf. »Ich war nicht so neugierig.«

»Sie sahen auch die Silhouette des Mannes im Wagen nicht?«

»Nein, ich sah nichts. Sein Arm war erhoben.«

»Wie groß war der Diamant Ihrer Meinung nach?«

Sie zog die Lippen gedankenvoll zusammen.

»Er kam so schnell an mir vorüber, daß ich Ihnen nichts Genaues darüber sagen kann, Mr. Brixan. Es mag sein, daß ich mich irre, aber ich glaube, daß er ungefähr so groß wie meine Fingerspitze war. Ich konnte keinerlei Einzelheiten erkennen, obwohl ich den Wagen vorige Nacht wieder sah.«

Sie erzählte ihm nun, was sich in der letzten Nacht ereignet hatte, und er hörte gespannt zu.

»Der Mann sprach zu Ihnen – haben Sie seine Stimme erkannt?«

Sie schüttelte den Kopf.

»Nein, er flüsterte nur. Ich sah sein Gesicht nicht, aber ich glaube, daß er eine Mütze trug. Der Polizist sagte, daß er die Nummer des Wagens hätte aufschreiben wollen.«

»So, sagte er das?« bemerkte Mike sarkastisch. »Nun gut, dann hat wenigstens er eine Hoffnung.«

Eine Minute schwieg er in Gedanken, dann sagte er: »Ich möchte Sie zum Atelier begleiten, wenn Sie nichts dagegen haben.«

Er ließ sie in ihr Ankleidezimmer gehen, wo sie erfuhr, daß heute nicht gearbeitet wurde. Er selbst suchte Jack auf.

»Sie kennen doch alle Leute in dieser Gegend«, sagte er. »Ist

Ihnen jemand bekannt, der eine große Limousine fährt und einen Diamantring am kleinen Finger der rechten Hand trägt?«

»Die einzige, die diese Schwäche hatte, war Stella Mendoza.«

Mike pfiff.

»An die hätte ich niemals gedacht«, murmelte er. »Und Helen beschrieb die Hand als klein und frauenhaft.«

»Die Hand der Mendoza ist nicht klein, aber sie könnte bei einem Mann natürlich so aussehen«, sagte Jack nachdenklich. »Und ihr Wagen ist keine Limousine. Aber das bedeutet ja nichts ... Ich habe gerade Anweisung gegeben, daß heute gearbeitet werden soll. Wenn wir die Leute herumstehen lassen, kommen sie ganz außer Fassung.«

»Das dachte ich auch, ich wagte nur nicht, diesen Vorschlag zu machen«, sagte Mike lächelnd.

Ein Telegramm rief Mike am Mittag nach London, wo er eine Konferenz mit den obersten Fünf von Scotland Yard hatte. Das Resultat der zweistündigen Unterredung war der Beschluß, daß Sir Gregory Penne in Freiheit bleiben, aber beobachtet werden sollte.

»Wir glauben die Geschichte mit dem Mädchen von Borneo«, sagte der Chef ruhig. »Und alle Tatsachen stimmen zusammen. Ich habe nicht den geringsten Zweifel, daß Penne der Verbrecher ist. Aber wir müssen sehr vorsichtig vorgehen. In Ihrem Ministerium, Captain Brixan, können Sie sicher einiges riskieren. Aber die Polizei in diesem Land darf wegen Mordes keine Verhaftung vornehmen, wenn sie nicht ganz gewiß ist, daß eine Verurteilung folgen kann. Es mag etwas an Ihrer Theorie sein, und ich bin der letzte, der sie herabsetzen will, aber Sie müssen erst noch Paralleluntersuchungen anstellen.«

Mike fuhr am selben Tag nach Sussex. Er befand sich ungefähr vier Kilometer nördlich Chichester und war in größter Eile, als er eine Gestalt gewahrte, die mit ausgebreiteten Armen in der Mitte der Straße stand. Er fuhr langsamer. Es war Mr. Sampson Longvale, wie er zu seiner Verwunderung sah. Fast bevor der Wagen anhielt, sprang Mr. Longvale mit außerordentlicher Geschicklichkeit auf das Trittbrett.

»Ich habe die letzten zwei Stunden auf Sie gewartet, Mr. Brixan«, sagte er. »Haben Sie etwas dagegen, daß ich mich zu Ihnen setze?«

»Kommen Sie herein!« sagte Mike freundlich.

»Sie sind auf dem Weg nach Chichester, ich weiß. Wollen Sie bitte nach Dower House kommen? Ich habe Ihnen etwas Wichtiges mitzuteilen.«

Der Platz, an dem er den Wagen gestoppt hatte, lag gerade dem Ende der Straße gegenüber, die nach Dower House und zu der Besitzung Mr. Gregorys führte. Der alte Herr erzählte ihm, daß er von Chichester zurückgegangen sei und auf seinen Wagen gewartet habe.

»Ich erfuhr jetzt erst, Mr. Brixan, daß Sie Staatsbeamter sind«, sagte er mit einem würdevollen Kopfnicken. »Ich brauche Ihnen kaum zu sagen, wie hoch ich einen Menschen schätze, der der Sache der Gerechtigkeit dient.«

»Mr. Knebworth verriet Ihnen das wohl?« fragte Mike lächelnd.

»Ja, er sagte es mir«, stimmte Longvale bei. »Ich ging zu ihm, um Sie zu suchen, da ich das Gefühl hatte, daß Sie eine gewichtige Stellung im Leben einnehmen. Ich gestehe, daß ich zuerst annahm, Sie wären einer jener eitlen jungen Leute, die weiter nichts zu tun haben, als sich zu amüsieren. Ich habe mich sehr gefreut, zu erfahren, daß das ein Irrtum war. Es ist wirklich sehr befriedigend,« – Mike lächelte innerlich über den Wortschwall des alten Herrn – »weil ich Rat in einer bestimmten Sache brauche, den mir ein Rechtsanwalt nicht geben kann. Meine Lage ist ganz eigenartig, beinahe verwirrend. Ich bin ein Mann, der vor der Öffentlichkeit zurückschreckt, und bin fremder Einmischung in meine Angelegenheiten sehr abgeneigt.«

Sie hielten vor Dower House. Mr. Longvale stieg aus und öffnete das Tor. Als Mike durchgegangen war, schloß er es wieder. Anstatt direkt in sein Wohnzimmer zu gehen, stieg er die Treppe hinauf und bat Mike, mitzukommen. Er hielt vor dem Zimmer an, in dem Helen in jener Nacht ein so fürchterliches Erlebnis hatte.

»Ich möchte, daß Sie die Leute betrachten«, sagte Mr. Longvale ernst, »und mir sagen, ob ich in Übereinstimmung mit dem Gesetz gehandelt habe.«

Er öffnete die Tür, und Mike sah, daß jetzt zwei Betten in dem Raum standen. In dem einen lag, dick verbunden und anscheinend bewußtlos, der braune Fremde. In dem anderen schlief die Frau, die Mike in dem Turm gesehen hatte! Auch sie schien schwer verwundet. Ihr Arm war verbunden und geschient.

Mike holte tief Atem.

»Damit ist ein Rätsel gelöst«, sagte er. »Wo haben Sie diese Menschen gefunden?« fragte er.

Bei dem Klang seiner Stimme öffnete die Frau die Augen und blickte furchtsam zu ihm hinüber.

»Du bist verwundet worden?« fragte Mike auf holländisch. Aber sie gab keine Antwort. Sie wurde so aufgeregt bei seinem Anblick, daß Mike froh war, als er aus dem Zimmer kam. Erst unten im Wohnzimmer erzählte Mr. Longvale die Geschichte.

»Ich sah sie die letzte Nacht ungefähr um halb elf. Sie schwankten auf der Straße, und ich dachte, die wären betrunken. Aber glücklicherweise sprach die Frau, und da ich noch niemals eine Stimme vergessen habe, selbst wenn sie in einer mir fremden Sprache redete, erkannte ich sofort, daß es meine Patientin war, und ging auf sie zu. Dann sah ich auch, in welchem Zustand ihr Begleiter war. Als sie mich erkannte, begann sie aufgeregt zu sprechen. Ich konnte sie nicht verstehen, obwohl ich ahnte, was sie wollte. Der Mann war dem Zusammenbruch nahe. Ich brachte ihn mit Hilfe seiner Frau in dieses Haus und in das Zimmer, wo er nun liegt. Zum Glück hatte ich mir in der Erwartung, wieder zu ihr gerufen zu werden, einige Instrumente und Medikamente angeschafft, und konnte so den Mann pflegen.«

»Ist er schwer verletzt?« fragte Mike.

»Er hat sehr viel Blut verloren, und obwohl keine Arterien verletzt oder Knochen gebrochen zu sein scheinen, sehen die Wunden recht bös aus. Nun kam mir der Gedanke«, fuhr er in seiner umständlichen Art fort, »daß dieser Eingeborene die Wunden nur als Folge irgendeiner schlechten Handlung empfangen haben kann. Ich dachte, es sei das beste, die Polizei zu benachrichtigen, daß die beiden unter meiner Obhut sind. Ich besuchte aber zuerst meinen besonderen Freund, Mr. Knebworth, und erzählte ihm meine Lage. Er sprach mir dann von Ihnen, und ich beschloß, Ihre Rückkehr abzuwarten, ehe ich weitere Schritte unternahm.«

»Sie haben ein Geheimnis gelöst, das mich quälte und haben zufälligerweise eine Sache bestätigt, die ich sehr skeptisch betrachtete«, sagte Mike. »Ich denke, es wäre sehr gut, die Polizei zu informieren – ich werde die Zentrale benachrichtigen und Ihnen einen Krankenwagen schicken, der die beiden Leute ins Krankenhaus bringt. Ist der Mann transportfähig?«

»Ich glaube, ja«, nickte der alte Herr. »Er liegt jetzt in tiefem Schlaf und scheint bewußtlos zu sein, aber das ist nicht der Fall. Die Leute können gerne hier bleiben, obwohl ich keine Bequemlichkeiten habe und mich allein versorgen muß, und es mich daher eher belästigt, denn ich bin nicht an solche Anstrengungen gewöhnt. Glücklicherweise kann die Frau viel für ihn tun.«

»Hatte er ein Schwert, als er ankam?«

Mr. Longvale biß sich ungeduldig auf die Lippen.

»Wie konnte ich das vergessen! Ja, hier ist es.«

Er wandte sich zu einer altertümlichen Kommode, zog ein Schubfach auf und nahm das Schwert heraus, das Mike über dem Kamin in Griff Towers gesehen hatte. Es war fleckenlos und war auch so, als Mr. Longvale es aus den Händen des braunen Mannes nahm. Er erwartete auch nicht, es anders zu sehen, denn für den Krieger des Ostens ist sein Schwert wie ein Kind, und wahrscheinlich war es die erste Sorge des Mannes, es zu reinigen.

Mike verabschiedete sich, fragte dann aber noch plötzlich:

»Würde es Sie sehr bemühen, mir ein Glas Wasser zu bringen, Mr. Longvale? Meine Kehle ist ganz ausgetrocknet.«

Mit einer Entschuldigung eilte der alte Herr weg und ließ Mike allein in dem Raum.

An einem Haken hing der lange Überrock des Herrn von Dower House und daneben ein gekräuselter Biberpelz und ein sehr alter Filzhut, den Mike herabnahm, als Longvale ihm den Rükken gewandt hatte. Die Bitte um ein Glas Wasser war keine Kriegslist, denn er war wirklich durstig. Aber Wißbegierde gehörte nun einmal zu seinem Beruf.

Der alte Herr kehrte schnell zurück und fand Mike bei der Untersuchung des Hutes.

»Woher stammt er?« fragte der Detektiv.

»Der Eingeborene trug ihn, als er kam«, sagte Mr. Longvale.

»Ich möchte ihn mitnehmen, wenn Sie nichts dagegen haben«, sagte Mike nach langem Schweigen.

»Aber mit dem größten Vergnügen. Unser Freund oben wird für lange Zeit keinen Hut brauchen«, meinte er mit einem seltsamen Lächeln.

Mike ging zu seinem Wagen zurück, legte den Hut sorgfältig neben sich und fuhr nach Chichester. Den ganzen Weg über war er verwundert. Denn in dem Hut sah er die Initialen »L. F.« Wie kam der Hut von Lawley Foß auf den Kopf des braunen Mannes aus Borneo?

27

Mr. Longvales beide Patienten wurden in dieser Nacht ins Krankenhaus gebracht, und als von den Ärzten ein günstiger Bericht über das Befinden des Mannes kam, hatte sich das Rätsel für Mike gelöst.

Er besuchte seinen alten Lehrer an diesem Abend. »Wieder wißbegierig?« fragte er gutgelaunt, als Mike eintrat.

»Sehr wißbegierig, Sie haben recht!« sagte Mike. »Obwohl ich bezweifle, daß Sie mir heute helfen können. Ich bin auf eine alte Chronik von Chichester aus.«

»Ich besitze eine aus dem Jahre 1600. Sie sind der zweite seit kurzer Zeit, der sie sehen möchte.«

»Wer war der andere?« fragte Mike schnell.

»Ein Mann namens Foß –« begann Mr. Scott. Mike nickte, als ob er das wüßte. »Er wollte etwas über die Höhlen wissen. Ich hatte niemals gehört, daß es hier Höhlen von Bedeutung gäbe. Wenn es Cheddar gewesen wäre, hätte ich ihm genügend Aufschluß geben können. Auf dem Gebiet bin ich eine Autorität.«

Er führte Mike in die Bibliothek, nahm einen alten Band herunter und legte ihn auf den Tisch.

»Nachdem Foß gegangen war, sah ich auch nach. Sie sind nur auf Seite 385 erwähnt. Der Bericht steht in Zusammenhang mit dem Verschwinden einer Reitertruppe unter Sir John Dudley, Earl von Newport, während einer lokalen Fehde, die sich in der Zeit Stephans in dieser Gegend abspielte. Hier ist die Stelle.« Er deutete darauf.

Mike las die altertümliche Schrift:

›Der edle Earl beschloß, seine Ankunft zu erwarten, und führte zwei Compagnien Reiterei nachts in die großen Höhlen, die zu jener Zeit vorhanden waren. Nach dem unergründlichen Willen Gottes, in dessen Hand wir alle stehen, ereignete sich um acht Uhr in der Frühe ein großer Erdrutsch, der alle diese Ritter und Herren und Sir John Dudley, Earl von Newport, unter sich begrub und ihr Leben vernichtete, so daß sie nie wieder gesehen wurden. Dies ereignete sich neun Meilen von dieser Stadt an einem Ort, der von den Römern Regnum genannt wurde oder Ciffanceaster von den Angelsachsen.‹

»Sind die Höhlen jemals gefunden worden?«

Mr. Scott schüttelte den Kopf.

»Es gehen Gerüchte in der Gegend um, daß sie vor anderthalb Jahrhunderten von Alkoholschmugglern benutzt wurden, aber solche Gerüchte finden Sie ja überall.«

Mike nahm eine Karte von Chichester aus seiner Mappe, maß neun Meilen ab und umzirkelte die Stadt. Die Linie ging nahe an der Besitzung Sir Gregorys vorbei. »Es gibt zwei Griff Towers?« sagte er plötzlich, als er die Karte prüfte.

»Ja. Außer Pennes Besitzung gibt es noch einen Turm, der nach der berühmten Grenzmarke – dem wirklichen Griff in Towers, wie er ursprünglich hieß – genannt ist. Ich glaube, er steht entweder in oder in der Nähe von Pennes Besitztum – ein sehr alter, runder Turm, ungefähr sechseinhalb Meter hoch. Sein Alter wird auf nicht ganz zweitausend Jahre geschätzt. Da ich mich sehr für archäologische Dinge interessiere, habe ich die Ruine genau untersucht. Der untere Teil ist zweifellos römisches Mauerwerk – die Römer hatten hier ein großes Lager. Und in der Tat war Regnum einer ihrer Hauptstützpunkte. Es gibt allerhand Erklärungen für seine Entstehung. Wahrscheinlich war er zuerst eine Schanze oder ein Blockhaus. Meiner Meinung nach war der ursprüngliche römische Turm nur einige Fuß hoch und überhaupt nicht als Festungsbau gedacht. In späteren Zeiten wurden die Umfassungsmauern erhöht, ohne daß man eigentlich recht wußte, warum.«

Mike lachte in sich hinein.

»Wenn meine Annahme richtig ist, werde ich in dieser Nacht noch mehr von diesem römischen Kastell erfahren«, sagte er.

Er ließ seine Koffer vom Hotel in sein neues Quartier bringen. Als er zurückkam, sah er, daß der Abendtisch für drei Personen gedeckt war.

»Erwarten Sie Besuch?« fragte Mike. Er beobachtete Jack Knebworth, der mit den letzten Vorbereitungen für die Ausstattung des Tisches beschäftigt war. Er hatte als Junggeselle ausgesprochenen Sinn für hübsche Anordnung und setzte die Bestecke, Teller, Gläser und Servietten ganz genau auf ihren Platz.

»Ja. Eine Freundin von Ihnen.«

»Von mir?«

Jack nickte.

»Ich habe Miss Leamington zu Tisch gebeten. – Wenn ich aber sehe, daß ein Mann in Ihrem Alter rot wird, wenn der Name einer jungen Dame erwähnt wird, so kann ich ihn nur bemitleiden. Sie kommt teils aus geschäftlichen Gründen, teils um einmal außerhalb der Geschäftszeit mit mir zusammen zu sein. Heute hat sie nicht so gut gespielt, wie ich erwartete, aber vermutlich waren wir alle heute nicht auf der Höhe.«

Bald darauf kam Helen Leamington. An diesem Abend sah sie wirklich entzückend aus. Mike konnte sie nicht genug ansehen, und obgleich er es sich noch nicht eingestand, hatte er sie doch in sein Herz geschlossen.

Jack Knebworth half ihr beim Ablegen des Mantels.

»Als ich hierher kam«, sagte sie, »dachte ich, wie sich doch alles so schnell ändern kann. Früher hätte ich im Traum nicht daran gedacht, daß ich einmal bei Ihnen eingeladen sein würde, Mr. Knebworth.«

»Und mir ist es auch niemals im Traum eingefallen, daß Sie

sich einmal so in die Höhe arbeiten würden, daß ich Sie so auszeichnen kann. Und in fünf Jahren werden Sie zu sich sagen: Warum in aller Welt war es mir damals so wichtig, bei dem simplen Knebworth ein einfaches Mahl einzunehmen?«

Er legte seine Hand auf ihre Schulter und führte sie in das Zimmer. Jetzt erst sah sie Mike. Der junge Mann fühlte mit Unbehagen, daß sie etwas enttäuscht schien. Aber nur eine Sekunde, dann erklärte sie ihm den Wechsel ihres Mienenspiels, als hätte sie seine Gedanken gelesen.

»Ich dachte, wir würden nur über Filme sprechen«, sagte sie lächelnd.

»Das sollen Sie auch«, erwiderte Mike. »Ich bin der beste Zuhörer auf der Welt. Der erste, der heute das Wort Mord erwähnt, wird zum Fenster hinausgeworfen.«

»Dann muß ich mich zur Flucht vorbereiten«, sagte sie gutgelaunt. »Denn ich möchte gern von Mord und Geheimnissen sprechen – später!«

Unter dem ermunternden Einfluß einer harmonischen Umgebung erschien das Mädchen in einem ganz neuen Licht. Alle Eigenschaften, die Mike ihr heimlich zugelegt hatte, erwiesen sich als wahr. Ihre Scheu und ihre fast kühle Reserve schmolzen in der Gesellschaft dieser beiden Menschen. Sie nahm an, daß der eine ihr zugetan war und der andere – nun ja, Mike war schließlich ein Freund.

»Ich habe heute nachmittag Detektiv gespielt«, sagte sie, nachdem der Kaffee serviert war, »und dabei habe ich interessante Entdeckungen gemacht. Ich erzählte Ihnen, daß ich gestern abend wieder das geheimnisvolle Auto sah. Zufällig konnte ich im Vorbeigehen das Muster sehen, das auf den Reifen der Hinterräder als Profil angebracht war. Als ich heute durch meine Straße ging, sah ich die Spur dieser Räder mitten auf dem schmutzigen Fahrdamm. Ich folgte ihr, und meine Vermutung bestätigte sich, daß sie nach dem Feldweg führte, der die Straße am Ende kreuzt. Es war die einzige Reifenspur auf diesem Weg. Zweifellos rührt sie von dem Wagen her, den der Fahrer mit der weißen Frauenhand lenkte. Ich sah in der Mitte der Straße Öl. Dort mußte der Wagen länger gehalten haben. Dies fand ich dort.«

Sie öffnete ihre Handtasche und zog eine kleine dunkelgrüne Flasche daraus hervor. Sie trug kein Etikett und war nicht verschlossen. Mike nahm sie in die Hand, betrachtete sie aufmerksam und stellte einen starken, unangenehmen Geruch fest.

»Wissen Sie, was darin war?« fragte sie.

Er schüttelte den Kopf.

»Lassen Sie mich auch einmal sehen«, sagte Jack Knebworth, nahm die Flasche aus Mikes Hand und führte sie an seine Nase. »Butylchlorid«, sagte er, und das Mädchen nickte.

»Ich dachte es mir gleich. Mein Vater war nämlich Apotheker, und als ich einmal in der Apotheke spielte, stand ein Schrank offen. Ich sah eine schöne Flasche darin, nahm sie und öffnete sie. Wer weiß, was mir zugestoßen wäre, wenn mein Vater mich nicht bemerkt hätte. Ich war damals noch ein Kind, aber ich habe den eigentümlichen Geruch nicht vergessen.«

»Butylchlorid.« Mike runzelte die Stirn. »Es ist bekannt unter den Namen ›Todestropfen‹. Dieses Mittel wird von Gaunern benützt, um Matrosen auszuplündern. Ein paar Tropfen in ein Weinglas genügen, um sie für lange Zeit bewußtlos zu machen.«

Mike nahm die Flasche wieder. Es war ein gewöhnliches Glas, wie es zur Aufbewahrung von Giften gebraucht wird, und als er näher hinsah, fand er auch das Wort »Gift« eingepreßt.

»Es ist keine Spur von einer Aufschrift zu finden«, sagte er.

»In Wirklichkeit besteht vielleicht gar kein Zusammenhang mit dem geheimnisvollen Auto«, fügte Helen hinzu. »Es ist ja alles nur Vermutung von mir – ich habe eins ans andere gereiht.«

»Wo haben Sie die Flasche gefunden?«

»In einem Graben, der dort sehr tief und augenblicklich überflutet ist. Aber die Flasche fiel nicht so weit. Das war Entdeckung Nummer eins – hier ist Nummer zwei.«

Sie nahm einen sonderbar geformten, metallenen Gegenstand aus ihrer Tasche, der an beiden Seiten Bruchstellen zeigte.

»Wissen Sie, was das ist?« fragte sie.

»Nein«, sagte Jack und übergab Mike den Fund.

»Aber ich weiß es, weil ich es im Atelier gesehen habe«, sagte Helen. »Und Sie wissen es auch, nicht wahr, Mr. Brixan?«

Mike nickte.

»Es ist das Hauptgelenk einer Handschelle«, sagte er. »Das Gelenk, das beim Fesseln einschnappt.«

Es war mit rostigen Stellen bedeckt, die gereinigt worden waren. Helen sagte, daß sie das getan hätte.

»Das sind meine beiden Funde. Ich kann Ihnen meine Schlußfolgerungen nicht verraten, weil ich keine habe!«

»Diese Dinge brauchen überhaupt nicht aus dem Wagen geworfen worden zu sein«, sagte Mike. »Aber wie Sie sagen, besteht die Möglichkeit, daß der Besitzer des Autos die Gelegenheit wahrnahm, sie an dem einsamen Platz fortzuwerfen. Auf seinem eigenen Grund und Boden hätte er sie nicht brauchen können. Sicherer wäre es ja gewesen, wenn er sie ins Meer versenkt hätte. Aber so war es vermutlich leichter für ihn. Ich will sie aufheben.«

Er packte sie in Papier und steckte sie in die Tasche. Dann wandte sich die Unterhaltung wieder dem Film zu.

»Morgen werden wir Aufnahmen bei dem richtigen Griff Tower machen«, sagte Jeck Knebworth. »Er ist ein Wahrzeichen der ganzen Gegend – was belustigt Sie daran?« fragte er Mike.

»Nichts Besonderes. Ich hatte mir nur gleich gedacht, daß es so käme. Es war mein Gefühl, daß ich noch von dem verwünschten alten Turm hören würde!«

28

Mike war bedrückt. Er nahm die Geschichte mit der Limousine viel schwerer als das junge Mädchen, und besonders der Versuch, Helen in den Wagen zu locken, hatte ihn nervös werden lassen. Die Ereignisse der letzten Tage hatten es notwendig gemacht, den Detektiv, der ihr Haus bewachte, abzurufen. Bei dem Ernst der Lage entschied er sich aber, durch einen Ortspolizisten die Überwachung wieder aufnehmen zu lassen.

Nachdem er Helen in seinem Auto nach Hause gebracht hatte, fuhr er zur Polizeistation und bat um einen Mann. Aber es war zu spät, um den Inspektor selbst zu sprechen. Der Beamte, der die Aufsicht führte, wollte die Verantwortung nicht auf sich nehmen, den Befehl zu erteilen, und erst als Mike sich anschickte, an den Inspektor zu telefonieren, gab er widerwillig nach und entsandte einen uniformierten Polizisten, der in der Straße, in der Helen wohnte, auf und ab patrouillieren sollte.

Als Mike nach Hause kam, unterzog er die beiden Gegenstände, die Helen gefunden hatte, einer genauen Untersuchung. Butylchlorid war ein sehr schweres Gift ...

Er prüfte das Gelenk der Handschelle noch einmal. Unheimliche Kraft hatte dazu gehört, das Verbindungsglied herauszubrechen. Dieses Geheimnis konnte er nicht enträtseln, und nachdem er sich lange vergeblich den Kopf darüber zerbrochen hatte, gab er es auf.

Bevor er sich zur Ruhe legte, erhielt er noch einen Anruf von Inspektor Lyle, der Griff Towers überwachte. Es hatte sich nichts Neues ereignet, und das Leben ging dort anscheinend seinen gewohnten Gang. Sir Gregory hatte den Inspektor ins Haus gebeten und ihm mitgeteilt, daß Bhag immer noch vermißt wurde.

»Diese Nacht müssen Sie noch dort bleiben«, sagte Mike. »Morgen werden wir den Posten aufheben. Scotland Yard ist der Ansicht, daß Sir Gregory nichts mit dem Tod von Foß zu tun hat.«

Ein Brummen auf der anderen Seite des Telefons drückte die Unzufriedenheit mit dieser Ansicht aus.

»Und ich behaupte, daß er trotzdem etwas damit zu tun hat«, sagte er. »Ich habe einen blutbefleckten, steifen Filzhut in den Feldern außerhalb der Mauer gefunden. Innen steht die Firma gedruckt: Chi Li Stores, Tjandi.«

Das war allerdings eine Neuigkeit.

»Schicken Sie ihn mir morgen früh her«, sagte Mike nach längerer Überlegung.

Gleich nach dem Frühstück am nächsten Morgen kam der Hut und wurde besichtigt. Knebworth, der das meiste von Mike gehört hatte, betrachtete das Fundstück neugierig.

»Wenn der Eingeborene Lawleys Hut trug, als er bei Mr. Longvale ankam, wo um alles in der Welt hat dann der Wechsel stattgefunden – es hätte doch nur zwischen Griff Towers und dem Haus des alten Herrn passieren können, es sei denn –«

»Es sei denn – was?« fragte Mike. Er hatte große Achtung vor Knebworths scharfem Verstand.

»Es sei denn, daß der Wechsel im Hause von Sir Gregory stattfand. Sie sehen, daß keine Schnitte in dem Hut sind, obgleich er mit Blut befleckt ist. Da stimmt etwas nicht.«

»Es ist sehr sonderbar«, gab Mike zu. »Und trotzdem ist die Erklärung sehr einfach, wenn meine Theorie stimmt.«
Er erzählte Knebworth nicht, welche Theorie er sich gebildet hatte.

Dann begleitete er Jack zum Atelier und sah den großen Autobus abfahren. Zu gerne wäre er aus irgendeinem Grund mitgekommen. Bei dieser lustigen, sorglosen Gesellschaft hätte er seine Unruhe und Sorge für einige Zeit vergessen.

Wie gewöhnlich jeden Morgen ließ er sich mit London verbinden, aber auch dort war nichts Neues vorgefallen. Es gab also wirklich keinen Grund, sich abhalten zu lassen. Sobald er sich entschieden hatte, stieg er in seinen Wagen und folgte der fröhlichen Schar.

Schon eine Viertelstunde, bevor er an Ort und Stelle war, sah er den alten Turm. Es war eine alte, verfallene Ruine, die den Eindruck einer ungewöhnlich hohen Schafhürde machte. Als er ankam, war der Autobus bereits von der Straße abgebogen und seitlich auf eine Wiese gefahren.

Die Schauspieler beendeten eben ihre Toilette und waren mit Schminken und Pudern gerade fertig geworden. Helen war im Augenblick nicht zu sehen. Sie kleidete sich in einem kleinen Zelt um. Jack Knebworth und der Operateur sprachen lebhaft über Tageslicht, Scheinwerfer und den Stand der Kamera.

Mike war zu vernünftig, um jetzt zu stören. Er ging zu dem Turm und beschaute sich das verschiedenartige Mauerwerk, das Generationen auf die ursprünglichen Fundamente getürmt hatten. Er verstand nicht viel von Mauerwerk, aber er konnte erkennen, bis zu welcher Höhe die Römer gebaut hatten. Er glaubte, dann auch noch den Teil zu unterscheiden, der in der Sachsenzeit aufgeführt worden war.

Einer der Hilfsarbeiter stellte eine Leiter auf, die Roselle gebrauchen sollte. Die Geschichte, die gefilmt wurde, handelte von einem Mädchen, das zuerst Choristin war und später die Frau eines hohen Adeligen wurde, der sich mit Archäologie befaßte. Der arme junge Mann, den sie in ihrer Jugend geliebt hatte – Mike vermutete mit Recht, daß Reggie Conolly diese traurige Rolle zu spielen hatte –, war immer zur Hand, um ihr zu helfen. Auch jetzt, wo sie in einem Verlies der Zitadelle eingeschlossen war, befreite er sie.

Der eigentliche Turm war in Arundel aufgenommen worden, in dem alten Griff Tower sollte nur gezeigt werden, wie das Mädchen an einem Tau aus ihrem Gefängnis entkam.

»Es ist verteufelt schwer, da herunterzukommen«, sagte Reggie düster. »Wenn auch im Innern der weißen Leinentücher ein festes Tau angebracht ist, damit die Geschichte nicht reißen kann, so ist doch Miss Leamington entsetzlich schwer. Versuchen Sie es doch selbst einmal, sie aufzuheben, Mr. Knebworth. Ich möchte gerne wissen, ob Sie sich dabei amüsieren würden!«

Mike stand dabei. Er hätte am liebsten diese Aufforderung gleich in die Tat umgesetzt.

»Was von mir in dieser Rolle verlangt wird, ist denn doch zu viel«, wehrte sich Reggie. »Ich bin kein Höhlenmensch, ich habe Knebworth auch gesagt, daß das keine Rolle für mich ist! Warum muß dann ausgerechnet hiervon eine Großaufnahme gemacht werden? Man könnte doch irgendeine Puppe dazu nehmen. Das würde auch genügen. Oder das einfachste wäre, wenn Miss Leamington allein herunterkletterte.«

»Das ist doch ganz einfach«, sagte Knebworth, der herbeigekommen war und die letzten Sätze gehört hatte. »Miss Leamington wird sich am Tau halten, so daß Sie nicht ihr ganzes Gewicht zu tragen haben. Sie brauchen nur sehr mutig und hübsch auszusehen.«

»Das ist alles gut und schön«, grollte Reggie. »Aber in meinem Kontrakt steht nichts davon, daß ich Taue hinauf- und hinunterklettern muß. Jeder von uns hat seine Zuneigungen und seine Abneigungen – aber derartige Dinge hasse ich.«

»Versuchen Sie es«, sagte Jack kurz.

Ein Requisitenarbeiter hing das Tau an einem Nagel auf, den er an der Innenseite des Turmes eingeschlagen hatte. Das obere

Ende der Mauer kam nicht mit auf die Aufnahme. Die eigentliche Flucht war in Arundel schon festgehalten. Hier sollte nur die Großaufnahme gemacht werden. Die erste Probe hätte beinahe mit einem Unglücksfall geendet. Mit einem Schrei ließ Connolly seine Last fallen, und Helen wäre abgestürzt, wenn sie sich nicht selbst schnell am Tau gehalten hätte.

»Noch einmal versuchen!« rief Jack wütend. »Denken Sie doch daran, daß Sie eine Männerrolle spielen! Jackie Coogan hätte seine Sache besser gemacht als Sie!«

Die Szene wurde noch einmal mit größerem Erfolg wiederholt, und als nach der dritten Probe Reggie ganz erschöpft war, rief Knebworth plötzlich: Kamera! und die Aufnahme begann.

Soviel Schattenseiten Connolly auch haben mochte, und wie schwer es auch war, mit ihm fertig zu werden, zweifellos war er ein Künstler. Obwohl diese ungewöhnliche Anstrengung ihn sehr mitgenommen hatte, schwebte ein holdes Lächeln auf seinen Lippen, und er schaute das Mädchen liebreich an, während die Kamera auf einer beweglichen Plattform sich langsam nach unten bewegte, um mit dem abwärts gleitenden Liebespaar gleichen Schritt zu halten. Jetzt waren sie auf dem Erdboden angekommen, und Connolly schaute Helen noch mit einem letzten, sprechenden Blick an.

»Das genügt«, sagte Jack.

Reggie ließ sich erschöpft niedersinken.

»Alle Wetter!« stöhnte er, indem er seine schmerzenden Armmuskeln betastete. »So etwas mache ich nie wieder, ich habe genug von der Rolle, Mr. Knebworth. Es war furchtbar! Ich dachte, ich würde sterben.«

»Nun, Sie sind aber nicht gestorben«, sagte Jack gutmütig lächelnd. »Ruhen Sie sich aus, dann wollen wir die Flucht filmen.«

Der Standpunkt der Kamera wurde etwa zwanzig bis dreißig Meter seitlich verlegt, und während Reggie Connolly sich auf dem Rasen ausruhte, ging Helen zu Mike.

»Ich bin sehr froh, daß die Aufnahme vorbei ist«, sagte sie erleichtert. »Mir tut der arme Connolly leid. Während der Aufnahme hat er so geschimpft, daß ich beinahe laut lachen mußte. Dann hätten wir die Sache noch einmal aufnehmen können.

Ihr eigener Arm war braun und blau gestoßen, und das Tau hatte ihr die Haut am Handgelenk abgeschürft. Mike hatte plötzlich den verrückten Wunsch, diese kleine Wunde zu küssen, aber er beherrschte sich.

»Wie habe ich mich benommen? Sah ich einigermaßen annehmbar aus? Ich fühlte mich wie ein Bündel Stroh.«

»Sie sahen wundervoll aus«, sagte er begeistert. Sie blickte ihn von unten herauf schelmisch an, aber dann senkte sie die Augen.

»Wahrscheinlich sind Sie voreingenommen«, sagte sie und gab sich Mühe, unbeteiligt zu erscheinen.

»Das ist möglich«, sagte Mike. »Was gibt es innerhalb des Gemäuers zu sehen?« fragte er.

»Innerhalb des Turmes? Nichts außer einer Menge Felsen und wildem Gestrüpp und einem wundervollen Zwergbaum. Es war ganz hübsch.«

Er lachte. »Eben haben Sie doch gesagt, daß Sie froh wären, daß es vorüber ist. Ich vermute, daß Sie von der Aufnahme sprachen und nicht vom Inneren des Turmes.«

Sie nickte schalkhaft und zwinkerte mit den Augen.

»Mr. Knebworth hat gesagt, daß er die Sache noch einmal bei Nacht aufnehmen wird, wenn er mit der Tagaufnahme nicht zufrieden ist. Der arme Mr. Connolly! Dann wird er wohl seine Rolle im Stich lassen.«

In dem Augenblick hörte man die Stimme von Jack Knebworth.

»Nehmen Sie die Leiter nicht weg, Collins!« rief er. »Legen Sie sie ins Gras hinter dem Turm. Es ist möglich, daß wir heute abend wieder hierher kommen. Lassen Sie alles hier, was durch das Wetter nicht leidet. Sie können es morgen früh abholen.«

Helen sah enttäuscht aus.

»Ich fürchte, daß er seinen Vorsatz ausführt«, sagte sie. »Mir macht es nicht viel aus, aber die Nervosität Connollys macht mich auch unsicher. Ich wünschte, Sie spielten die Rolle.«

»Das wäre ganz nach meinem Sinn«, sagte Mike mit solcher Begeisterung, daß sie rot wurde.

Jack Knebworth trat zu ihnen.

»Haben Sie oben auf der Mauer etwas liegenlassen, Helen?« fragte er und zeigte auf den Turm.

»Nein, Mr. Knebworth«, sagte sie erstaunt.

»Sehen Sie nur, was hat das zu bedeuten?«

Er zeigte auf ein Etwas, das sich über der höchsten Stelle des Turmes erhob. »Es bewegt sich!« rief er bestürzt.

Während er sprach, zeigte sich langsam ein Kopf, ein Paar übermäßig starke, haarige Schultern folgten, dann schob sich ein Bein über die Mauer – es war Bhag!

Sein buschiger Pelz war grauweiß von Staub, und sein Gesicht sah mit diesem Puder ganz grotesk aus. Mike schaute scharf hin. Als das Tier beide Hände ausstreckte, sah er, daß jedes seiner Handgelenke von einer zerbrochenen Fessel umschlossen war.

Mit einem Schrei klammerte sich Helen an Mikes Arm.

»Was ist das?« fragte sie. »Ist das nicht das Ungetüm, das in mein Zimmer kam?«

Mike machte sich vorsichtig von ihr los und lief zum Turm. Bhag sprang und fiel auf den Boden. Er richtete sich einen Augenblick auf, wandte sein wütendes Gesicht Mike zu, nahm Witterung, und mit einem seltsamen, zwitschernden Geräusch lief er auf Händen und Füßen quer durch die Felder und verschwand dann hinter dem nahen Hügel.

Mike eilte ihm nach. Aber als er den großen Affen wieder zu Gesicht bekam, hatte der schon einen Vorsprung von etwa fünfhundert Metern. Bhag lief, so schnell er konnte, und hielt sich immer in der Nähe der Hecken, die die Felder abteilten. Es hatte keinen Zweck, ihn zu verfolgen, und der Detektiv ging langsam zu der erstaunten Gesellschaft zurück.

»Es ist nur ein Orang-Utan, der Sir Gregory gehört. Er ist vollkommen harmlos«, sagte er. »Er wurde seit drei Tagen vermißt.«

»Er muß sich im Turm verborgen haben«, sagte Knebworth.

Mike nickte.

»Ich bin sehr froh, daß er nicht gerade in dem Moment herauskam, als ich die Aufnahme machte«, sagte der Direktor, indem er die Stirn runzelte. »Haben Sie denn nichts gesehen, Helen, als Sie da oben waren?«

Mike sah, daß sie blaß war. Ihre Hand zitterte.

»Jetzt haben wir auch die Aufklärung für das abgebrochene Glied der Handschelle«, sagte Knebworth plötzlich.

»Haben Sie das bemerkt?« fragte Mike schnell. »Das erklärt wohl das Bruchstück, das Helen gefunden hat, aber noch lange nicht die Flasche mit Butylchlorid.«

Er hielt bei diesen Worten Helens Arm, und sie fühlte an dem Druck seiner Hand, daß er erregt war.

»Fürchten Sie sich?«

»Ja, ich fürchte mich sehr«, gestand sie. »Wie schrecklich sah das Vieh aus! War es Bhag?«

Er nickte. »Das war Bhag. Ich vermute, daß er sich in dem Turm verborgen gehalten hat ... Haben Sie wirklich nichts gesehen, als Sie oben auf dem Rand der Mauer saßen?«

»Ich bin froh, daß ich ihn nicht gesehen habe, sonst wäre ich wahrscheinlich hinuntergefallen. Es sind sehr viele Sträucher da, unter denen er sich wahrscheinlich versteckt hatte.«

Mike wollte nun selbst das Innere besichtigen. Die Leiter wurde wieder an den Turm gestellt. Er kletterte bis zum Rand der Mauer und schaute hinunter. Am Grunde der Steinmauer fiel der Boden merkwürdig ab. Er erinnerte ihn an die Granattrichter, die er während des Krieges in Frankreich gesehen hatte. Den eigentlichen Boden des Turmes konnte man nicht erkennen, da er von dichtem Weißdorngebüsch überdeckt war, das besonders in der Mitte sehr dicht stand. Er sah noch einige Felsblöcke und die zerzausten Äste eines alten Baumes.

Sicherlich gab es hier reichlich Gelegenheit, sich zu verbergen. Wahrscheinlich hatte sich Bhag die ganze Zeit hier versteckt und von seinen Anstrengungen und schweren Verwundungen ausgeruht. Mike hatte etwas gesehen, was von keinem der anderen beobachtet wurde – der Affe hatte mehrere Wunden, und die eine Ohrmuschel war glatt auseinandergehauen.

Er stieg die Leiter wieder hinunter und ging zu Knebworth.

»Ich denke, unsere Arbeit ist für heute beendet«, sagte Jack unwirsch. »Ich fürchte, daß die Damen ziemlich erschrocken sind. Es wird wohl eine lange Zeit dauern, bis ich die Mädchen wieder hierher zu einer Nachtaufnahme bekomme.«

Mike brachte den Direktor in seinem Wagen zur Wohnung zurück. Während des ganzen Weges dachte er an Bhags merkwürdiges Aussehen. Jemand hatte dem Affen Handschellen angelegt. Er vermutete das damals schon, als Helen ihm das abgebrochene Stück der Fessel gab. Kein menschliches Wesen konnte eine solche Handschelle zerbrechen. Bhag war entflohen, aber wohin und wie? Und warum war er nicht nach Griff Towers zu seinem Herrn zurückgekehrt?

Als er den Direktor abgesetzt hatte, fuhr er geradewegs nach Griff Towers. Er fand den Baron auf dem Rasen beim Golfspiel. Penne war noch ganz verbunden, aber er hatte sich schon gut erholt.

»Jawohl, Bhag ist zurück – er ist vor einer halben Stunde wiedergekommen. Der Himmel mag wissen, wo er solange war. Ich habe schon oft gewünscht, daß der Kerl sprechen könnte, aber noch nie so eindringlich wie gerade jetzt. Jemand hatte ihm eiserne Handschellen angelegt. Gerade im Moment habe ich sie ihm abgenommen.«

»Kann ich sie sehen?«

»Wußten Sie das? «

»Ich habe ihn vorhin gesehen. Er kam aus dem alten Turm da auf dem Hügel.« Mike zeigte in die Richtung.

»Das ist merkwürdig – was zum Teufel hat er denn dort gemacht?«

Sir Gregory legte gedankenvoll seine Hand ans Kinn.

»Früher ist er auch schon öfters fort gewesen, aber meistens entfernte er sich nicht weiter als drei Kilometer. Es steht genügend Gebüsch in der Gegend, in dem er sich verstecken kann. Hierher kommen wenig fremde Leute. Einmal hat ihn ein Wilddieb gesehen, und der dumme Kerl hat nach ihm geschossen. Er konnte von Glück sagen, daß er mit dem Leben davonkam – hat man die Leiche von Foß gefunden?«

Der Baron hatte das Spiel wieder aufgenommen und schaute auf den Ball, der zu seinen Füßen lag.

»Nein«, sagte Mike ruhig.

»Glauben Sie, daß sie gefunden wird?«

»Ich wäre nicht erstaunt, wenn es so wäre.«

Sir Gregory hatte die Hände auf den Golfschläger gelegt und schaute nach dem Wald hinüber.

»Wie ist das Gesetz in diesem Lande? Angenommen, ein Mann tötete unglücklicherweise einen Diener, der versucht hatte, ihn mit dem Messer zu stechen?«

»Er würde angeklagt werden«, sagte Mike, »und der Spruch der Geschworenen würde lauten: Totschlag in Notwehr. Man würde ihn dann freilassen.«

»Aber angenommen, er hätte die Sache nicht angezeigt – angenommen, er – nun, wollen wir einmal sagen, er hätte die Leiche verborgen – hätte sie begraben – und hätte alles auf sich beruhen lassen?«

»Das ändert natürlich die Sache ... Er würde sich dadurch einer ziemlichen Gefahr aussetzen«, sagte Mike. »Besonders« – dabei sah er den Baron scharf an – »wenn eine Freundin, mit der er sich nachher entzweite, zufälligerweise Zeugin der Tat war.«

Gregory Penne blickte schnell zu dem Detektiv hinüber und wurde puterrot.

»Nehmen wir einmal an, sie versuchte Geld von ihm zu erpressen durch die Drohung mit einer polizeilichen Anzeige?«

»Dann würde sie wegen Erpressung ins Gefängnis kommen«, sagte Mike geduldig, »und vielleicht auch wegen Mittäterschaft während oder nach der Tat.«

»Würde sie in solchem Fall wirklich ins Gefängnis kommen?« fragte Gregory interessiert. »Würde sie der Mittäterschaft beschuldigt, wenn sie zusah, wie der Mann erschlagen wurde ...? Wohlgemerkt, es ereignete sich vor Jahren. Es gibt doch ein Gesetz über Verjährungsfristen, nicht wahr?«

»Nicht für Mord«, sagte Mike.

»Mord? Würden Sie denn das Mord nennen?« fragte Gregory Penne sichtlich erregt. »In Notwehr? Das ist doch Unsinn!«

Die Sache wurde Mike nach und nach klar. Stella hatte ihn einmal einen Mörder genannt. Mikes reger Geist begann zu arbeiten. Er konnte den ganzen Vorgang vollständig und sicher rekonstruieren. Ein Diener, wahrscheinlich einer der braunen Leute, der malaiischen Sklaven, war verrückt geworden und lief

Amok. Penne hatte ihn getötet – vielleicht in Notwehr – und war jetzt vor den Folgen bange. Er erinnerte sich an Stellas Worte: »Penne prahlt nur immer, eigentlich ist er ein Feigling.« Das war der Kern der Sache.

»Wo haben Sie denn Ihr unglückliches Opfer begraben?« fragte er eisig.

Der Baron schaute ihn entsetzt an.

»Begraben? Was meinen Sie damit?« fragte er aufgebracht. »Ich habe niemand ermordet oder begraben. Ich habe Ihnen nur einen möglichen Fall vorgetragen.«

»Es klang aber doch sehr nach Wirklichkeit und weniger nach Hypothese«, sagte Mike. »Aber ich will Sie mit der Frage nicht in Verlegenheit bringen.«

Tatsächlich interessierte sich Mike sehr für solche Verbrechen, aber im Augenblick handelte es sich um den Kopfjäger, und da mußte er solche Dinge vorläufig außer acht lassen. Er wollte aber später darauf zurückkommen.

Aber da war noch etwas anderes, das er nicht einmal sich selbst eingestand. Sir Gregorys Gemeinheit und seine Verrücktheiten, seine schmutzigen Liebesabenteuer waren doch zu widerwärtig. Er hätte ihn gern an den Galgen gebracht, aber er war seiner Sache noch nicht sicher.

»Es ist doch merkwürdig, wie man zu solchen Fragen kommt«, sagte Penne. »Ein Mensch wie ich, der doch nicht viel zum Denken gezwungen ist, versteift sich auf ein solch abstraktes Problem und kommt nicht davon los. Dann würde sie tatsächlich der Mittäterschaft schuldig sein? Darauf steht Zuchthaus.«

Dieser Gedanke schien ihn sehr zu befriedigen, und er war fast liebenswürdig, als sich Mike nach einer Besichtigung der zerbrochenen Handschellen von ihm verabschiedete. Es waren alte, englische Handfesseln.

»Ist Bhag sehr verletzt?« fragte Mike, als er die Eisen aus der Hand legte.

»Nicht gerade bedeutend, er hat ein oder zwei Wunden abbekommen«, sagte Penne ruhig. Er machte keine Versuche, die Ereignisse der Nacht zu verschweigen. »Der arme Kerl wollte mir beistehen, aber der Malaie hätte ihn beinahe getötet. Tatsächlich wurde Bhag von ihm niedergeschlagen, aber er war ihm dicht auf den Fersen, der Mordskerl.«

»Was für einen Hut trug der Malaie?«

»Keji? Ich weiß es nicht. Ich nehme an, daß er einen hatte, aber ich bemerkte es nicht. Warum?«

»Ich fragte bloß«, sagte Mike leichthin. »Vielleicht hat er ihn in den Höhlen verloren.«

Er beobachtete Penne scharf, als er dies sagte.

»Höhlen? Davon habe ich noch nie etwas gehört. Was ist damit? Gibt es hier in der Nähe überhaupt Höhlen?« fragte Sir Gregory unschuldig. »Sie wissen unheimlich Bescheid in der Topographie dieses Landes, Brixan. Ich lebe nun schon zwanzig Jahre hier, aber ich verliere noch jedesmal den Weg, wenn ich nach Chichester gehe.«

Das Rätsel der Höhlen beschäftigte Mike mehr als irgendeine andere Seite dieses geheimnisvollen Falles. Er erinnerte sich an Mr. Longvale, der eine ganz genaue Kenntnis der Gegend hatte. Als er zu ihm fuhr, war er nicht zu Hause. Erst einige Zeit später kehrte er in seinem altertümlichen Auto von Chichester zurück. Das Geräusch dieses Wagens hörte man schon lange, bevor er an einer Straßenbiegung in Sicht kam. Mike brachte seinen Wagen zum Stehen, und Longvale tat dasselbe.

»Ja, die Maschine macht viel Spektakel«, gab der alte Herr zu und wischte sich seinen kahlen Kopf mit einem buntgeblümten Taschentuch ab. »Ich fange erst an, mir die Errungenschaften der letzten Jahre anzueignen. Persönlich glaube ich nicht, daß ein geräuschloser Wagen mich so befriedigen würde. Man fühlt doch immer, daß etwas geschieht!«

»Sie sollten sich einen Rolls-Royce kaufen«, sagte Mike.

»Ich dachte auch schon daran«, sagte Longvale ernst. »Aber ich liebe nun einmal alte Dinge, das ist meine Eigentümlichkeit.«

Mike fragte ihn nach den Höhlen, und zu seinem größten Erstaunen bestätigte ihm der alte Herr ihr Vorhandensein.

»Ich habe häufig davon gehört. Als ich noch ein Junge war, erzählte mir mein Vater, daß es hier in der Gegend sehr viele Höhlen gibt und daß der glückliche Entdecker des Eingangs große Mengen von altem Branntwein finden würde. Aber bisher hat niemand, soviel ich weiß, den Zugang entdecken können. Er müßte aber hier in der Gegend liegen.« Dabei zeigte er in die Richtung des Griff Towers. »Aber vor vielen Jahren ...« Dann erzählte er von dem Erdrutsch und von dem Verschwinden zweier Heerhaufen tapferer Ritter und Edelleute. Wahrscheinlich hatte der alte Herr die Geschichte derselben Quelle entnommen wie Mike.

»Die volkstümliche Legende berichtet, daß ein unterirdischer Strom in der Nähe von Seley Bill ins Meer fließt ... Aber Sie wissen ja, Landleute leben in solchen Legenden. Wahrscheinlich ist nichts Wahres daran.«

Inspektor Lyle wartete bereits auf den Detektiv, als er ankam. Er hatte aufsehenerregende Nachrichten für ihn.

»Diese Annonce erschien heute morgen im ›Daily Star‹«, sagte er.

Mike nahm ihm die Zeitung ab. Die Anzeige hatte denselben Wortlaut wie die frühere:

›Sind Ihre geistigen und körperlichen Beschwerden unheilbar? Zögern Sie noch am Rande des Abgrundes? Fehlt Ihnen Mut? Schreiben Sie dem Wohltäter. Fach ...‹

»Antworten werden erst morgen früh eintreffen. Briefe sollen an einen Zeitungsladen in der Lamberth Road umadressiert werden. Major Staines wünscht, daß Sie diese Spur verfolgen.«

Die Spur war in der Tat sehr gut getarnt. Um vier Uhr am nächsten Nachmittag humpelte eine lahme alte Frau in den Laden des Zeitungsagenten in der Lamberth Road. Sie fragte nach Briefen, die an Mr. Vole adressiert seien. Es wurden ihr drei ausgehändigt. Sie zahlte die Gebühr, steckte die Umschläge in eine alte, abgenutzte Handtasche und humpelte wieder auf die Straße, indem sie murmelte und mit sich selbst sprach. Nachdem sie die Lamberth Road hinuntergegangen war, stieg sie in eine Straßenbahn nach Clapham, und in der Nähe des Parks stieg sie aus. Sie ging durch die Straßen der Mittelstandshäuser, bis sie in ein ärmliches, unansehnliches Viertel gelangte.

Die Gegend wurde immer armseliger, und schließlich kam sie

zu einem niedrigen Bogengang, dessen Steinpflaster seit langen Jahren nicht ausgebessert worden war. Es war eine Sackgasse, deren Häuser alle gleich gebaut waren. Vor dem letzten hielt sie an, zog einen Schlüssel aus der Tasche und öffnete die Tür. Sie wollte eben wieder schließen, als sie sah, daß ein großer, gutaussehender Herr im Eingang stand, der ihr gefolgt sein mußte.

»Guten Abend, Mütterchen!« sagte er.

Die Alte schaute ihn argwöhnisch an und murmelte etwas. Nur Krankenhausdoktoren und Beamte des Armenhauses, also Leute, die irgend etwas mit Wohltätigkeitsinstituten zu tun hatten, nannten alte Frauen Mütterchen. Manchmal taten es aber auch die Polizisten. Ihr altes, häßliches Gesicht bekam noch mehr Falten bei diesem unangenehmen Gedanken.

»Ich möchte ein wenig mit Ihnen sprechen!«

»Kommen Sie herein!« sagte sie mit schriller Stimme.

Der Fußboden in dem Eingangsflur war an vielen Stellen kaputt und unglaublich schmutzig. Aber er war noch in glänzender Verfassung im Vergleich zu der schrecklichen Unordnung, die in ihrem Wohnzimmer und in der Küche herrschte.

»Woher kommen Sie? Vom Hospital oder von der Polizei?«

»Polizei«, sagte Mike. »Geben Sie mir die drei Briefe, die Sie eben abgeholt haben.«

Zu seiner Überraschung sah die alte Frau erleichtert auf.

»Ach, ist das alles?« sagte sie. »Das tue ich nun schon seit langen Jahren für einen alten Herrn.«

»Wie heißt er?«

»Ich kenne seinen Namen nicht. Die Adresse auf den Briefen ist richtig. Ich sende sie alle an ihn.«

Aus einem Haufen Kram holte sie drei Kuverts hervor, deren Adresse mit Maschine geschrieben war. Mike erkannte die Type sofort wieder. Sie waren an eine Straße in Guildford adressiert.

Mike nahm die Briefe und las zwei davon; der dritte war eine von ihm selbst geschriebene Antwort auf die Annonce. Das jetzt folgende scharfe Verhör brachte ihn aber nicht weiter. Die Frau erhielt monatlich ein Pfund für ihre Bemühungen. Das Geld sandte ihr der Unbekannte jedesmal in einem Brief, in dem er ihr auch mitteilte, wo sie die nächsten abholen sollte.

»Sie war etwas verrückt und machte einen fast idiotischen Eindruck«, sagte Mike mit Abscheu, als er Major Staines berichtete. »Auch die Nachforschungen in der Guildforder Straße haben nichts ergeben. Dort sitzt ein anderer Agent, der die Briefe nach London zurückschickt, wo sie niemals ankommen. Da ist noch ein Haken bei der Sache. In ganz London gibt es diese Adresse nämlich nicht, und ich kann nur vermuten, daß die Briefe unterwegs abgefangen werden. Ich habe die Polizei in Guildford beauftragt, dieser Sache auf den Grund zu gehen.«

Major Staines war sehr verärgert.

»Ich hätte Ihnen diesen Fall doch nicht zur Bearbeitung übergeben sollen«, sagte er. »Ich habe die besten Absichten gehabt, als ich es tat. Scotland Yard macht jetzt Schwierigkeiten und sagt, man hätte den Kopfjäger längst fangen können, wenn sich nicht andere Leute hineingemischt hätten. Sie kennen ja selbst die unglaubliche Eifersucht zwischen den einzelnen Behörden. Und ich brauche Ihnen doch wohl nicht erst zu erzählen, wieviel unangenehme Bemerkungen ich zu hören bekomme, die ich wirklich nicht verdiene.«

Mike sah seinen Vorgesetzten nachdenklich an.

»Ich werde den Kopfjäger verhaften, aber ich bin mehr denn je davon überzeugt, daß wir ihn nicht eher überführen können, als bis wir etwas Näheres – über die Höhlen wissen!«

Staines zog die Stirne kraus.

»Ich verstehe nicht ganz, Mike. Von welchen Höhlen sprechen Sie?«

»In der Nähe von Chichester liegen Höhlen. Foß wußte auch von deren Existenz und brachte sie sogar in Verbindung mit dem Kopfjäger. Geben Sie mir noch vier Tage Zeit, Major, und ich werde über beides Bescheid wissen. Und wenn ich keinen Erfolg habe« – er machte eine Pause – »wenn ich keinen Erfolg habe, können Sie mir guten Morgen sagen, wenn Ihnen mein Kopf aus der nächsten Kiste des Kopfjägers entgegenschaut!«

31

Am zweiten Tag nach Mikes Besuch in London fühlte sich Helen ganz verlassen auf der Welt, wußte aber selbst nicht warum. Und doch war ihr Spiel im Film glänzend, und Jack Knebworth, der sonst sehr mit seinem Lob geizte, war begeistert von einer kleinen Szene, die sie mit Connolly gespielt hatte. Er lobte sie so sehr, daß selbst Reggie sich nicht ausschließen wollte und seine frühere abfällige Meinung über Helen einer Revision unterzog.

»Ich will ganz frei und offen sprechen«, sagte er aufrichtig. »Die Leamington ist gut, es ist ganz selbstverständlich, daß ich ihr immer mit Rat und Tat zur Seite stehen werde, und nichts hilft so – wenn ich einen richtigen Ausdruck gebrauchen darf –«

»Gebrauchen Sie ihn ruhig«, sagte Jack Knebworth.

»– als wenn man einen vollendeten Künstler zum Partner hat. Mir kann es natürlich nichts nützen, aber sie bringt es sehr viel weiter dadurch, sie entwickelt ihr Selbstbewußtsein und ihren Mut. Obgleich ich eine unangenehme, schreckliche Zeit hinter mir habe, fühle ich doch, daß sie eine dankbare Schülerin ist.«

»Sieh mal an«, brummte Knebworth. »Ich möchte gerne dasselbe von Ihnen sagen, Reggie. Aber unglücklicherweise werden Sie durch all die Erziehung, die ich Ihnen gab und die Sie noch bekommen werden, nicht um einen Deut besser.«

Reggies überlegenes Lächeln hätte einen weniger ruhigen Mann als Knebworth leicht gereizt.

»Sie haben vollkommen recht«, sagte Reggie ernsthaft. »Ich kann mich nicht mehr steigern. Ich habe den Zenit meines Ruhmes erreicht, und ich zweifle, daß Sie noch einen ähnlichen Schauspieler wie mich finden werden. Ich bin sicher der beste jugendliche Liebhaber in diesem Lande, vielleicht auf der ganzen Welt. Ich hatte drei Angebote, nach Hollywood zu gehen, und Sie würden nicht glauben, welche Schauspielerin mich gebeten hat, als ihr Partner zu spielen.«

»Von alledem glaube ich Ihnen kein Wort«, sagte Jack gleichmütig. »Aber wenn Sie Miss Leamington über alle Maßen loben, haben Sie recht. Sie ist großartig, und ich glaube, daß es vollkommen richtig ist, wenn Sie sagen, daß es Ihnen nicht zu großem Vorteil gereicht, als ihr Partner zu spielen. Ihr gegenüber sehen Sie aus wie abgestandenes, saures Bier.«

Später fragte Helen selbst ihren weißhaarigen Chef, ob es wahr wäre, daß Reggie England bald verlassen würde, um seine Stellung zu verbessern.

»Ich glaube nicht«, sagte Jack. »Ich habe noch keinen Schauspieler kennengelernt, der nicht immer noch einen besseren Vertrag hätte machen können. Wenn er ihn dann aber vorzeigen soll, so ist er gewöhnlich im Büro eines Rechtsanwaltes eingeschlossen und kann nicht herausgeholt werden. In der Filmbranche der ganzen Welt gibt es immer wieder Schaupieler und Schauspielerinnen, die mit dem nächsten Dampfer nach Hollywood fahren, um zu zeigen, wie man wirklich spielen muß. Aber alle Passagierdampfer würden leer fahren, wenn sie auf diese Fahrgäste angewiesen wären. Das ist ja alles nur Bluff. Es gehört eben zum Künstlerleben, sich selbst und anderen etwas vorzumachen.«

»Ist Mr. Brixan zurückgekommen?«

Er schüttelte den Kopf.

»Nein, ich habe nichts davon gehört. Vor einer halben Stunde kam ein übel aussehender Bursche ins Atelier und fragte, ob er schon zurück wäre.«

»Ein übel aussehender Strolch?« fragte sie. »Ich habe ihn gesprochen. Er sagte, daß er einen Brief für Mr. Brixan hätte, den er ihm nur persönlich abgeben wollte.«

Sie sah aus einem Fenster, von dem aus man die Zufahrtsstraße zu dem Atelier beobachten konnte. Draußen an der Straßenecke stand ein heruntergekommener Mann. Er trug eine ausgeblichene, zerschlissene Golfkappe, unter der langes, dünnes schwarzes Haar, untermischt mit einigen grauen Fäden, unordentlich hervorschaute. Anscheinend hatte er kein Hemd an, denn der Kragen seines unglaublich schlechten Rockes war hochgeschlagen. Die nackten Zehen guckten vorn aus seinen Schuhen heraus.

Er mochte ungefähr sechzig sein, aber es war schwer, sein genaues Alter festzustellen. Es schien, als ob seine grauen Bartstoppeln nicht mehr mit einem Rasiermesser in Berührung gekommen waren, seitdem er das letztemal im Gefängnis saß. Seine Augen waren entzündet und seine Nase tiefrot, ins Bläuliche spielend. Die Hände hatte er in die Hosentaschen gesteckt. Man hätte glauben können, daß dies der einzige Halt für das Kleidungstück war, bis man die rote Schnur sah, die er um seine Hüften gebunden hatte. Während er so dastand, schurrte er im Takt mit den Füßen und pfiff eine traurige Melodie dazu. Von Zeit zu Zeit zog er eine Hand aus der Tasche und befühlte den etwas schmutzigen Briefumschlag. Nachdem er sich vergewissert hatte, daß er ihn noch besaß, verwahrte er ihn wieder und trippelte im Takt auf seinem Wachtposten weiter.

»Glauben Sie nicht, daß Sie den Brief lesen müßten?« fragte Helen besorgt. »Er könnte doch wichtige Nachrichten enthalten.«

»Das dachte ich auch«, sagte Jack Knebworth. »Aber als ich sagte, daß er ihn mir zeigen sollte, grinste er nur.«

»Wissen Sie, woher er kommt?«

»Ich weiß nicht mehr als irgendeine Nebelkrähe«, meinte Jack ruhig. »Und nun wollen wir Mike Brixan einmal vergessen und uns wieder Roselle zuwenden. Die Aufnahmen, die wir draußen am Turm gemacht haben, könnten nicht besser sein. Ich will also die Nachtaufnahmen weglassen, und von jetzt ab werden wir sehen, daß wir schnell vorwärtskommen mit unserer Arbeit.«

Die Aufnahmen für den Film waren schwierig. Es war sehr mühsam, die einzelnen Szenen so gut durchzuarbeiten, daß alle Pointen herauskamen. Noch nie hatte er so viele Mitspieler zu dirigieren gehabt, seitdem er hier in England tätig war. Und auch für Helen war es ein anstrengender Tag. Sie war vollkommen erschöpft, als sie ihren Heimweg antrat.

»Haben Sie nicht Mr. Brixan gesehen?« hörte sie plötzlich eine Fistelstimme neben sich, als sie den Bürgersteig erreichte. Sie drehte sich erschrocken um. Sie hatte gar nicht mehr an den Herumtreiber gedacht.

»Nein, er ist nicht dagewesen«, sagte sie. »Sie würden besser Mr. Knebworth noch einmal aufsuchen. Er wohnt bei ihm.«

»Als ob ich das nicht wüßte! Ich weiß alles, was man nur irgend von ihm wissen kann.«

»Ich glaube, er ist in London – dann werden Sie das ja auch wissen.«

»Er ist nicht in London«, sagte der andere beinahe vorwurfsvoll. »Wenn er in London wäre, würde ich doch nicht hier herumlaufen. Gestern ist er von London weg. Ich werde auf ihn warten, bis er kommt.«

Sie war einen Augenblick über seine Hartnäckigkeit belustigt, aber alles andere als froh gestimmt.

Sie ging quer über den Markt. Plötzlich kam ein großes Auto in rasender Fahrt daher, und sie mußte schnell zur Seite springen. Sie erkannte den Wagen Stella Mendozas. Stella fuhr manchmal äußerst rücksichtslos.

Sie hatte es sehr eilig und schimpfte, als sie einem Fußgänger ausweichen mußte. Sir Gregory war plötzlich geneigt, ihre Wünsche zu erfüllen, und sie wollte schnell zu ihm, bevor er seine Meinung wieder änderte. Da erkannte sie Helen, brachte den Wagen zum Stehen, riß die Tür auf und sprang heraus.

»Wenn ich in zwei Stunden von Griff Towers nicht wieder zurück bin, benachrichtigen Sie bitte die Polizei«, rief sie der erstaunten Helen schnell zu. Und ehe diese sich recht besinnen konnte, was vorgefallen war, fuhr Stella schon wieder davon.

32

Stella hatte eine Nachricht mit demselben Inhalt auf ihrem Tisch zurückgelassen. Wenn sie zu einer gewissen Stunde nicht zurückgekehrt sei, solle die Polizei den Brief lesen, der auf ihrem Schreibtisch lag. Sie hatte jedoch nicht daran gedacht, daß der Brief nicht vor dem nächsten Morgen gefunden werden konnte.

Für Stella Mendoza war die Unterredung, zu der sie fuhr, äußerst wichtig, ja sie konnte ausschlaggebend für ihr ganzes späteres Leben werden. Ihre Abreise verschob sie in der Hoffnung, daß Gregory Penne sich besser auf seine Verpflichtungen ihr gegenüber besinnen würde, obgleich sie nur wenig daran glaubte, daß er seine Meinung über den äußerst wichtigen Geldpunkt ändern würde. Und das war doch für sie die Hauptsache.

Aber jetzt war er wie durch ein Wunder umgestimmt, sprach mit ihr am Telefon so liebenswürdig wie möglich und lachte herzlich, als sie sagte, unter welchen Vorsichtsmaßnahmen sie zu ihm kommen wollte. Erst als sie sich dann auf den Weg machte, stiegen doch wieder bange Gefühle in ihr auf.

Als sie in Griff Towers ankam, empfing der Baron sie nicht in der Bibliothek, sondern in dem großen Raum, der unmittelbar darüber lag. Er war viel länger, denn er zog sich nicht nur über die Bibliothek, sondern auch über den kleinen Salon hin. Er war ganz anders ausgestattet als alle anderen Räume im Haus. Nur einmal war Stella früher in dieser »Festhalle«, wie er sie nannte, gewesen. Der große leere Raum und die Dunkelheit, die darin herrschte, hatten ihr damals schon Furcht eingejagt. Nur sehr ungern erinnerte sie sich an die Orgie, die er damals für sie hatte aufführen lassen.

Der große Raum war mit einem dicken, weichen, schwarzen Teppich bedeckt. Nirgends sah man Möbel, nur an den Wänden standen niedrige, breite Diwans. Die Wände waren mit Dingen geschmückt, die er im Malaiischen Archipel gesammelt hatte. Die Decke wurde von zwei Reihen scharlachroter Pfeiler getragen. Drei mit gelber Seide verhangene Laternen verbreiteten gedämpftes Licht, machten den Raum aber nicht freundlicher.

Penne saß mit untergeschlagenen Beinen auf einem seidenbedeckten Diwan und betrachtete den Tanz eines braunen Mädchens, das sich nach den seltsamen Melodien, die drei ernst aussehende Eingeborene ihren Gitarren entlockten, bewegte. Die Musikanten saßen in einer dunklen Ecke. Gregory trug einen feuerroten Pyjama. Der starre Blick seiner gläsernen Augen und der brutale Zug um seinen Mund sagten Stella genug über seinen Zustand.

Sir Gregory Penne war ganz der Sklave seiner Leidenschaften. Er war als Sohn eines reichen Mannes geboren und hatte sich niemals die Erfüllung seiner Wünsche versagen müssen. Sein Vermögen war automatisch gewachsen, und als die Freuden des Lebens keinen Reiz mehr für ihn hatten und er von Genüssen übersättigt war, suchte er Zerstreuung und wandte sich verbotenen Dingen zu. Die Plünderzüge, die seine Leute von Zeit zu

Zeit in den Dschungeln von Borneo unternahmen, lieferten ihm Beute an Menschen und Dingen, die aber ihren Wert für ihn verloren, sobald er sie besaß.

Stella hatte einst Aussicht gehabt, die Herrin von Griff Towers zu werden. Aber da sie allzu schnell seinen Wünschen erlag, hatte sie bald alle Anziehungskraft für ihn verloren. Sie war ihm so gleichgültig geworden wie der Tisch, an dem er saß.

Der Arzt hatte ihm gesagt, daß ihn sein vieles Trinken unter die Erde bringen würde. Aber er trank um so mehr. Im Rausch hatte er herrliche Visionen. In seinen Phantasien begehrte er dann immer ein Mädchen, das ihn haßte. Übermäßig sinnlich und im Grunde feig, dachte er niemals an die unausbleiblichen unangenehmen Folgen seiner Abenteuer. Schließlich konnte er immer wieder durch Zahlung größerer oder kleinerer Summen alle Klagen, die sich gegen ihn erhoben, zum Schweigen bringen.

Der Eingeborene, der Stella in den Raum geführt hatte, verschwand, und sie ließ sich auf einem großen Diwan nieder. Lange blickte sie auf Gregory, bevor er sich bemüßigt fühlte, von ihr Notiz zu nehmen. Plötzlich drehte er sich zu ihr um und schaute sie mit seinen stupiden, leeren Augen an.

»Nimm Platz, Stella«, sagte er mit belegter Stimme. »Setz dich hin. Kannst du auch so tanzen wie die da? Keine von euch Europäerinnen kann das. Ihr habt alle nicht die Grazie und die Geschmeidigkeit. Sieh sie dir nur an!«

Das tanzende Mädchen drehte sich mit rasender Geschwindigkeit. Die Schleier, in die sie gehüllt war, umgaben sie wie eine Wolke. Plötzlich sank sie bei einem scharf abgerissenen Akkord der Gitarre mit dem Gesicht nach unten auf den Teppich. Gregory sagte etwas auf Malaiisch. Das Mädchen lächelte und zeigte seine weißen Zähne. Stella kannte sie schon von früher her. Damals traten immer zwei Tanzmädchen zusammen auf. Als die eine eines Tages an Scharlach erkrankte, wurde sie schnell wegtransportiert.

»Setz dich hierhin!« befahl er Stella. Dabei zeigte er mit seiner Hand auf den Platz neben sich. Alle Diener waren plötzlich wie durch einen Zauber aus dem Zimmer verschwunden. Es lief ihr kalt den Rücken hinunter.

»Ich habe meinen Chauffeur draußen gelassen und ihm den Auftrag gegeben, sofort zur Polizei zu gehen, wenn ich in einer halben Stunde nicht wiederkomme«, sagte sie laut.

Er lachte nur.

»Stella, du hättest besser dein Kindermädchen mitbringen müssen. Was ist überhaupt mit dir los in der letzten Zeit? Kannst du denn von nichts anderem als von der Polizei schwätzen? Ich will einmal mit dir reden«, sagte er in einem sanfteren Ton.

»Und ich muß mit dir sprechen, Gregory. Ich bin im Begriff, Chichester zu verlassen und ich werde nicht mehr hierher zurückkehren.«

»Willst du damit sagen, daß du mich nicht wiedersehen willst? Das macht gar nichts. Ich habe wirklich genug von dir und werde dir keine Träne nachweinen.« – »Meine neue Gesellschaft –«

Er brachte sie durch einen Wink zum Schweigen.

»Wenn die Gründung einer neuen Filmgesellschaft mit meinem Geld erfolgen soll, so ist es besser, daß du die ganze Geschichte vergißt«, sagte er brüsk. »Ich habe erst kürzlich meinen Rechtsanwalt gesprochen – wenigstens jemand, der die Sache genau kennt. Er sagte mir, daß du dich in ebenso große Gefahr bringst und mit dem Gericht schwer in Konflikt gerätst, wenn du eine Erpressung versuchst und mir drohst, die Geschichte mit Tjarji zu verraten. Ich will dir ja Geld geben«, fuhr er fort, »nicht mein ganzes Vermögen, aber immerhin genug. Du bist doch auch keine Bettlerin, ich habe dir schon so viel geschenkt, daß du drei Filmgesellschaften damit gründen könntest. Stella, nun höre mal zu, ich möchte gern das Mädchen haben.«

Sie sah ihn erstaunt an.

»Was für ein Mädchen?« fragte sie ahnungslos.

»Helen – heißt sie nicht so – Helen Leamington?«

»Ach, du meinst die Statistin, die mir meine Rolle weggenommen hat?« stieß sie hervor.

Er nickte und sah sie mit seinen schläfrigen Augen an.

»Ja, die meine ich. Das ist mein Typ, und die gefällt mir besser, als du mir jemals gefallen hast. Deswegen brauchst du dich aber nicht beleidigt fühlen.«

Sie hörte ihm sprachlos zu.

»Es wird sehr schwer sein, sie zu bekommen«, fuhr er fort, »das weiß ich. Ich würde sie sogar heiraten, wenn sie das haben will – sowieso Zeit, daß ich daran denke. Du bist doch eine gute Freundin von ihr –«

»Eine Freundin?« rief Stella höhnisch, die plötzlich ihre Stimme wiederfand. »Wie kann ich denn ihre Freundin sein, wenn sie mir meine Position genommen hat! Und wenn ich es wäre, was würde das ausmachen? Bilde dir bloß nicht ein, daß ich ein Mädchen in diese Hölle auf Erden bringen würde!«

Er drehte den Kopf langsam zu ihr und schaute sie mit einem kalten, bösen und drohenden Blick an.

»Diese Hölle auf Erden war dein Himmel! Hier hast du erst Flügel bekommen, um dich zu entwickeln – geh nicht nach London zurück, Stella. Bleib noch ein oder zwei Wochen hier. Geh doch hin, lerne mal das Mädel kennen. Du hast dazu Gelegenheit wie kein anderer. Bring sie hierher, es soll nicht zu deinem Schaden sein. Du mußt ihr erzählen, was ich für ein netter Kerl bin und welche große Aussichten sie hat. Von der Heirat brauchst du noch nichts zu sagen, aber wenn es schließlich gar nicht anders geht, kannst du auch versuchen, ob sie darauf anbeißt. Zeig ihr den Schmuck, den ich dir geschenkt habe. Du weißt doch, das große Kollier –«

Und so schwatzte er weiter. Ihre Bestürzung wandelte sich allmählich in maßlosen Zorn.

»Du Schuft!« rief sie schließlich aus. »Daß du mir zumutest, dieses Mädchen nach Griff zu bringen! Ich kann sie gewißt nicht ausstehen, aber ich würde sie auf den Knien beschwören, nicht hierher zu gehen. Du denkst, ich bin eifersüchtig?« Ein spöttisches Lächeln umspielte ihre Lippen, als sie sein Grinsen sah. »Da täuschst du dich aber sehr, Gregory. Ich bin eifersüchtig, weil sie meine Stelle in dem Atelier eingenommen hat, aber soweit du in Frage kommst« – sie zuckte nur verächtlich die Schultern –, »du läßt mich überhaupt ganz kalt. Ich glaube nicht, daß du jemals etwas anderes für mich bedeutet hast als eine gewisse Einnahmequelle. Was sagst du nun?«

Sie sprang auf und begann ihre Handschuhe anzuziehen.

»Da du mir ja doch nicht helfen willst, Gregory, werde ich schon einen Weg finden, dich zu zwingen, dein Versprechen zu halten. Denn du hast mir die Gründung einer Gesellschaft versprochen, Gregory. Ich glaube, das hast du vergessen?«

»Damals hatte ich größeres Interesse an dir«, sagte er. »Wo willst du hingehen?«

»Ich gehe in meine Wohnung zurück, und morgen ziehe ich in die Stadt.«

Er sah zuerst nach dem einen Ende des Saales, dann nach dem anderen, und schließlich faßte er sie ins Auge.

»Du wirst nicht heimgehen, du bleibst hier«, sagte er kurz.

Sie lachte.

»Sprachst du nicht eben davon, daß dein Chauffeur zur Polizei gehen würde? Ich werde dir etwas sagen! Im Augenblick sitzt er in meiner Küche und ißt zu Abend. Wenn du glaubst, daß er dieses Haus eher verläßt als du, dann kennst du mich nicht, Stella!«

Er zog langsam seinen Hausmantel an, der auf dem Diwan lag. Stella blickte ihn an, er sah schrecklich aus. Etwas Gemeines und Niederträchtiges lag in seiner Haltung. Der feuerrote Pyjama gab seinem Gesicht obendrein noch einen dämonischen Zug, und sie fühlte tiefen Ekel und Abscheu vor ihm. Er hatte ihren Blick aufgefangen, merkte, was in ihr vorging und grinste schadenfroh.

»Bhag ist unten«, sagte er mit Nachdruck. »Er geht nicht gerade zart mit Leuten um, das ist dir bekannt. Neulich hat er einem Mädchen Räson beigebracht, aber gleich hinterher mußte ich den Arzt rufen. Du wirst mit mir kommen, ohne daß ich nachhelfen muß, wie?«

Sie nickte stumm. Ihre Knie schwankten, als sie mit ihm ging. Sie hatte Bhag in seinem Käfig oft gereizt.

Als sie den halben Gang hinter sich hatten, schloß er eine Tür auf.

»Geh da hinein und bleibe dort«, sagte er. »Morgen will ich mit dir sprechen – wenn ich nüchtern bin. Augenblicklich habe ich zuviel getrunken. Vielleicht schicke ich dir noch jemand zur Gesellschaft – das weiß ich jetzt noch nicht.« Er strich über sein wirres Haar und schien tatsächlich völlig betrunken. »Ich muß erst ganz nüchtern sein, wenn ich mit dir verhandle.«

Die Tür fiel ins Schloß, und sie hörte, wie der Schlüssel von außen umgedreht wurde. Sie stand in einem vollkommen dunklen Raum, der ihr unbekannt war. Einen Augenblick war sie starr vor Schrecken, denn sie wußte nicht, ob sie allein war.

Es dauerte einige Zeit, bis sie den Schalter fand. Sie machte Licht, und eine Glühbirne leuchtete hinter einer runden Kristallschale auf. Sie stand in einem kleinen Schlafzimmer. Es war keine Bettstelle da, nur eine Matratze und ein Kissen waren in einer Ecke als Lager zurechtgemacht. Schwere Eisengitter lagen vor dem einzigen Fenster des Raumes. Außer der Tür gab es keinen anderen Ausgang. Sie drückte die Klinke nieder. Von innen war kein Schloß vorhanden, und so konnte sie nicht einmal ihren eigenen Schlüssel versuchen.

Langsam ging sie ans Fenster und öffnete einen Flügel, denn die Luft in dem Raum war muffig. Als sie hinausschaute, sah sie, daß das Zimmer an der Rückseite des Hauses lag. Sie blickte über einen großen Rasenplatz auf eine Baumgruppe, die sie noch im Dunkeln erkennen konnte. Die Straße lief parallel mit der Vorderfront, und selbst wenn sie noch so laut geschrien hätte, niemand auf der Straße hätte sie hören können.

Sie ließ sich auf einen der Stühle fallen und überdachte ihre Lage. Ihre Furcht hatte sie nun überwunden. Wenn es zu einem Kampf kommen würde, so hatte sie eine Waffe bei sich. Sie zog ihren Rock hoch und schnallte einen weichen Ledergürtel ab, den sie um die Taille gelegt hatte. Aus der Ledertasche zog sie eine Browningpistole, die wie ein Spielzeug aussah, in Wirklichkeit aber eine gefährliche Waffe war. Sie nahm einen Rahmen Patronen aus ihrer Jackentasche und steckte ihn in die Kammer. Nachdem sie sich überzeugt hatte, daß alles in Ordnung war, verbarg sie den Revolver wieder.

»Nun kannst du kommen, Gregory!« sagte sie laut. In dem Augenblick drehte sie sich nach dem Fenster um und stieß einen Schrei aus. Sie sah zwei starke Hände an den Eisenstangen und das schreckliche Gesicht eines Strolches. Ihre zitternde Hand suchte nach der Pistole, aber bevor sie die Waffe entsichern konnte, war das Gesicht wieder verschwunden. Obgleich sie sofort zum Fenster eilte, konnte sie nichts mehr sehen. Die Eisengitter hinderten den Ausblick.

33

Die Turmuhr von der Kirche in Chichester schlug zehn, als der Strolch, der vor einer halben Stunde in die Geheimnisse von Griff Towers eindringen wollte, über den Marktplatz schlenderte. Seine Kleider waren noch schmutziger und staubiger als zuvor. Der wachhabende Polizist, der ihn sah, stellte sich ihm quer in den Weg.

»Na, wieder auf der Walze?« fragte er.

»Ja«, sagte der Mann mit weinerlicher Stimme.

»Machen Sie, daß Sie so schnell wie möglich aus Chichester fortkommen. Oder wollen Sie ein Nachtquartier haben?«

»Ja, Herr Wachtmeister. Alles ist schon recht voll.«

»Das ist eine dicke Lüge«, sagte der Polizist. »Warum versuchen Sie denn nicht, in der Herberge für Heimatlose unterzukommen? Jetzt hüten Sie sich aber – wenn ich Sie noch einmal hier in der Stadt treffe, nehme ich Sie fest.«

Der abgerissene Mensch murmelte etwas vor sich hin und ging dann in der Richtung der Arundel Road weiter. Seine Schultern hingen herunter, und die Hände hatte er in den Taschen verborgen.

Als der Polizist ihn nicht mehr sehen konnte, bog er plötzlich nach rechts ab und beschleunigte seine Schritte, bis er an das Haus von Jack Knebworth kam. Der Direktor hörte ein Klopfen draußen, öffnete die Tür und schaute verwundert auf den Besuch.

»Was wollen Sie denn schon wieder?« fragte er.

»Ist Brixan gekommen?«

»Nein, er ist noch nicht hier. Es wäre besser, wenn Sie mir den Brief geben, er wird mich wahrscheinlich anrufen.«

Der Strolch grinste und schüttelte den Kopf. »Nein, das wird er nicht tun. Ich warte, bis ich ihn persönlich sehe.«

»Nun gut, heute abend werden Sie ihn hier nicht mehr treffen.« Dann fuhr er argwöhnisch fort: »Ich glaube, Sie wollen ihn überhaupt gar nicht sehen – Sie führen etwas ganz anderes im Schilde, wenn Sie hier herumlungern.«

Der abgerissene Mann antwortete nicht. Er pfiff den Refrain eines Gassenhauers und bewegte die Füße im Takt.

»Dem alten Brixan geht es nicht besonders«, sagte er.

Knebworth schien es fast, als ob die Stimme belustigt klänge.

»Was wissen Sie denn von ihm?«

»Er hat Krach mit seinen Vorgesetzten, das weiß ich«, sagte der Strolch. »Er konnte nicht ausfindig machen, wohin die Briefe gingen, daran liegt die ganze Geschichte. Aber ich weiß es.«

»Wollen Sie ihn deswegen sprechen?«

Der Mann nickte heftig.

»Ich weiß es«, sagte er wieder. »Ich könnte ihm etwas Wichtiges erzählen, wenn er hier wäre. Aber leider ...«

»Wenn Sie wissen, daß er nicht hier ist – warum, zum Donnerwetter, kommen Sie denn dann her?«

»Weil mir die Polizei auf den Fersen ist. Der Posten auf dem Marktplatz will mich festnehmen, wenn er mich das nächstemal sieht. Da dachte ich mir, es wäre besser, wenn ich hierherkäme und mir die Zeit etwas vertriebe. Deswegen bin ich da.«

Jack sah ihn groß an.

»Na, Sie haben Nerven«, sagte er verblüfft. »Und da Sie sich nun die Zeit mit meiner Unterhaltung vertrieben haben, ist Ihr Ziel ja erreicht. Wollen Sie etwas essen?«

»O nein, ich führe ein recht angenehmes Leben.«

Sein schriller Londoner Dialekt fiel Jack auf die Nerven.

»Dann ist es ja gut. Gute Nacht!« sagte er kurz und schloß die Tür vor seinem merkwürdigen Besucher.

Der Vagabund stand eine Weile still, dann nahm er seine Mütze ab, zog eine Zigarette daraus hervor, steckte sie an und ging den Weg wieder zurück, den er gekommen war. Er machte aber einen großen Bogen um den Marktplatz, wo der unfreundliche Polizist Wache hielt.

Die Kirchturmuhr schlug Viertel nach zehn, als er an der Ecke der Arundel Road ankam. Er warf die Zigarette weg, trat in den Schatten einer Hecke und wartete.

Fünf Minuten verflossen – es wurden zehn Minuten – dann sah er einen Mann, der schnell denselben Weg entlangging, den er gekommen war. Er grinste im Dunkeln, denn er erkannte Knebworth. Jack war durch die Unterhaltung, die er eben mit ihm gehabt hatte, ängstlich geworden und wollte zur Polizei, um Erkundigungen über Mike Brixan einzuziehen. Das vermutete der Landstreicher, aber er hatte kaum Zeit, darüber nachzudenken, was der Direktor vorhatte, denn im selben Augenblick kam geräuschlos ein Auto um die Ecke und hielt in seiner Nähe.

Eine Stimme fragt durch das halboffene Fenster: »Sind Sie es, mein Freund?«

»Jawohl«, sagte der Strolch verdrießlich.

»Kommen Sie in den Wagen.«

Der Strolch schlich vorwärts und schaute in das dunkle Auto. Mit einem plötzlichen Griff riß er dann die Tür auf, stemmte einen Fuß gegen die Schwelle und stürzte sich auf den Fahrer.

»Jetzt habe ich Sie erwischt, Kopfjäger!« zischte er.

Er hatte diese Worte noch nicht ausgesprochen, als ihm etwas Weiches, Klebriges ins Gesicht spritzte. Er konnte nicht mehr sehen. Heftiger Schmerz durchzuckte ihn, so daß er die Tür losließ und wie ein zu Tode Getroffener Halt suchend in die Luft griff. Ein derber Fußtritt des Mannes im Auto traf ihn, er flog außer Atem auf den Bürgersteig, und das Auto verschwand in schnellster Fahrt.

Jack Knebworth hatte die Szene beobachtet, soweit das in dem Halbdunkel möglich war und kam herbei Ein Polizist tauchte aus dem Dunkel auf, und die beiden hoben den abgerissenen Mann auf.

»Den habe ich heute schon einmal gesehen«, sagte der Polizist. »Ich habe ihn doch gewarnt.«

Der Mann auf dem Boden seufzte tief und lang und faßte mit seinen Händen nach den Augen.

»Das durfte nicht passieren – jetzt kann ich meine Entlassung einreichen!« sagte er langsam.

Knebworth traute seinen Ohren nicht, denn es war Mike Brixans Stimme, die da sprach!

34

»Ja, ich bin es«, sagte Mike bitter. »Es ist schon gut, Wachtmeister. Sie brauchen nicht zu warten. Jack, ich will mit Ihnen nach Hause gehen, um diese Maskerade loszuwerden.«

»Aber um Gottes willen«, stieß Jack atemlos hervor, indem er den Detektiv anstarrte. »Ich habe noch niemals jemand in einer so guten Verkleidung gesehen. Sonst lasse ich mich doch nicht so leicht täuschen.«

»Ich habe alle Leute hinters Licht geführt, mich selbst sogar«, sagte Mike wütend. »Ich bildete mir ein, daß ich ihn mit einem Brief in die Falle locken könnte. Statt dessen hat der Teufel mich geschnappt.« – »Womit denn?«

»Er hat mir eine konzentrierte Ammoniaklösung ins Gesicht gespritzt, vermute ich«, sagte Mike.

Nach zwanzig Minuten kam er aus dem Badezimmer wieder in seiner alten Gestalt zurück. Nur seine Augen waren schwer entzündet.

»Ich wollte ihn in die Falle locken, aber er war doch zu schlau.«

»Wissen Sie denn, wer es ist?«

Mike nickte.

»Ja, ich weiß es sehr genau. Ich habe eine besondere Polizeiabteilung hier, die nur wartet, ihn festzunehmen. Ich wollte kein großes Aufsehen erregen und vor allem kein Blutvergießen. Jetzt vermute ich, daß es nicht ohne Kampf abgehen wird.«

»Ich konnte den Wagen nicht erkennen, obwohl mir alle Autos hier in der Stadt bekannt sind«, sagte Jack.

»Es ist ein ganz neuer Wagen, den der Kopfjäger nur für seine nächtlichen Abenteuer benutzt. Wahrscheinlich stellt er ihn nicht in seiner eigenen Garage unter. – Eben haben Sie mich doch gefragt, ob ich etwas essen wollte. Da log ich und sagte, daß ich mit allem versehen sei. Geben Sie mir um Himmels willen etwas zu essen, ich bin hungriger als ein Wolf.«

Jack ging in die Speisekammer, brachte kaltes Fleisch, machte Kaffee und wartete schweigend, bis der ausgehungerte Detektiv gegessen hatte.

»Jetzt fühle ich mich wieder als Mensch«, sagte Mike. »Ich habe seit heute morgen um elf außer einigen Keksen nichts gegessen. Denken Sie sich, unsere Freundin Stella Mendoza befindet sich in Griff Towers, und ich glaube, daß ich sie erschreckt habe. Etwa vor einer Stunde habe ich dort herumspioniert, um sicher zu sein, daß mein Vogel auch im Netz sitzt. Als ich so herumschaute, sah ich sie. Sie hat furchtbar geschrien.«

Es klopfte laut an der Tür, und Jack Knebworth schaute auf.

»Wer kommt denn jetzt noch zu so später Stunde?« fragte er.

»Wahrscheinlich ein Polizist«, meinte Mike.

Knebworth öffnete die Tür, und draußen stand eine untersetzte, behäbige Frau in mittleren Jahren auf der Türschwelle und hielt eine Rolle Papier in der Hand.

»Sind Sie Mr. Knebworth?« fragte sie.

»Ja«, antwortete Jack.

»Ich bringe Ihnen das Manuskript, das Miss Leamington zu Hause ließ. Sie bat mich, es Ihnen zu geben.«

Knebworth nahm ihr die Rolle ab und streifte das Gummiband herunter, das sie zusammenhielt. Es war das Manuskript von Roselle.

»Warum bringen Sie das?« fragte er.

»Sie sagte mir, daß ich es zu Ihnen tragen sollte, wenn ich es finden würde«, entgegnete die Frau.

»Es ist schon gut«, sagte Jack arglos. »Ich danke schön.«

Er schloß die Tür hinter der Frau und ging in das Speisezimmer zurück.

»Helen hat ihr Manuskript gesandt, ich weiß nicht, was da los ist.«

»Wer brachte es denn?« fragte Mike interessiert.

»Soviel ich vermute, ihre Wirtin«, sagte Jack und beschrieb die Frau.

»Ja, das ist die Wirtin. Will Helen denn ihre Rolle nicht weiterspielen?«

»Es sieht fast so aus.« Jack schüttelte den Kopf.

Mike war erstaunt.

»Was soll das bedeuten? Was sagte denn die Frau?«

»Miss Leamington hätte sie gebeten, das Manuskript zu bringen, wenn sie es gefunden hätte.«

Im Augenblick war Mike aus dem Haus, lief so schnell er konnte und holte die Frau ein.

»Würden Sie so liebenswürdig sein, noch einmal mitzukommen?« fragte er und ging mit ihr zu Jacks Wohnung zurück.

»Bitte, sagen Sie doch Mr. Knebworth noch einmal, warum Miss Leamington das Manuskript gesandt hat und warum Sie es bringen sollten, wenn Sie es gefunden hätten.«

»Nämlich – das ist deshalb – als sie zu Ihnen ging«, begann die Frau.

»Zu mir ging?« rief Knebworth schnell.

»Ein Herr vom Atelier kam und sagte, daß Sie sie sofort sprechen wollten«, berichtete die Wirtin. »Miss Leamington wollte sich gerade zur Ruhe legen, aber ich habe ihr die Botschaft noch gebracht. Sie sagte mir schnell, daß Sie sie wegen der Aufnahmen morgen sehen wollten und daß Sie das Manuskript brauchten. Sie hatte es wohl verlegt und war sehr unruhig deshalb. Ich sagte ihr aber, daß sie schon gehen solle, da die Sache eilig war und versprach ihr, es nachzubringen. Schließlich bat sie mich, es so zu machen.«

»Was war denn das für ein Herr, der sie abholte?«

»Ein dicker Mann, wahrscheinlich ein Chauffeur. Er kam mir etwas angetrunken vor, aber ich wollte Miss Leamington nicht erschrecken und sagte ihr nichts davon.«

»Und was ereignete sich dann?« fragte Mike schnell.

»Sie ging auf die Straße und stieg in den Wagen ein. Der Chauffeur war schon auf seinem Sitz.«

»War es ein geschlossener Wagen?«

Die Frau nickte.

»Und sind sie dann abgefahren? Wann war das?«

»Es muß kurz nach halb elf gewesen sein, denn ich erinnere mich, daß ich die Kirchturmuhr schlagen hörte, kurz bevor das Auto abfuhr.

Mike überlief es eiskalt. Er konnte kaum sprechen.

»Es ist jetzt elf Uhr fünfundzwanzig. Es hat lange gedauert, bis Sie gekommen sind.«

»Ich habe lange nach dem Schriftstück gesucht. Schließlich habe ich es unter dem Kopfkissen von Miss Leamington gefunden. Ist sie nicht hier?«

»Nein, sie ist nicht hier«, sagte Mike ruhig. »Ich danke Ihnen sehr, ich will Sie nicht aufhalten. Würden Sie so liebenswürdig sein und bei der Polizeistation auf mich warten?«

Er eilte die Treppe hinauf und zog seinen Rock an.

»Wo glauben Sie denn, daß sie jetzt ist?«

»Sie ist in Griff Towers«, antwortete Mike schnell. »Und ob Gregory Penne in dieser Nacht am Leben bleibt oder nicht, das hängt davon ab, ob er Helen etwas zuleide getan hat!«

Auf der Polizeistation fand er die Wirtin. Die arme Frau war sehr verwirrt und erschrocken.

»Was trug Miss Leamington, als sie ausging?«

»Sie hatte ihr blaues Kostüm an«, jammerte die Frau. »Das schöne blaue Kostüm, das sie immer trägt.«

Eine Truppe von Scotland-Yard-Polizisten wartete auf der Station. Ein vollbesetzter Wagen fuhr von Chichester weg. Mike dauerte es viel zu lange. Er war in fieberhafter Ungeduld. Der Wagen fuhr ihm zu langsam, jede Sekunde war kostbar. Schließlich, nach einer endlosen Zeit, wie ihm schien, bog das Auto auf den Fahrweg nach Griff Towers ein. Mike hielt nicht an, um den Pförtner zu wecken, sondern stieß das Tor auf, indem er den Wagen dagegenfahren ließ.

Er brauchte nicht zu klingeln, die Tür stand sperrangelweit offen, und an der Spitze der Mannschaft eilte Mike Brixan durch die die leere Eingangshalle. Schnell lief er den Gang entlang und kam in Gregorys Bibliothek. Es brannte nur ein Licht dort, das den Raum schwach erhellte. Aber das Zimmer war leer. Mit schnellen Schritten war er am Schreibtisch und drehte den Hebel. Bhags Käfig öffnete sich, aber auch der Affe war nicht da.

Er drückte den Klingelknopf auf der Seite des Kamins, und gleich darauf kam der braune Diener, den er von früher her kannte, zitternd herein.

»Wo ist dein Herr?« fragte Mike auf holländisch.

Der Mann schüttelte den Kopf.

»Ich weiß es nicht«, antwortete er, aber schaute nach oben zur Decke.

»Zeige mir den Weg!«

Sie gingen zur Eingangshalle zurück, eilten die breite Treppe zum oberen Geschoß empor, kamen wieder durch einen langen Korridor, der voller Schwerter hing, genau wie der untere. Dann fanden sie eine offene Tür – es war der große Tanzsaal, in dem Gregory Penne den Abend verbracht hatte. Aber es war niemand zu sehen, und Mike ging wieder hinaus. Plötzlich hörte er ein heftiges Klopfen an einer der Türen des Ganges. Der Schlüssel steckte im Schloß. Er drehte ihn um, und die Tür flog weit auf. Stella Mendoza, bleich wie der Tod, wankte heraus.

»Wo ist Helen?« keuchte sie.

»Das wollte ich gerade Sie fragen!« sagte Mike streng. »Wo ist sie?«

Stella schüttelte hilflos den Kopf. Sie war nicht mehr fähig zu sprechen und sank ohnmächtig um.

Er wartete nicht, bis sie wieder zu sich gekommen war, sondern suchte weiter. Er eilte von Zimmer zu Zimmer, aber er fand weder eine Spur von Helen, noch von dem brutalen Gregory. Er durchsuchte die Bibliothek noch einmal und ging auch zu dem kleinen Salon. Dort war ein Tisch für zwei Personen gedeckt. Das Tischtuch war feucht von vergossenem Wein. Ein halbleeres Glas stand da – aber die beiden, für die die Tafel gedeckt war, konnte man nicht entdecken. Sie mußten durch die Haupttür verschwunden sein ... Aber wohin?

Alle seine Muskeln waren angespannt, und seine Gedanken waren nur auf die eine Frage gerichtet, deren Beantwortung ihm im Augenblick wichtiger als sein Leben war. Plötzlich hörte er ein Geräusch, das aus Bhags Raum kam. Er drehte sich um, und in der Tür erschien der fürchterliche Affe selbst. Er blutete aus einer Schulterwunde. Das Blut tropfte herunter. In seinen großen Händen hatte er etwas, das wie ein Bündel Lumpen aussah. Als Mike näher hinschaute, schien sich der Raum vor seinen Augen zu drehen.

Das zerrissene, mit Blut beschmutzte Kleidungsstück, das Bhag hielt, war die blaue Jacke Helen Leamingtons!

Einen Augenblick starrte Bhag den Mann an, den er als seinen Feind erkannte. Er ließ die Jacke fallen und eilte zähnefletschend in sein Quartier zurück. Dreimal hörte man den scharfen Knall von Mikes Browning, und Bhag verschwand plötzlich. Die Tür seines Raumes schloß sich geräuschvoll.

Knebworth hatte die Szene mit angesehen. Er lief hinzu und hob die Jacke auf, die der Affe hatte fallen lassen.

»Das ist ihre Jacke«, sagte er heiser, und ein schrecklicher Gedanke ließ ihn erschauern.

Mike hatte die Tür zu dem Käfig geöffnet. Mit der Pistole in der Hand eilte er durch die Öffnung. Knebworth wagte nicht zu folgen. Er stand wie zu Stein erstarrt und wartete, bis Mike wieder erschien.

»Es ist nichts drinnen«, sagte er.

»Nichts?« fragte Knebworth flüsternd. »Gott sein Dank!«

»Bhag ist fort, ich denke, daß ich getroffen habe. Hier ist eine Blutspur, aber es ist möglich, daß sie nicht von meinem Schuß herrührt. Er muß kürzlich verwundet worden sein«, dabei zeigte er auf Blutspuren auf dem Fußboden. »Als ich ihn das letztemal sah, hatte er diese Wunde noch nicht.«

»Haben Sie ihn denn schon vor heute abend gesehen?«

Mike nickte. Wo mochte Helen sein? Das war die wichtigste Frage, und dieser Gedanke ließ alles andere für Mike Brixan in den Hintergrund treten. Und wo war der Baron? Warum hatten sie die Haustür offen gefunden? Keiner der Dienstboten konnte ihm darüber Auskunft geben, und er fühlte, daß sie die Wahrheit sprachen. Nur Penne und das Mädchen und der große Affe wußten darum Bescheid, wenn nicht –

Er eilte nach oben, wo er einen Detektiv bei Stella Mendoza zurückgelassen hatte, um die Bewußtlose wieder zu sich zu bringen.

»Sie ist von einer Ohnmacht in die andere gefallen«, berichtete der Beamte. »Sie sagte nur einmal: ›Schieß ihn nieder, Helen!‹«

»Dann muß sie sie doch gesehen haben!« stieß Mike hervor.

Einer der Polizisten, der draußen geblieben war, um das Gebäude zu bewachen, kam mit einer Meldung. Er hatte gesehen, wie eine dunkle Gestalt die Wand hinaufkletterte und durch eine Öffnung in der Mauer verschwand. Einige Minuten später war sie wieder erschienen.

»Das war Bhag«, bemerkte Mike. »Ich wußte, daß er nicht hier war, als wir ankamen. Er muß durch das Loch in der Mauer hereingekommen sein, während wir oben waren.«

Der Wagen, der Helen hierhergebracht hatte, wurde aufgefunden. Er gehörte Stella. Zuerst vermutete Mike, daß sie bei der Entführung ihre Hand im Spiel hatte. Er erfuhr aber später, daß ihr Chauffeur tatsächlich in der Küche gefangengehalten wurde, und Penne selbst bei Helen vorgefahren war. Er konnte sich durch eigenen Augenschein davon überzeugen, daß der Wagen Stella gehörte. Nun wurde ihm auch klar, warum Helen, ohne Verdacht zu schöpfen, eingestiegen und mitgefahren war.

Mike war nahe daran, wahnsinnig zu werden. Die Gefangennahme des Kopfjägers war ihm vollständig unwichtig geworden. Er dachte nur noch daran, wie er Helen retten könne.

»Wenn ich sie nicht finden kann, werde ich verrückt«, rief er.

Jack Knebworth wollte etwas erwidern, als eine plötzliche Unterbrechung eintrat. Ein furchtbarer Schrei gellte durch die Nacht, der allen durch Mark und Bein ging.

»Hilfe! Hilfe!«

Der Ruf klang schauerlich. Mike erkannte die Stimme eines Mannes – und dieser Mann war Gregory Penne.

35

Für Helen Leamington gab es Augenblicke, in denen sie nicht mehr an ihre Begabung als Filmschauspielerin glaubte. Niemals waren diese Zweifel größer, als wenn sie versuchte, die schriftlichen Anweisungen des Filmmanuskriptes zu studieren. Sie gab Mike die Schuld, um ihn sofort wieder zu entschuldigen. Sie tadelte sich selbst ganz offen, und schließlich gab sie ihre Bemühungen auf, rollte das Manuskript zusammen und legte ein Gummiband darum. Dann steckte sie es unter ihr Kopfkissen und wollte zu Bett gehen. Sie hatte schon Rock und Bluse ausgezogen, als es draußen klopfte.

»Von Mr. Knebworth?« fragte sie erstaunt. »So spät abends?«

»Ja, Miss Leamington. Er beabsichtigt morgen eine große Änderung vorzunehmen und muß Sie gleich sprechen. Er hat seinen Wagen geschickt. Miss Mendoza soll wieder mitspielen.«

»Ach«, seufzte sie etwas enttäuscht.

Dann war es also doch nichts mit ihrem Spiel. Sie hatte sich täuschen lassen und war in den letzten Tagen in einem Paradies umhergewandelt.

»Ich werde sofort kommen«, sagte sie.

Ihre Finger zitterten, sie konnte sich kaum ankleiden. Sie war auf sich selbst böse, daß sie sich so aus der Ruhe bringen ließ. Vielleicht sollte Stella gar nicht ihre alte Rolle weiterspielen. Möglicherweise war eine neue für sie vorgesehen. Es konnte auch sein, daß sie gar nicht in dem Film »Roselle« spielen sollte. Diese und andere Gedanken stürmten auf sie ein. Als sie in den Gang hinaustrat, wurde unten die Tür geöffnet. Plötzlich fiel ihr ein, daß doch Jack Knebworth sicher das Manuskript bei der Unterhaltung brauchen würde. Sie eilte wieder in ihr Zimmer, hatte aber in der Aufregung vergessen, wo das Schriftstück lag. Schließlich lief sie verzweifelt zu ihrer Wirtin.

»Ich habe das Manuskript irgendwo hingelegt – würden Sie so gut sein, es Mr. Knebworth zu bringen, wenn Sie es finden? Es ist in einem braunen Umschlag.«Sie beschrieb das Manuskript, so gut sie konnte.

Sie erkannte Stella Mendozas Wagen sofort wieder. Das war ja Beweis genug, daß sie sich mit Jack wieder ausgesöhnt hatte.

Schnell stieg sie ein, die Tür schloß sich hinter ihr, und sie saß neben dem Fahrer, der absolutes Stillschweigen bewahrte.

»Ist Mr. Brixan bei Mr. Knebworth?« fragte sie.

Der Mann neben ihr antwortete nicht. Sie dachte, daß er sie nicht verstanden hätte und schwieg.

Plötzlich merkte sie, daß er den Wagen in eine Kurve steuerte und in entgegengesetzter Richtung davonfuhr.

»Das ist nicht der Weg zu Mr. Knebworth«, sagte sie beunruhigt. »Kennen Sie den Weg nicht?«

Der Fahrer antwortete immer noch nicht. Der Wagen sauste mit großer Geschwindigkeit durch eine lange, dunkle Straße und bog auf die Chaussee ab.

»Halten Sie sofort«, sagte sie erschreckt, die Hand am Türgriff.

Plötzlich wurde ihr Arm weggerissen.

»Mein liebes Fräulein, Sie werden sich verletzen und womöglich Ihr schönes Gesicht zerschinden, wenn Sie versuchen, aus dem Wagen zu springen.«

»Sir Gregory!« stieß sie hervor.

»Machen Sie keinen Unsinn!« sagte Penne. »Sie werden jetzt ein kleines Souper mit mir einnehmen.« Sie konnte deutlich die Erregung in seiner Stimme hören. »Ich habe Sie oft genug eingeladen, und jetzt kommen Sie eben mit oder ohne Ihre Zustimmung zu mir. Stella ist auch da, Sie brauchen sich also gar nicht zu fürchten.«

Sie bekämpfte ihre Angst mit aller Kraft, die ihr zu Gebote stand.

»Sir Gregory, bringen Sie mich sofort zu meiner Wohnung zurück«, sagte sie. »Das ist ja abscheulich von Ihnen!«

Er lachte lauf auf.

»Es passiert Ihnen nichts. Niemand will Ihnen etwas tun, und Sie werden sicher und gesund wieder zu Hause abgeliefert. Aber vorher werden Sie mit mir zu Abend essen, mein kleiner Liebling. Und wenn Sie Unsinn machen, renne ich meinen Wagen gegen den nächsten Baum, der uns in den Weg kommt, und dann sind wir beide kaputt!«

Er war trunken – nicht nur vom Wein, er war auch vom Gefühl der Macht berauscht. Endlich hatte er Helen in seiner Gewalt und hätte vor nichts mehr zurückgescheut.

Ob Stella wirklich da war? Sie konnte es nicht glauben, und doch mochte es wahr sein. Sie griff in ihrer Verzweiflung nach diesem Strohhalm.

»Wir sind da«, sagte Gregory laut, als er den Wagen plötzlich vor dem Tor von Griff Towers anhielt. Er sprang heraus.

Bevor ihr klar wurde, was geschah, hob er sie mit seinen Armen auf, obgleich sie sich heftig wehrte.

»Wenn du jetzt schreist, küsse ich dich«, hörte sie seine heisere Stimme dicht an ihrem Ohr.

Sie verhielt sich ganz still.

Sofort öffnete sich die Tür. Sie schaute auf den Diener, der schweigend in der Eingangshalle stand, als Gregory sie die breite Treppe hinauftrug. Vergeblich schaute sie sich nach Hilfe um. Plötzlich stellte Penne sie auf die Füße, öffnete eine Tür und schob sie hinein.

»Hier ist deine Freundin, Stella«, sagte er. »Lege du mal ein gutes Wort für mich ein und bringe ihr eine andere Meinung über mich bei. In zehn Minuten bin ich wieder hier, und wir werden das schönste Hochzeitsmahl einnehmen, das je abgehalten wurde.«

Die Tür wurde zugeschlagen und hinter ihr geschlossen, bevor sie wahrnehmen konnte, daß noch eine andere Frau im Zimmer war. Es war Stella, die bei dem Anblick des bleichen Mädchens heftig erschrak.

»Ach, Miss Mendoza«, sagte Helen auße Atem. »Gott sei Dank, daß Sie hier sind!«

36

»Danken Sie Gott noch nicht«, sagte Stella, mit einer Ruhe, die nichts Gutes verhieß. »Oh, Sie kleines Schaf, warum sind Sie denn hierhergekommen?«

»Er brachte mich hierher, ich ging nicht freiwillig«, sagte Helen. Sie war krank vor Furcht. Trotzdem versuchte sie ebenso ruhig zu sein wie Stella. Sie biß auf ihre zitternden Lippen, um sich zu sammeln. Nach kurzer Zeit hatte sie ihre Fassung wiedergefunden und konnte erzählen, wie sich alles ereignet hatte. Stellas Gesicht verdüsterte sich.

»Das ist doch stark – er hat meinen Wagen genommen«, sagte sie zu sich selbst. »Er hat wirklich die Fahrer gefangengesetzt, wie er es mir androhte. Was soll noch daraus werden!«

»Was will er tun?« fragte Helen leise.

Stella blickte das Mädchen an.

»Was glauben Sie denn, was er tun wird?« fragte sie nachdenklich. »Er ist ein Vieh, Sie werden selten solch einen gemeinen Kerl finden, es sei denn in Schauergeschichten ... Er hat uns eingeschlossen. Er wird nicht mehr Mitleid mit Ihnen haben als Bhag!«

»Wenn das Mike erfährt, wird er ihn umbringen!«

»Mike? Ach so, Sie meinen Brixan«, sagte Stella mit neu erwachtem Interesse. »Liebt er Sie? Spioniert er deswegen hier herum? Daran habe ich doch vorher noch nie gedacht. Aber was kümmert ihn Mike Brixan oder irgend jemand anders! Er kann fort – seine Jacht liegt in Southampton. Und sein Reichtum macht ihn unabhängig. Er kann all diesen Scherereien hier aus dem Wege gehen. Dann rechnet er auch damit, daß eine anständige Frau davor zurückschreckt, vor dem Kriminalgericht zu erscheinen. Ach, er ist ein ausgekochter Schuft!«

»Was soll ich machen?«

Stella ging in dem kleinen Zimmer auf und ab. Sie hatte ihre Hände ineinandergelegt, die Furcht wollte sie wieder überwältigen.

»Ich glaube nicht, daß er mir etwas zuleide tut«, sagte Stella. Dann fing sie plötzlich von etwas anderem an zu sprechen. »Ich sah vor etwa zwei Stunden einen Landstreicher am Fenster.«

»Einen Landstreicher?« fragte Helen verwirrt.

Stella nickte.

»Er hat mich furchtbar erschreckt, bis ich seine Augen sah. Da wußte ich, daß es Brixan war. Aber Sie hätten ihn niemals erkannt, so gut hatte er sich maskiert.«

»Mike Brixan ist hier?« fragte Helen gespannt.

»Er muß irgendwo in der Umgebung sein. Das kann Rettung sein – und hier ist noch etwas anderes.«

Sie nahm die kleine Browningpistole und gab sie ihr.

»Haben Sie jemals mit einer Pistole geschossen?«

Helen nickte. »Ich habe es schon getan. Es kam neulich in einer Szene vor«, sagte sie ein wenig verlegen.

»Nun, das ist gut. Die Pistole ist geladen. Hier ist die Sicherung. Sie müssen sie zuerst mit dem Daumen herunterdrücken, bevor Sie schießen können. Es ist besser, wenn Sie Penne töten – besser für Sie und besser für ihn.«

Helen schrak zurück.

»Nein, nein – das kann ich nicht!«

»Stecken Sie schnell die Waffe in Ihre Tasche! Haben Sie eine Tasche?«

In der Jacke, die Helen trug, fand sich eine innere Tasche, und Stella steckte die Pistole schnell hinein.

»Sie glauben gar nicht, was ich Ihnen für ein Opfer bringe, wenn ich sie Ihnen gebe«, sagte sie offen. »Dabei bringe ich dieses Opfer noch nicht einmal für jemand, den ich gern habe. Sie können sich wohl denken, Helen Leamington, daß ich Sie nicht gerade liebe. Aber ich würde es mir nie verzeihen können, wenn ich Sie diesem Schurken ohne Kampf überlassen hätte.«

Plötzlich beugte sie sich vor und küßte das Mädchen. Helen legte den Arm um ihren Nacken und umarmte sie einen Augenblick.

»Er kommt«, flüsterte Stella Mendoza und trat zurück.

Es war wirklich Gregory. Er trug seinen feuerroten Pyjama und einen dunkelroten Hausmantel. Sein Gesicht war gerötet, und seine Augen glänzten vor Erregung.

»Komm mit!« Er winkte mit dem Finger. »Nicht du, Mendoza, du bleibst hier, du kannst sie später sehen, vielleicht nach dem Abendessen.«

Er schaute begehrlich auf das erschrockene Mädchen.

»Niemand wird dir etwas tun, laß deine Jacke hier.«

»Nein, ich will sie anbehalten!« sagte sie.

Instinktiv faßte ihre Hand an die Pistole, und sie legte ihren Daumen auf die Sicherung.

»Na gut, dann komm, wie du bist, es macht mir nichts aus.«

Er hielt sie fest an der Hand und ging neben ihr her, erstaunt und gut gelaunt, daß sie so wenig Widerstand leistete. Sie gingen in die Bibliothek und von da in den kleinen Salon, der dicht daneben lag. Er stieß die Tür auf und zeigte ihr die festlich geschmückte Tafel. Dann ließ er sie vor sich eintreten.

»Wein und Küsse«, rief er laut, als er den Korken einer Champagnerflasche an die Decke knallen ließ. »Wein und Küsse!« Er schwenkte das Glas so zu ihr hin, daß der Schaumwein an ihre Jacke spritzte und daran herunterfloß.

Sie schüttelte stumm den Kopf.

»Trink aus«, rief er, und sie berührte das Glas mit ihren Lippen.

Dann nahm er sie, bevor sie wußte, was vorging, in seine Arme, sein großes Gesicht preßte sich an ihre Wangen.

Sie versuchte der Umarmung zu entkommen, konnte aber nur den Mund abwenden und fühlte seine heißen Lippen auf ihrer Wange.

Plötzlich ließ er sie los, schwankte zur Tür und schloß sie ab. Er hatte aber den Schlüssel noch nicht losgelassen, als er ihre Stimme hörte:

»Wenn Sie nicht sofort aufschließen, werde ich Sie niederschießen!«

Belustigt und überrascht schaute er auf. Als er aber die Pistole in der Hand des Mädchens sah, hielt er seine zitternde Hand vor das Gesicht.

»Willst du wohl die Pistole nach unten richten, du dummes Mädchen«, schrie er. »Herunter damit! Du weißt gar nicht, was du tust! Das verfluchte Ding könnte doch durch einen Zufall losgehen!«

»Es wird nicht zufällig losgehen«, sagte sie. »Öffnen Sie sofort die Tür.«

Er zögerte einen Augenblick. Ihr Daumen drückte die Sicherung herunter. Er hatte die Bewegung bemerkt.

»Schieß nicht, schieß nicht!« brüllte er laut und riß die Tür weit auf. »Warte, geh nicht hinaus. Bhag wird dich fassen! Komm zu mir, ich will –«

Sie lief den Gang entlang. In der Halle glitt sie auf einem Teppich aus, richtete sich aber sofort wieder auf. Mit zitternden Händen öffnete sie die Ketten und Riegel, dann stieß sie das Tor weit auf und war im Freien.

Sir Gregory folgte ihr. Der Schrecken über ihre plötzliche Flucht machte ihn nüchtern, und er wurde sich all der schlimmen Folgen bewußt, die die Sache haben konnte. Er eilte bestürzt in sein Arbeitszimmer und öffnete den Geldschrank, zog einen großen Stoß Banknoten heraus, nahm eine pelzgefütterte Jacke von einem Haken und schlüpfte hinein. Er zog sich eben starke

Schuhe an, als er plötzlich an Bhag dachte. Er öffnete seinen Raum, aber der Affe war nicht da. Ein schrecklicher Gedanke kam ihm. Wenn Bhag das Mädchen erwischte! Ein Rest menschlichen Gefühls tauchte dumpf in seinem Gemüt auf. Zuerst mußte er wissen, wo Bhag war. Er ging in die Dunkelheit hinaus, um seinen schrecklichen Diener zu suchen. Er legte beide Hände an den Mund und stieß einen langen, klagenden Schrei aus. Diesem Ruf war Bhag bisher immer gefolgt. Er wartete, aber er hörte nichts. Wieder ließ er den melancholischen Ruf ertönen, aber wenn Bhag ihn gehört hatte, wurde er ihm zum erstenmal in seinem Leben untreu.

Kalter Angstschweiß trat auf Gregory Pennes Stirn. Und als er wartend stand, kam er wieder zu sich. Er mußte irgend etwas unternehmen. Er ging in sein Schlafzimmer, zog den Pyjama aus, und kurze Zeit darauf war er wieder in dem dunklen Garten, um den Affen zu suchen. Als er jetzt richtig angezogen war, fühlte er sich mutiger. Vorher hatte er noch ein großes Glas Whisky getrunken, um seinen Mut zu stärken.

Er klingelte nach dem Diener, der gleichzeitig Chauffeur war. »Bring das Auto zur hinteren Tür«, sagte er, »und zwar sofort. Sieh auch zu, daß das Tor offen ist. Es ist möglich, daß ich heute noch fort muß.«

Er zweifelte nicht daran, daß man ihn festnehmen würde. Weder sein Reichtum noch seine Stellung, noch sein Einfluß, den er im ganzen Land hatte, konnten ihn davor retten. Diese letzte Dummheit, die er begangen hatte, war denn doch zu stark.

Plötzlich erinnerte er sich, daß Stella Mendoza noch im Haus war, und rannte nach oben, um nach ihr zu sehen. Als sie in sein Gesicht schaute, war ihr klar, daß irgend etwas Außergewöhnliches vorgegangen war.

»Wo ist Helen?« fragte sie ihn heftig.

»Ich weiß es nicht«, sagte er. »Sie ist entflohen. Sie hatte eine Pistole. Bhag ist hinter ihr her. Mag der Himmel wissen, was noch geschieht, wenn er sie erwischt. Er wird sie in Stücke zerreißen. Was ist das?«

Man hörte von fern her einen Pistolenschuß, und zwar aus der Richtung hinter dem Haus.

»Wahrscheinlich Wilderer«, sagte Gregory unsicher. »Also, nun höre zu, ich gehe jetzt.«

»Wohin gehst du?« fragte sie.

»Das geht dich nichts an«, sagte er rauh. »Hier ist Geld.« Er nahm einige Banknoten und gab sie ihr.

»Was hast du gemacht?« fragte sie starr vor Schrecken.

»Ich habe gar nichts gemacht, sage ich dir«, fuhr er sie an. »Aber sie werden mich deswegen festsetzen. Ich gehe jetzt zu meiner Jacht. Du würdest auch besser tun, das Haus zu verlassen, bevor sie kommen!«

Sie nahm schnell Hut und Handschuhe. Plötzlich hörte sie, wie die Tür zufiel und sich der Schlüssel wieder umdrehte. Ohne es zu wollen, hatte er sie wieder eingeschlossen, und in seiner Aufregung achtete er nicht mehr auf ihr Klopfen.

Griff Towers stand auf einer Erhöhung, und man konnte von hier aus die Straße nach Chichester übersehen. Als er vor seinem Haus stand und immer noch hoffte, den Affen zu finden, sah er plötzlich zwei Lichter, die sich mit großer Geschwindigkeit näherten.

»Die Polizei«, stöhnte er und eilte Hals über Kopf durch den Küchengarten zur Hintertür.

37

Helen hastete den Fahrweg entlang. Sie hatte nur den einen Gedanken, diesem schrecklichen Haus zu entkommen. Das Tor war geschlossen und die Pförtnerloge dunkel. Sie versuchte verzweifelt, die eisernen Riegel zu öffnen, aber sie waren zu schwer. Als sie rückwärts blickte, sah sie in dem Schein des Lichtes, das aus der offenen Halle drang, eine Gestalt, die heimlich auf einem der Grasstreifen entlangschlich, die den Fahrweg einsäumten. Einen Augenblick dachte sie, es sei Gregory Penne. Aber dann erkannte sie die scheußliche Gestalt. Sie war beinahe vor Schrekken gelähmt. Es war Bhag!

Sie bewegte sich so ruhig wie nur möglich die Mauer entlang, indem sie von Strauch zu Strauch kroch, aber er hatte sie schon gesehen und kam hinter ihr her. Er bewegte sich langsam und vorsichtig, als ob er nicht ganz sicher wäre, daß er sie verfolgen dürfe. Vielleicht gab es noch ein anderes Tor in der Mauer, dachte sie sich und schlich weiter. Von Zeit zu Zeit blickte sie zurück. Die Pistole hatte sie in der Hand. Angstschweiß trat auf ihre Stirn.

Jetzt verließ sie die schützende Wand und ging quer über die Wiese. Im ersten Augenblick glaubte sie, ihrem Verfolger entkommen zu sein, denn Bhag mied freie Plätze, aber jetzt sah sie ihn wieder. Er war auf gleicher Höhe mit ihr und trabte an der Wand entlang. Aber er eilte sich nicht. Sie hoffte, daß er am Ende die Verfolgung aufgäbe, wenn sie ruhig ihren Weg fortsetzte. Vielleicht war er ihr nur aus Neugierde gefolgt. Aber diese Hoffnung wurde bald zerstört. Sie stieg über einen niedrigen Zaun und kam auf einen Weg, der sie näher und näher zur Mauer brachte. Als sie dies merkte, wandte sie sich plötzlich von dem Weg ab und eilte durch hohes, taufeuchtes Gras. Nach den ersten Schritten war sie schon bis zu den Knien durchnäßt, aber in ihrer Aufregung bemerkte sie es nicht einmal. Bhag hatte die Mauer verlassen und folgte ihr jetzt ins Freie. Sie hätte gern gewußt, ob die Mauer das ganze Grundstück umgab, und war froh, als sie an einen niedrigen Zaun kam. Sie stolperte fast über eine Böschung, die offensichtlich die östliche Grenze des Geländes bildete. Sie lief, so schnell sie konnte, obgleich sie nicht wußte, wohin sie kam. Als sie sich umschaute, merkte sie zu ihrem Schrekken, daß Bhag immer noch hinter ihr war, doch blieb er immer gleich weit von ihr entfernt. In der Ferne sah sie die Lichter eines Hofes. Er schien gar nicht sehr weit abzuliegen, aber in Wirklichkeit waren es mehr als zwei Kilometer. Mit einem Seufzer der Erleichterung bog sie von der Straße ab und lief eine kleine Böschung hinauf, aber als sie die höchste Stelle erreicht hatte, sah sie zu ihrer Enttäuschung, daß die Lichter sehr weit entfernt waren. Sie wandte sich um und entdeckte Bhag. Sie konnte seine grünen Augen in der Dunkelheit funkeln sehen.

Wo mochte sie eigentlich sein? Sie blickte umher und erkannte die Gegend wieder. Vor ihr links erhob sich die massige Silhouette des alten Griff Tower. Plötzlich gab Bhag seine Rolle als Beobachter auf und sprang mit einem hundeähnlichen Knurren auf sie zu. Sie floh in der Richtung des Turmes. Ihr Herz klopfte so schnell, daß sie jeden Augenblick zusammenzubrechen drohte. Eine Hand faßte ihre Jacke und riß sie ihr herunter. Das brachte sie zur Besinnung. Sie mußte ihrem Feind entgegentreten, wenn sie nicht zugrunde gehen wollte.

Mit einer plötzlichen Bewegung wandte sie sich um und hob die Pistole. Sie stand jetzt Bhag Auge in Auge gegenüber. Er brummte und zerrte an der Jacke in seiner Hand. Wieder duckte er sich zum Sprung. Sie drückte ab. Der unerwartet laute Knall erschreckte sie so, daß sie beinahe die Pistole fallen ließ. Mit einem ängstlichen Heulen fiel Bhag hin und griff nach seiner verwundeten Schulter. Aber er richtete sich gleich wieder auf und zog sich langsam zurück. Trotzdem behielt er sie immer noch im Auge.

Was sollte sie tun? Der Affe konnte sich im Gebüsch wieder an sie heranschleichen und jeden Augenblick auf sie losgehen. Sie blickte nach dem Turm. Wenn sie nur oben auf die Mauer klettern könnte. Da erinnerte sie sich an die Leiter, die Jack Knebworth zurückgelassen hatte. Aber wahrscheinlich war sie inzwischen schon abgeholt worden. Sie schlich sich heimlich an den Turm und beobachtete dabei immer den Affen. Obgleich er ganz still dasaß, wußte sie doch, daß er ihr mit den Augen folgte. Als sie in der Nähe des Turmes in dem Gras suchte, fühlte sie eine Sprosse der Leiter. Sie konnte sie ohne viel Mühe aufrichten und gegen die Mauer lehnen.

Bhag war immer noch da. Der düstere Glanz seiner Augen war schrecklich anzusehen. In großer Hast stieg sie die Leiter hinauf und zog sie in die Höhe. Bhag kroch näher und näher heran, bis er den Fuß der Mauer erreicht hatte. Dreimal machte er Anstrengungen, die Wand emporzuklettern, aber es gelang ihm nicht. Sie hörte, wie er vor Wut keuchte. Dann ließ sie die Leiter an der Innenseite des Turmes hinunter. Lange Zeit beobachteten die beiden einander. Schließlich entfernte sich Bhag. Sie verfolgte seine häßliche Gestalt mit den Augen, solange sie ihn sehen konnte. Als sie sicher war, daß er nicht wiederkehren würde, beschäftigte sie sich wieder mit der Leiter. Das untere Ende mußte sich in einem der Büsche verfangen haben. Sie zog dauernd, und als sie sich zum drittenmal mühte, die Leiter freizubekommen, gelang es ihr. Aber sie verlor dabei das Gleichgewicht. Einen Augenblick hielt sie sich noch mit der Hand oben an der Mauer fest, dann fiel sie halb gleitend nach unten. Atemlos richtete sie sich wieder auf. Sie hätte über ihr Mißgeschick lachen können, wenn sie sich nicht so entsetzlich einsam in ihrer neuen Umgebung gefühlt hätte. Sie versuchte, die Leiter aufs neue aufzustellen, aber im Dunkeln war es unmöglich, einen festen Standpunkt zu finden. Sie erinnerte sich, daß sie damals kleine Steine und Felsen hier unten gesehen hatte, und begann danach zu suchen. Sie erreichte den Boden der kreisförmigen Senkung und zog einen Zweig beiseite – mit den Füßen fühlte sie nach einem sicheren Halt und versuchte weiterzugehen. Plötzlich kam sie ins Gleiten und fiel durch einen schrägen Schacht in die Tiefe der Erde!

38

Immer tiefer rutschte sie hinab. Mit einer Hand versuchte sie, sich in der weichen Erde festzuhalten, mit der anderen hielt sie krampfhaft die kleine Pistole. Einmal stießen ihre Füße heftig gegen einen vorspringenden Felsen, und der Stoß verursachte ihr große Schmerzen. Sie durfte nicht daran denken, wohin sie kam. Nach einer Ewigkeit wurde der Boden endlich waagerecht. Sie überschlug sich noch ein paarmal und blieb an einer Felswand liegen, gegen die sie unsanft anprallte. Der Atem verging ihr fast.

Obwohl es ihr endlos lang erschienen war, konnten es doch nur ein paar Sekunden gewesen sein. Ein paar Minuten lag sie bewegungslos, dann erholte sie sich langsam wieder. Mit einem Seufzer erhob sie sich. Sie fühlte an ihren schmerzenden Fuß und bewegte ihn, um zu sehen, ob sie irgend etwas gebrochen hätte. Als sie in die Höhe schaute, sah sie oben einen bleichen Stern und entdeckte die Öffnung, durch die sie heruntergefallen war. Sie machte sofort Anstrengungen, wieder emporzukommen, aber die weiche Erde gab unter ihren Füßen immer wieder nach, und sie sank jedesmal zurück.

Sie bemerkte, daß sie einen Schuh verloren hatte, tastete rings umher und fand ihn nach einiger Zeit, halb mit Erde bedeckt. Sie klopfte ihn aus, wischte die Sohle ihres Strumpfes ab, und zog ihn wieder an. Dann setzte sie sich hin und überlegte, was sie tun könnte. Mit Tagesanbruch würde es möglich sein, ihre Umgebung genauer zu durchsuchen. Soviel sie auch nachdachte, sie mußte bis zur Morgendämmerung warten.

Plötzlich wurde ihr bewußt, daß sie immer noch die mit Erde beschmutzte Browningpistole in der Hand hielt. Sie lächelte und reinigte sie, so gut sie konnte. Dann sicherte sie die Waffe wieder und steckte sie in ihre Bluse.

Das Rätsel von Bhags Erscheinen auf dem Turm war nun gelöst. Er hatte sich damals in der Höhle verborgen!

Wie weit mochte sich wohl die Höhle ausdehnen? Sie schaute sich links und rechts um, aber sie konnte nichts sehen. Vorsichtig tastete sie sich weiter, indem sie jeden Fußtritt ihres Weges vorher untersuchte. Ihre Hand berührte einen steinernen Pfeiler, aber sie zog sie schnell zurück, denn er war naß und kalt.

Dann machte sie eine wichtige Entdeckung. Sie ging langsam die Wand entlang und fühlte mit ihrer Hand eine Nische. An der glatten Oberfläche erkannte sie, daß sie von Menschen angelegt sein mußte. Als sie weiter hineinfaßte, fühlte sie einen Gegenstand. Ihr Herz schlug vor Erregung. Er kam ihr so vertraut vor, und als sie ihn näher untersuchte, war es wirklich eine Laterne. Sie nahm sie heraus und öffnete das Glastürchen. Eine Kerze steckte darin, und auf dem Boden der Laterne fand sie eine Schachtel Streichhölzer.

Es war kein Wunder, wie sie noch erfahren sollte, aber im Augenblick erschien ihr die Möglichkeit, Licht zu machen, wie eine Antwort auf ihre unausgesprochenen Gebete. Sie entzündete mit so zitternder Hand ein Streichholz, daß es wieder ausging. Das zweitemal gelang es ihr, den Docht der Kerze anzustecken. Das Licht war noch ganz neu und leuchtete zuerst nur schwach. Aber als das Wachs zu schmelzen begann und sie die Laterne wieder schloß, tauchte nach und nach ihre Umgebung aus dem Dunkel.

Sie war in einer engen Höhle. Von der Decke hingen unzählige Tropfsteingebilde herunter. Am Eingang der Höhle hatte sie nichts von dem herabsickernden Wasser bemerkt, das nun einmal untrennbar mit diesen Formationen verbunden ist. Aber weiter hinten war der Boden der Höhle naß, und ein dünner Wasserstrom rann in einem ausgehöhlten Bett an einer Seite des Weges entlang. Sie schritt vorwärts. Die Höhle erweiterte sich, und sie sah viele Stalaktiten zur Rechten und zur Linken. Sie standen in so regelmäßigen Zwischenräumen und waren von so gleichmäßiger Gestalt, daß es aussah, als ob sie von Menschenhand geformt worden wären. Kleinere Nebenhöhlen taten sich zu beiden Seiten auf. In dem Licht der Laterne glänzten die verborgenen Schätze der Erde. Sie sah feenhafte Grotten aus steinernem Spitzenwerk, und das Licht der Kerze spiegelte sich in kleinen Seen und Teichen. Die Höhle wurde immer breiter, bis sie in einem großen, weiten Saal stand, der mit Eisspitzen verziert zu sein schien. Hier lagen auf dem Boden merkwürdige weiße Stöcke umher, Hunderte in jeder möglichen Größe und Form. Im Glanz der Laterne hatten sie ein weißliches Aussehen. Sie bückte sich und nahm einen davon auf, ließ ihn aber sofort entsetzt wieder fallen. Es waren Menschenknochen!

Schwer atmend eilte sie durch die große Höhle, die wieder enger und dem Teil ähnlicher wurde, in den sie hineingefallen war. In einer anderen Nische fand sie eine zweite Laterne mit einem neuen Licht und Streichhölzern. Wer mochte sie hierhergebracht haben? Über die erste Lampe hatte sie nicht weiter nachgedacht, die gehörte für sie in das Reich der Wunder. Aber diese zweite Laterne machte sie doch unruhig. Wer hatte die Lichter in Zwischenräumen in der Höhle verteilt? Es sah fast so aus, als ob jemand seine Flucht hätte vorbereiten wollen. Es mußte also hier unten jemand wohnen. Bei diesem Gedanken atmete sie schneller.

Langsam ging sie vorwärts und prüfte wieder den Weg. Die zweite Laterne hängte sie über ihren Arm, ohne sie anzuzünden. An einer Stelle war der Boden der Höhle von fließendem Wasser bedeckt, an einer anderen mußte sie durch einen kleinen unterirdischen Teich waten, wobei ihr das Wasser bis über die Knöchel ging. Dann wandte sich die Höhle mit einer jähen Wendung nach rechts. Von Zeit zu Zeit stand sie still und horchte. Sie hoffte den Klang einer menschlichen Stimme zu hören und fürchtete sich doch wieder bei diesem Gedanken. Die Decke der Höhle senkte sich tiefer. Hier und da sah sie, daß Stalaktiten abgeschlagen waren, um Raum für den Durchgang zu schaffen. Das konnte nur der Geheimnisvolle getan haben, der hier hauste.

Sie wehrte sich gegen die schrecklichen Gedanken, die in ihr aufstiegen, und ging weiter. Sie brauchte mehr Kraft und Mut als jemals zuvor in ihrem Leben.

Der Weg durch die Höhle machte abermals eine scharfe Biegung. Wieder sah sie, daß sich kleine Nischen in den Wänden öffneten. Plötzlich hielt sie an, also sie in eine der Grotten hineinleuchtete. Zu Tode erschrocken stand sie still. Zwei Menschen lagen nebeneinander ausgestreckt – sie unterdrückte den Schrei, der sich auf ihre Lippen drängte, und preßte die Hände auf den Mund. Sie schloß die Augen, um das Gräßliche nicht zu sehen. Die beiden Toten hatten keine Köpfe mehr! Sie lagen in flachen Löchern, und das Wasser tropfte unaufhörlich auf sie nieder.

Lange Zeit konnte sie sich nicht bewegen oder die Augen öffnen, aber schließlich siegte ihr Wille, und sie hielt mit eisiger Ruhe den Anblick aus, der sie bis ins Innerste erstarren ließ. Auch in der nächsten Grotte lag eine Leiche. Sie war dem Zusammenbruch nahe, als sie einen dünnen Lichtschein in der düsteren Ferne auftauchen sah. Er bewegte sich und schwankte. Dann hörte sie ein schauerliches Lachen.

Sofort löschte sie ihre Laterne aus. Sie lehnte sich eng an die Wand der Höhle. Alle die greulichen Spuren um sie herum versanken, sie war sich nur der Gefahr bewußt, die ihr jetzt drohte. Plötzlich entzündete sich ein größeres Licht, dann noch eins, bis die entfernten Höhlenräume taghell erleuchtet waren. Als sie noch starr vor Entsetzen stand, drang ein Schrei durch die Stille.

»Hilfe, um Himmels willen, Hilfe! Brixan, ich ich will noch nicht sterben!«

Sie erkannte die krächzende Stimme Sir Gregory Pennes.

39

Es war dieselbe schrille Stimme, die auch Mike in Griff Towers hörte. Er rannte quer durch den Park zum hinteren Tor, wo ein Wagen mit abgeblendetem Licht stand. Daneben wartete ein erschrockener brauner Diener.

»Wo ist dein Herr?« fragte Mike schnell.

Der Mann zeigte in die Richtung der Felder.

»Er ging diesen Weg«, sagte er mit zitternder Stimme. »In der großen Maschine war ein böser Geist, sie bewegte sich nicht, als er anfahren wollte.«

Mike sah, was geschehen war. Im letzten Moment hatte der Motor versagt. Das war eins von den Mißgeschicken, die sowohl den Gerechten wie den Ungerechten ereilen konnten. Penne war zu Fuß geflohen.

»Welchen Weg ging er?«

Wieder zeigte der Mann in dieselbe Richtung.

»Er lief«, sagte er schlicht.

Mike wandte sich an den Detektiv, der ihn begleitete.

»Bleiben Sie hier, es ist möglich, daß er zurückkehrt. Nehmen Sie ihn sofort fest, und legen Sie ihn in Eisen. Wahrscheinlich hat er Waffen bei sich, vielleicht will er auch Selbstmord begehen.«

Er war nun schon so oft über diese Felder gegangen, daß er den Weg mit verbundenen Augen gefunden hätte. Er lief, so schnell er konnte, bis er auf die Chaussee kam. Aber nirgends konnte er Sir Gregory sehen. In fünfzig Meter Entfernung sah er Licht in einem Fenster des Obergeschosses von Mr. Longvales Haus. Er wandte sich dorthin.

Noch hatte er nichts von dem Baron gesehen. Schnell ging er durch das Gartentor und klopfte an die Haustür, die gleich darauf von dem alten Herrn selbst geöffnet wurde. Er trug einen seidenen Hausmantel, der durch einen Gürtel zusammengehalten wurde. Ein Bild behaglichen Friedens, dachte Mike für sich.

»Wer ist da?« fragte Mr. Sampson Longvale, indem er in die Dunkelheit hinausschaute. »Beim Himmel, das ist Mr. Brixan, der Diener des Gesetzes. Kommen Sie herein!«

Er öffnete die Tür weit, und Mike ging in das Wohnzimmer,

in dem die beiden unvermeidlichen Leuchter brannten. Heute wurde der Raum außerdem noch durch eine kleine silberne Petroleumlampe erhellt.

»Ist in Griff Towers ein Unglück passiert?« fragte Mr. Longvale ängstlich.

»Ja«, sagte Mike vorsichtig. »Haben Sie irgendwo Sir Gregory Penne gesehen?«

Der alte Herr schüttelte den Kopf. »Ich fand die Nacht zu kühl, um meinen gewöhnlichen Spaziergang im Garten zu machen«, sagte er. »So habe ich nichts von den aufregenden Ereignissen bemerkt, die sich anscheinend unvermeidlicherweise immer in dieser finsteren Zeit zutragen. Ist Sir Gregory etwas zugestoßen?«

»Ich hoffe im Interesse aller, daß ihm nichts zugestoßen ist«, sagte Mike ruhig, ging durch den Raum, stützte den Ellenbogen auf den Kamin und schaute auf das Gemälde, das darüber hing.

»Bewundern Sie meinen Verwandten?« fragte Mr. Longvale.

»Ich will nicht gerade sagen, daß ich ihn bewundere, aber er war sicher ein schöner, alter Herr.«

Mr. Longvale neigte den Kopf.

»Haben Sie seine Memoiren gelesen?«

Mike nickte, und Longvale schien durchaus nicht überrascht zu sein.

»Ja, ich habe etwas über den Inhalt seiner Memoiren gelesen«, sagte Mike ruhig. »Aber neuerdings hält man sie nicht mehr für authentisch.«

Mr. Longvale zuckte die Achseln.

»Ich persönlich glaube jedes Wort«, sagte er.

»Mein Onkel war ein Mann von hervorragender Bildung.«

Es war erstaunlich, daß der Detektiv, der eben Hals über Kopf von Griff Towers fortgestürzt war, um womöglich einen Mörder zu fassen, so ruhig dastand und sich über Memoiren unterhielt.

»Manchmal kommt mir der Gedanke, daß Sie sich zuviel mit Ihrem Onkel beschäftigen, Mr. Longvale«, sagte Mike höflich.

Der alte Herr runzelte die Stirn.

»Wie meinen Sie das?«

»Ich meine, daß das zu einer Versuchung, ja zu einer unheilvollen Manie werden kann. Solche Heldenverehrung bringt manchmal einen Mann dazu, Taten zu begehen, die kein vernünftiger Mensch ausführen würde.«

Longvale blickte erstaunt zu ihm hin.

»Kann man denn etwas Besseres tun, als die Taten eines großen Mannes nachzuahmen?«

»Nein, aber Ihre Urteilskraft ist ganz und gar in Verwirrung geraten. Sie legen ihm Tugenden bei, die in Wirklichkeit keine sind. Man kann ja schließlich auch Pflichterfüllung für eine Tugend halten – und man kann auch das, was schrecklich ist, mit dem Begriff ›groß‹ verwechseln.«

Mike drehte sich um, legte seine Hände flach auf die Tischplatte und sah den alten Herrn an, der seinen Blick frei erwiderte.

»Ich möchte, daß Sie heute abend mit mir nach Chichester kommen.« »Warum?«

»Weil ich davon überzeugt bin, daß Sie ein kranker Mann sind, der der Pflege bedarf.«

Longvale lachte und richtete sich kerzengerade auf.

»Krank? Ich war niemals gesünder in meinem Leben, niemals mehr auf der Höhe und niemals stärker.«

Und er sah auch wirklich so aus, wie er sagte. Seine Größe, seine breiten Schultern, seine gesunde Gesichtsfarbe, alles sprach für sein körperliches Wohlergehen.

Es entstand eine lange Pause.

»Wo ist Gregory Penne?« fragte Mike, indem er jedes Wort betonte.

»Ich habe nicht die geringste Ahnung.« Der alte Mann sah ihn an, ohne mit der Wimper zu zucken. »Wir sprachen soeben über meinen Großonkel – Sie kennen ihn natürlich?« fragte er.

»Ich erkannte dieses Bild auf den ersten Blick wieder. Ich dachte, ich hätte mein Wissen verraten, aber anscheinend habe ich das doch nicht getan. Ihr Großonkel« – Mike sprach jedes Wort mit Bedacht aus – »war Samson, mit anderem Namen Longvale, der oberste Scharfrichter von Frankreich!«

Ein tiefes Schweigen folgte diesen Worten.

»Er hat verschiedene Heldentaten ausgeführt ... Er hängte drei Mann an einem Galgen von sechzig Fuß Höhe, wenn mich mein Gedächtnis nicht im Stich läßt – und enthauptete Ludwig XVI. von Frankreich und seine Gemahlin Marie Antoinette.«

Die Augen des alten Herrn glänzten vor Genugtuung und Stolz. Er schien noch mehr zu wachsen.

»Durch welch phantastische Laune des Schicksals Sie dazu getrieben wurden, sich gerade in England niederzulassen und welcher verrückte Einfall Sie dazu brachte, heimlich den Beruf Samsons auszuüben und weit und breit arme, hilflose, verzweifelte Menschen umzubringen, weiß ich nicht.«

Mike sprach mit gewöhnlicher Stimme und in ruhigem Unterhaltungston. Longvale antwortete ebenso.

»Ist es denn nicht besser«, erwiderte er höflich, »daß ein Mann nicht selbst Hand an sich legt und das unverzeihliche Verbrechen des Selbstmordes begeht? Bin ich nicht ein Wohltäter für die Menschen gewesen, die nicht wagten, sich selbst das Leben zu nehmen?«

»Zum Beispiel für Lawley Foß«, sagte Mike, indem er Longvale keinen Augenblick aus den Augen ließ.

»Er war ein Verräter, ein ganz gemeiner Erpresser, der glaubte, daß er Dinge, die zufällig zu seiner Kenntnis kamen, dazu gebrauchen könnte, Geld aus anderen herauszuholen.«

»Wo ist Gregory Penne?«

Der alte Herr lächelte ruhig.

»Wollen Sie mir denn nicht glauben – das ist sehr unhöflich von Ihnen –, ich habe Sir Gregory nicht gesehen.«

Mike zeigte auf den Kamin, wo der Rest einer Zigarette noch glomm.

»Da ist seine Zigarette«, sagte er. »Und hier sind seine schmutzigen Fußspuren auf dem Teppich – dann habe ich einen Schrei gehört ... Wo ist er?«

Mike fühlte nach seiner schweren Browningpistole in der Tasche. Eine Bewegung Longvales hätte jetzt genügt, daß Mike ihn über den Haufen geschossen hätte. Er stand einem Irrsinnigen der gefährlichsten Art gegenüber. Er hätte keinen Augenblick gezögert, abzudrücken.

Aber Longvale zeigte gar keinen Widerstand, aus seiner Stimme sprach die Höflichkeit selbst, und er schien stolz auf seine Verbrechen zu sein, die in seinen Augen Heldentaten waren.

»Wenn Sie tatsächlich wünschen, daß ich heute abend nach Chichester gehen soll, dann will ich es tun. Ihrer Meinung nach haben Sie ja recht, ebenso nach der Meinung Ihrer Vorgesetzten. Aber wenn Sie meiner Tätigkeit ein Ziel setzen, fügen Sie der leidenden Menschheit grausamen Schaden zu. Meine gute Absicht, ihr zu dienen, hat mich viele tausend Pfund gekostet. Aber ich bedaure es nicht.«

Er nahm eine Flasche aus dem großen Eichenbüfett, das an der Wand stand, wählte mit größter Sorgfalt zwei Gläser aus und füllte sie.

»Wir wollen auf unsere gegenseitige gute Gesundheit trinken«, sagte er mit seiner alten Höflichkeit, hob sein Glas an die Lippen und trank es mit demselben Genuß aus, mit dem alte Weinkenner einen guten Jahrgang kosten.

»Sie trinken nicht, Mr. Brixan? Jemand anders hat schon getrunken.«

Auf dem Büfett stand ein halbleeres Glas, Mike bemerkte es erst jetzt.

»Der Wein hat ihm anscheinend nicht geschmeckt.«

Mr. Longvale seufzte.

»Nur wenig Leute können den Wein richtig schätzen«, sagte er, indem er ein Stäubchen von seinem Rock abstreifte. Er zog ein seidenes Taschentuch aus der Tasche, bückte sich und entfernte elegant den Staub von seinen Schuhen.

Mike stand auf einem schmalen Teppich, der vor dem Kamin lag. Er hatte die Hand an der Pistole, seine Nerven waren gespannt. Er wartete nur auf den Moment, in dem Longvale versuchen wollte, etwas gegen ihn zu unternehmen. Wann und woher die Gefahr kommen würde, konnte er nicht ahnen, aber es war höchste Gefahr im Verzug. Er war durch das sanfte Betragen Longvales eher beunruhigt als erleichtert. Eine Gänsehaut überlief ihn.

»Sie sehen, mein lieber . . .«, begann Longvale zu sprechen.

Plötzlich, bevor Mike merkte, was geschah, hatte Longvale das Ende des Teppichs, auf dem der Detektiv stand, gefaßt und es mit einem schnellen Ruck zu sich hingezogen. Mike verlor das Gleichgewicht und fiel schwer zu Boden. Sein Kopf schlug gegen die eichene Täfelung, die Pistole glitt über den glatten Fußboden. Wie ein Blitz warf sich der Alte auf ihn. Mike fühlte die Berührung kalten Stahls an seinen Handgelenken.

Draußen hörte man Schritte. Longvale erhob sich, zog hastig seinen Hausmantel aus und band ihn um den Kopf des Detektivs – es wurde an der Tür geklopft. Durch einen Blick überzeugte er sich, daß er vor seinem Gefangenen sicher sein konnte, dann löschte er die Lampe und einen der beiden Leuchter. Mit dem anderen ging er auf den Gang. Er war in Hemdsärmeln, und der Beamte von Scotland Yard, der draußen wartete, entschuldigte sich, daß er den alten Herrn gestört hatte.

»Haben Sie Mr. Brixan gesehen?«

»Mr. Brixan? Ja, er war vor einigen Minuten hier und ging dann nach Chichester weiter.«

Mike hörte Stimmen, aber er konnte nicht unterscheiden, was gesagt wurde. Die seidene Hülle um seinen Kopf drohte ihn zu ersticken. Er war nahe daran, ohnmächtig zu werden, als Longvale allein zurückkam, den Hausmantel wieder abwickelte und sich anzog.

»Wenn Sie Lärm machen, werde ich Ihre Lippen zusammennähen«, sagte er so ruhig und gutmütig, daß es unmöglich erschien, daß er seine Drohung auch ausführen würde. Aber Mike wußte nur zu gut, daß er nach dem Beispiel seines Großonkels verfuhr und nur das androhte, was jener oft in die Tat umgesetzt hatte.

»Es tut mir in vieler Beziehung leid, daß Sie daran glauben müssen«, sagte der alte Herr mit aufrichtigem Bedauern. »Sie sind ein junger Mann, vor dem ich den größten Respekt habe. Das Gesetz ist mir heilig, und ich achte seine Diener besonders hoch.«

Er zog eine Schublade im Büfett auf, nahm eine große Serviette heraus, faltete sie sorgfältig und knüpfte sie fest um Mikes Mund. Dann hob er ihn auf und setzte ihn auf einen Stuhl.

»Wenn ich noch jung und beweglich wäre, würde ich mir einen Scherz erlauben, den mein Onkel Charles Henry auch fertiggebracht hätte – ich würde nämlich über Nacht Ihren Kopf auf die Spitze des Tores von Scotland Yard aufspießen.«

Mike konnte nicht antworten, aber er hatte seine ruhige Selbstüberlegung wiedergewonnen, und obwohl sein Kopf noch heftig schmerzte, waren seine Gedanken wieder klar. Er war gespannt auf die nächsten Ereignisse und vermutete, daß er nicht lange zu warten brauchte.

Hier hatte auch Bhag bewußtlos gelegen – Mike ahnte, daß Longvale seine Opfer mit vergiftetem Wein betäubte, mit Butylchlorid, mit dem der Mörder arbeitete, wie er ja wußte.

Mike sollte bald erfahren, was nun kommen würde. Der alte Herr öffnete eine Tür des Büfetts und nahm einen großen Stahlhaken heraus, an dessen Ende sich ein Flaschenzug befand. Er langte zur Decke hinauf und hing die Öse des Hakens an einen eisernen Bolzen, der in einen überhängenden Balken eingeschlagen war. Mike hatte ihn schon vorher gesehen und sich überlegt, welchen Zweck er wohl haben mochte. Jetzt lernte er seine Bedeutung kennen. Von der Anrichte holte Longvale ein langes Tau. Das eine Ende befestigte er an der Rolle, das andere legte er geschickt und flink um die Brust Mikes und zog es unter seinen Armen durch. Jetzt bückte sich Longvale und rollte den Teppich auf. Mike sah, daß sich darunter eine Falltür befand. Diese hob er hoch und legte sie um. Ein großes Loch gähnte dem Detektiv entgegen. Er konnte nichts sehen. Nur das Stöhnen eines Menschen drang zu ihm herauf.

»Ich denke, wir können das jetzt entbehren«, sagte Longvale und löste die Serviette.

Hierauf zog er das Tau an – wie es schien, ohne sich dabei anzustrengen, und Mike schwebte in der Luft. Es war sehr unangenehm für ihn, und er hatte die absurde Vorstellung, daß er lächerlich aussehen mußte. Longvale steckte seine Füße durch die Öffnung und ließ nach und nach das Tau herunter.

»Wollen Sie so liebenswürdig sein und mir sagen, wann Sie den Boden berühren?« sagte er. »Ich will dann zu Ihnen hinunterkommen.«

Als Mike nach oben sah, bemerkte er, wie das lichte Viereck in der Decke über ihm kleiner und kleiner wurde. Er wußte nicht, wie lange er so in der Luft schwebte und hin und her schaukelte. Er konnte nicht wahrnehmen, daß er sich bewegte, und plötzlich, ehe er sich versah, berührten seine Füße den Boden, und er stieß einen Schrei aus.

»Sind Sie gut angekommen?« fragte Mr. Longvale höflich. »Bitte treten Sie ein paar Schritte zur Seite. Ich will jetzt das Tau hinunterwerfen, es könnte Sie sonst verletzen.«

Mike keuchte, aber er führte trotzdem die Anweisung aus und hörte gleich darauf, wie das Tau herunterfiel und auf dem Boden aufschlug. Oben wurde die Falltür geschlossen. Neben sich hörte er ein wildes Stöhnen.

»Sind Sie das, Penne?«

»Wer ist da?« fragte eine furchtsame Stimme. »Sind Sie es, Brixan? Wo sind wir? Was ist hier vorgegangen.«

»Haben Sie geschrien, als Sie aus Dower House fortliefen?«

»Ja, das tat ich. Ich fühlte, wie dieses tödliche Gift mich betäubte, und rannte hinaus. Aber mehr weiß ich nicht. Wo sind Sie, Brixan? Die Polizei wird uns doch hier befreien?«

»Hoffentlich noch lebend!« antwortete Mike wütend.

»Wer ist eigentlich dieser Mann? Sind dies die Höhlen? Ich habe von ihnen gehört. Es riecht furchtbar erdig hier. Sehen Sie etwas?«

»Ich glaubte eben ein Licht zu sehen«, sagte Mike. »Aber meine Phantasie spiegelt mir wohl etwas vor.« Plötzlich fragte er: »Wo ist Helen Leamington?«

»Das mag der Himmel wissen!« Penne zitterte.

Mike versuchte seine Handgelenke aus den Fesseln zu lösen, aber selbst wenn ihm das gelungen wäre, konnte er mit seinen Händen allein wenig gegen den alten Mann ausrichten. Er hatte seine Pistole verloren, aber in seiner Hosentasche trug er das lange, haarscharfe Messer, das ihm schon aus manchem Handgemenge herausgeholfen hatte. Es war die einzige unfehlbare Waffe, wenn die Pistole versagte. Aber er wußte, daß er keine Gelegenheit haben würde, dieses Messer zu gebrauchen.

Er setzte sich auf den Boden und versuchte ein Kunststück,

das er auf einer Bühne in Berlin gesehen hatte – er wollte mit seinen Beinen durch die gefesselten Hände steigen, so daß er sie nach vorn bekam. Aber er bemühte sich umsonst. Dann hörte er, wie eine Tür geöffnet wurde und Mr. Longvale etwas sagte.

»Ich möchte Sie nicht lange warten lassen.« Er trug eine Laterne in seiner Hand, die beim Gehen hin und her schaukelte. Dies schien die Finsternis um sie her nur noch schwärzer zu machen. »Ich liebe es nicht, daß meine Patienten sich erkälten!«

Die fernen Wände der Höhle warfen das Echo seines schaurigen Lachens zurück. Er stand still, steckte ein Streichholz an, und gleich darauf brannte eine Petroleumlampe, die auf einem vorspringenden Felsen befestigt war. Er entzündete noch eine andere, dann eine dritte und eine vierte. In dem grellen Licht sah man jeden Gegenstand in der Höhle mit erschreckender Deutlichkeit. Mikes Blick fiel auf ein rotes Gerüst in der Mitte der Höhle, und obgleich er mutig und auf diesen schrecklichen Anblick vorbereitet war, begann er zu zittern.

Es war eine Guillotine!

40

Eine Guillotine!

In der Mitte der Höhle erhob sich das hohe Rahmenwerk, steif und starr. Es war blutrot angestrichen, und die Einfachheit seiner Konstruktion machte es nur um so schrecklicher.

Mikes Augen wurden magnetisch von dieser fürchterlichen Maschine angezogen. Er sah den Korb, in den die Köpfe fielen, das breite dreieckige Messer oben in der Höhe, die bewegliche Plattform mit den herunterhängenden Fesseln, den schwarz angestrichenen Halsring, der das Opfer so lange in der richtigen Stellung hielt, bis das Messer niedersauste. Er kannte die schreckliche Maschine in all ihren Einzelheiten, er hatte sie in der grauen Morgendämmerung vor französischen Gefängnissen in Tätigkeit gesehen. Soldaten hielten die schaulustige Menge zurück, und eine kleine Gruppe von Beamten stand in der Mitte des leeren Platzes. Noch lag der Klang des fallenden Beiles in seinem Ohr.

»Die Witwe!« sagte Longvale in guter Laune.

»Hilfe, um Himmels willen, Hilfe! Brixan, ich will noch nicht sterben!« Penne rief es in Verzweiflung und Todesangst.

»Die Witwe!« sagte Longvale noch einmal leise.

Er stand ohne Hut da, auf seinem kahlen Kopf spiegelte sich das Licht der hellen Lampen, aber es war nichts Lächerliches in seiner Erscheinung.

Zärtlich fuhr er mit der Hand über das rote Holz der Maschine. »Wer soll ihr erster Bräutigam sein?«

»Ich nicht, ich nicht!« schrie Penne.

Longvale ging langsam zu ihm hin, beugte sich zu ihm herunter und stellte ihn wieder auf die Füße.

»Nur Mut«, sagte er leise, »die Stunde ist da.«

Jack Knebworth ging die Fahrstraße entlang und sah, wie das Polizeiauto in rasender Hast nach Chichester zurückkam.

»Er ist nicht dort – er ist nicht auf der Polizeistation gewesen«, sagte der Fahrer, als er aus dem Wagen sprang.

»Möglicherweise ist er zu Mr. Longvales Haus gegangen.«

»Ich habe Mr. Longvale gesprochen, er hat mir gerade gesagt, daß Mr. Brixan nach Chichester gegangen ist.«

Knebworth konnte sich das alles nicht zusammenreimen. Plötzlich blitzte ein Gedanke in ihm auf. Longvale! Es war schon immer etwas Besonderes mit ihm. War es möglich ...? Er erinnerte sich jetzt, daß Longvale häufig den Wunsch geäußert hatte, in seiner Lieblingsrolle gefilmt zu werden, und zwar in einer Episode aus dem Leben seines großen Vorfahren. Er hatte ihm ja auch ein Manuskript darüber eingereicht.

»Wir müssen sofort zu ihm hin und ihn heraustrommeln.«

In schnellster Fahrt kamen sie vor dem Haus an. Aber niemand meldete sich auf ihr starkes Klopfen.

»Das ist sein Schlafzimmer«, sagte Knebworth und zeigte auf ein Fenster, das mit Eisengittern gesichert war. Man sah, daß innen Licht brannte. Inspektor Lyle warf einen Kieselstein mit solcher Heftigkeit, daß das Glas der Fensterscheibe splitterte. Trotzdem meldete sich niemand.

»Das ist doch unerhört!« sagte Knebworth.

»Versuchen Sie das Fenster zu öffnen!« befahl Lyle.

»Soll ich es aufstoßen?«

»Ja, sofort!«

Einen Augenblick später suchte man das Fenster mit aller Gewalt aufzubrechen, aber man stieß auf unerwarteten Widerstand, der nicht zu überwinden war.

»Die Fensterscheiben sind mit Stahlschienen armiert«, sagte der Detektiv. »Ich glaube, es ist besser, wenn ich versuche, eins der Fenster im Obergeschoß zu öffnen.«

Mit Hilfe eines anderen kam er nach oben und machte einen Fensterflügel auf. Es war gerade das Fenster, durch das Helen damals Bhag gesehen hatte. Gleich darauf war er im Zimmer und half einem zweiten Beamten heraufzuklettern. Nach ein paar Minuten waren die Riegel der Tür zurückgeschoben und das Schloß geöffnet.

Sie fanden die kleine Petroleumlampe und entzündeten sie.

»Was ist das?« Inspektor Lyle zeigte auf den Haken und den Flaschenzug, der noch oben an dem Balken hing.

Jack Knebworth stieß einen Schrei aus. »Hier ist Brixans Pistole«, sagte er und hob die Waffe vom Boden auf.

»Öffnet alle Schubladen, jeden Schrank, klopft die Wände ab – vielleicht sind geheime Türen da. Dergleichen findet man in allen alten Häusern aus der Tudorzeit.«

Die Nachforschungen blieben ohne Erfolg. Inspektor Lyle kam wieder in das Zimmer zurück. Ein Polizist kam herein und meldete, daß er die Garage gefunden hätte. Es war ein ungewöhnlich langes Gebäude, und als man es öffnete, stand nur das alte Auto darin, das weit und breit in der ganzen Gegend bekannt war. Aber offensichtlich war dies nur die Hälfte des Schuppens. Hinter der weißgetünchten Wand, wo das Auto stand, mußte noch ein anderer Raum liegen. Man konnte aber keine Tür sehen. Als man das Äußere des Schuppens besichtigte, fand man eine massive Ziegelwand bis zum Ende der Garage.

Knebworth klopfte an die innere Wand.

»Das ist ja Holz«, rief er.

In einer Ecke hing eine Kette, die scheinbar keinen besonderen Zweck hatte. Aber als man genauer untersuchte, entdeckte man, daß sie durch ein Loch der rohverputzten Decke hindurchging. Der Inspektor zog daran, und die Wand öffnete sich nach hinten. Dort stand noch ein zweiter Wagen. Er war so aufgestellt, daß man nur den Kühler sehen konnte. Knebworth riß die Decke herunter.

»Das ist ja das Auto!«

»Was für ein Auto?« fragte der Inspektor.

»Das ist der Wagen, in dem der Kopfjäger immer fuhr«, sagte Knebworth schnell. »Er saß auch darin, als Brixan ihn verhaften wollte. Den würde er immer wieder erkennen. Brixan befindet sich irgendwo hier in Dower House, und wenn er in die Hände des Kopfjägers gefallen ist, dann gnade ihm Gott!«

Wieder eilten sie in das Haus und versuchten sich den Flaschenzug zu erklären. Plötzlich bückte sich der Inspektor und zog den Teppich zurück. Die Falltür wurde sichtbar. Einer der Polizisten riß sie auf. Lyle kniete nieder und schaute durch. Knebworth sah sein verstörtes Aussehen.

»Zu spät, zu spät!« murmelte er.

41

Der Wahnsinnsschrei eines Mannes in Todesfurcht klingt furchtbar. Mikes Nerven waren zäh, aber er mußte seine letzte Kraft zusammennehmen, um seine Selbstbeherrschung diesmal zu bewahren. Seine gefesselten Hände krampften sich zusammen.

»Ich warne Sie«, sagte er.

Der alte Mann drehte sich lächelnd nach seinem zweiten Gefangenen um, aber er antwortete nicht. Er hob den halb bewußtlosen Gregory so leicht auf, als ob er ein Kind wäre, und trug ihn zu der schrecklichen Maschine, wo er ihn mit dem Gesicht nach unten auf die bewegliche Plattform legte. Er beeilte sich keineswegs, Mike sah, daß er sich Zeit ließ. Diese Beschäftigung schien ihm ein unbeschreibliches Vergnügen zu verursachen. Dann trat er vor die Maschine und öffnete die Lunette. Man hörte, wie ein Haken einschnappte. Sie blieb geöffnet stehen.

»Das ist meine Erfindung«, sagte er.

Mike schaute einen Augenblick an dem schrecklichen Henker vorbei nach dem hinteren Ende der Höhle. Er sah dort eine Erscheinung, die ihm das Blut in die Wangen trieb. Zuerst glaubte er, daß er träume und die unglaubliche Nervenanspannung Halluzinationen bei ihm auslöse.

Helen!

Sie stand dort in dem grellen Licht und war so mit Erde bedeckt, daß es schien, als trüge sie ein graues Kleid.

»Wenn Sie sich bewegen, schieße ich!« rief das Mädchen.

Mike hob sich auf seine Knie, und es gelang ihm, sich schwankend aufzurichten. Longvale hörte die Stimme.

»Mein verehrtes Fräulein«, sagte er äußerst liebenswürdig, »welch ein Wink des Schicksals!

Langsam ging er auf sie zu, ohne auf die ausgestreckte Pistole zu achten.

»Schießen Sie!« rief Mike mit heiserer Stimme. »Um Himmels willen, schießen Sie!«

Sie zögerte eine Sekunde, dann drückte sie ab. Aber der Schuß ging nicht los. Mit Erde verklebt, funktionierte der feine Mechanismus nicht mehr.

Sie wandte sich zur Flucht, aber Longvales Arm umschlang sie schon, und mit der Hand zog er ihren Kopf an seine Brust.

»Meine Schöne«, sagte er, »nun wird die Witwe zum Witwer, und Sie werden seine erste Braut!«

Sie war völlig gelähmt und konnte keinen Widerstand mehr leisten. Eine ihr ganz unbekannte Schlaffheit überkam sie; obgleich sie bei vollem Bewußtsein war, konnte sie sich nicht nach eigenem Willen bewegen oder sprechen. Mike versuchte wie wahnsinnig, seine Hände zu befreien. Er wünschte, daß sie ohnmächtig werden würde, damit ihr der Anblick des Schrecklichen, das jetzt geschehen würde, erspart bliebe.

»Wer kommt nun zuerst dran?« murmelte der alte Mann. Er fuhr mit der Hand über den kahlen Kopf. »Es wäre das beste, wenn Mylady den Anfang machte und voranginge, damit ihr die Todesschrecken erspart blieben – und trotzdem ...«

»Nein, Sie sollen die erste sein«, sagte er zu Helen, schnallte den halb bewußtlosen Gregory los und legte ihn auf den Boden.

Mike sah, wie Longvale den Kopf hob und horchte. Es kamen dumpfe Töne von oben, als ob Leute im Haus wären. Wieder änderte er seine Absicht, beugte sich nieder und stellte Gregory Penne auf die Füße. Mike überlegte sich, warum er ihn so lange hielt, so starr aufgerichtet dastand und ihn dann plötzlich zu Boden warf. Aber dann wunderte er sich nicht länger. Eine Gestalt kam über den Boden der Höhle, ein großer haariger Körper erschien, dessen wütende Augen auf den alten Mann gerichtet waren.

Es war Bhag! Sein zottiges Fell war mit Blut verklebt, sein Gesicht staubbedeckt. Genauso hatte ihn Mike damals aus dem Turm kommen sehen. Er hielt inne, beschnüffelte den stöhnenden Mann auf dem Boden und streichelte ihn mit seiner dikken Tatze zärtlich. Plötzlich sprang er ohne irgendeine Vorbereitung auf Longvale zu und streckte den alten Mann mit einem Schlag zu Boden. Er versuchte vergeblich, sich gegen das Tier zu wehren. Einen Augenblick stand Bhag über ihm, sah auf ihn hinab und bewegte seinen Mund, als ob er zu ihm sprechen wollte. Dann packte er ihn und legte ihn auf das bewegliche Brett. Er neigte die Plattform und schob sie nach vorn.

Mike starrte entsetzt hin. Der riesige Affe hatte eine Hinrichtung gesehen! Er war ja in der Nacht aus der Höhle entkommen, in der Foß ermordet wurde. Sein halbmenschliches Gedächtnis hatte die Einzelheiten genau behalten. Mike konnte beobachten, wie Bhags Verstand arbeitete, um sich den Vorgang wieder zu vergegenwärtigen.

Bhag tastete an dem Holzgestell herum und berührte die Feder, die die Lunette festhielt. Mit einem Schlag fiel sie auf den Hals des Kopfjägers. In diesem Augenblick hörte Mike oben ein Geräusch. Er blickte hinauf und sah, wie die Falltür geöffnet wurde. Bhag hörte es auch, aber er war von seiner Beschäftigung so in Anspruch genommen, daß er sich nicht stören ließ. Longvale war wieder zum Bewußtsein gekommen und versuchte mit äußerster Anstrengung, seinen Kopf aus der Lunette zu befreien. Er begann verworren zu sprechen, aber plötzlich schien er das Tragische seines Schicksals zu begreifen. Er wehrte sich nicht mehr und lag ruhig da. Man sah, wie sich seine beiden

Hände krampfhaft um den Rand der Plattform klammerten, auf der er lag.

Inspektor Lyle sah von oben, wie die Klinge blitzartig hinunterzuckte und hörte ein unbeschreibliches Knacken. Das war selbst für seine starken Nerven fast zuviel.

Von unten kam eine Stimme herauf: »Kommen Sie schnell herunter, Inspektor! Im Büfett finden Sie ein Tau, lassen Sie sich daran herunter, aber bringen Sie eine Pistole mit.«

Eine Minute später war der Detektiv unten.

»Von dem Affen droht keine Gefahr«, sagte Mike zu ihm.

Bhag hatte sich über seinen bewußtlosen Herrn gebeugt wie eine Mutter über ihr Kind.

»Bringen Sie zuerst Miss Leamington fort«, sagte Mike mit leiser Stimme, als der Detektiv ihm die Handfesseln löste. Das Mädchen lag stumm und bewußtlos neben der Guillotine. Glücklicherweise hatte sie nichts von der Tragödie gesehen, die sich soeben in ihrer Gegenwart abgespielt hatte. Ein zweiter Detektiv war an dem Tau heruntergerutscht. Der alte Jack Knebworth war der dritte, der in die Höhle hinabkletterte.

Mike ging zu dem Baron, nahm ihm die Handfesseln ab und legte ihn auf den Rücken. Ein Blick auf ihn sagte ihm genug. Sir Gregory war in einem verzweifelten, wenn auch nicht hoffnungslosen Zustand. Bhag merkte, daß Mike es nicht schlecht mit seinem Herrn meinte, und verhielt sich ruhig. Brixan erinnerte sich daran, wie er den großen Affen zum erstenmal kennengelernt hatte und wie er alle Befehle Gregorys ausführte.

»Hebe ihn auf«, sagte er zu Bhag und sprach in genau derselben Art wie damals Gregory.

Ohne Zögern beugte sich Bhag herab und nahm den bewußtlosen Mann vom Boden auf. Mike zeigte ihm den Weg zur Treppe und führte ihn die Stufen hinauf.

Das ganze Haus wimmelte von Polizisten, die erstaunt waren, als Bhag mit seiner Last erschien.

»Trage ihn die Treppe hinauf und lege ihn aufs Bett!« befahl Mike.

Knebworth hatte Helen schon in seinem Wagen nach Chichester gebracht. Er wollte nicht, daß sie in dem Haus des

Schreckens wieder zum Bewußtsein kommen sollte.

Mike ging zusammen mit Inspektor Lyle noch einmal zur Höhle hinunter und durchsuchte sie kurz. Die menschlichen Körper ohne Kopf erinnerten an furchtbare Tragödien. Sie kamen auch in die große Höhle, deren Boden mit Knochen bedeckt war.

»Hier haben wir die Bestätigung der alten Legende«, sagte er mit heiserer Stimme. »Das sind die Knochen der Ritter und Krieger, die durch den Erdrutsch in der Höhle eingeschlossen wurden. Dort können Sie deutlich die Skelette der Pferde sehen.«

Wie aber kam Helen hierher? Etwas später fand er jedoch ihre Spuren, die ihm zeigten, daß sie in die Höhle hineingeglitten war.

»Dieses Rätsel wäre also auch gelöst«, sagte er. »Griff Tower ist von den Römern offensichtlich gebaut worden, um Menschen und Tiere davor zu bewahren, in die Höhle zu fallen. Zufällig war es auch ein guter Entlüftungsschacht. Ich zweifle keinen Augenblick, daß der Kopfjäger die Höhle nicht nur als Bergungsplatz für seine Opfer verwenden wollte, die er ermordete, sondern sie auch als Ausweg benutzen wollte, wenn er einmal fliehen mußte!«

Als er dann später die Laterne, die Kerze und die Streichhölzer fand, die Helen hatte fallen lassen, wußte er, daß er mit seiner Ansicht recht hatte.

Sie kamen zur Guillotine zurück, auf der noch der Rumpf des Kopfjägers lag. Mike stand lange Zeit schweigend davor und schaute auf die reglose Gestalt auf der Plattform.

»Wie konnte er nur die Leute überreden, zu ihrer eigenen Hinrichtung zu kommen?« fragte der Inspektor.

»Diese Frage muß ein Psychologe beantworten«, erwiderte Mike. »Zweifellos kam er mit vielen in Berührung, die sich mit dem Gedanken des Selbstmordes trugen, vor der Tat aber zurückschreckten. Er handelte für sie. Daß er nachher die Köpfe fortgesandt hatte, entsprang wohl dem Wunsch, den Frauen und Familien seiner Opfer die Versicherungssummen zukommen zu lassen.

Er arbeitete mit außerordentlicher Schlauheit. Die Antworten auf seine Annoncen bestellte er, wie Sie wissen, zu einem Zeitungshändler, wo sie von der alten Frau abgeholt wurden, die sie an eine zweite Adresse sandte. Dort wurden sie in besonders präparierte Kuverts gesteckt und scheinbar nach London adressiert. Ich habe herausgebracht, daß diese Kuverts in einem besonders lichtundurchlässigen Kasten aufbewahrt waren. Der unbekannte Auftraggeber hatte angeordnet, daß sie nicht eher herausgenommen werden durften, als bis man sie zur Post brachte. Eine Stunde, nachdem sie aufgegeben waren, wurde die Adresse unsichtbar, und eine neue erschien an ihrer Stelle auf dem Briefumschlag.«

»Benützte er dazu die sogenannte Zaubertinte?«

Mike nickte.

»Das ist ja ein Trick, der häufig von Verbrechern angewandt wird. Die letzte Adresse war natürlich Dower House. – Wir wollen die Lampen ausmachen und nach oben gehen.«

Drei Lampen verlöschten. Lyle sah sich noch einmal um. Ihre beiden Gestalten warfen lange, gespenstische Schatten.

»Wir wollen das unten lassen«, sagte er.

Mike stimmte ihm bei.

42

Drei Monate waren ins Land gegangen, seitdem die schrecklichen Geheimnisse von Dower House enthüllt worden waren. Sir Gregory Penne hatte inzwischen Zeit genug gehabt, sich zu erholen und einen der sechs Monate Zuchthaus abzusitzen, zu denen man ihn verurteilt hatte. Die Guillotine war am Ufer der Themse in einem Geheimmuseum für junge Polizisten und Kriminalstudenten aufgestellt worden.

Mike schien dieses Abenteuer schon viele Jahre zurückzuliegen, als er in Jacks Atelier auf einem Tisch saß. Er hörte gerade dem Direktor zu, wie er vollständig verzweifelt dem verärgerten Reggie Connolly beibringen wollte, wie man sich bei Liebesszenen zu verhalten habe. Neben ihm stand Helen Leamington. Der Film ›Roselle‹ war ein großer Erfolg geworden und hatte sie berühmt gemacht.

Außerhalb des Bereichs der Kamera stand Stella Mondeza, elegant wie immer, eine Zigarette zwischen den Fingern.

»Ich möchte doch bemerken, daß mir niemand zu erzählen braucht, Mr. Knebworth«, sagte Reggie aufgebracht, »wie man ein Mädchen halten soll!«

»Es ist mir ja auch furchtbar egal, wie Sie Ihr Mädchen halten«, fuhr ihn Jack an. »Ich sage Ihnen hier, wie Sie mein Mädchen anfassen sollen. Bei meinem Film gibt es eben nur eine Möglichkeit, die Liebe zu erklären, und die ist so, wie ich sie Ihnen vorschreibe. Darauf habe ich das Patent. Legen Sie den Arm noch einmal um sie, heben Sie den Kopf, neigen Sie das Kinn ein wenig! Noch mehr, das Kinn noch etwas herunter – lächeln – wollen Sie wohl lächeln? Nicht so steif«, schrie er.

»Also, noch einmal die Szene –.«

Er beobachtete, probte, und schließlich sagte er resigniert:

»Taugt alles nichts – aber wir müssen jetzt aufnehmen! Licht!«

Die großen Jupiterlampen flammten auf. Der ganze Raum war in blendendes Licht getaucht. Wieder wurde die Szene geprobt. Dann rief Jack:

»Aufnahme!«

Die Kamera begann zu surren.

»So, für heute haben Sie Ihr Pensum erledigt, Connolly«, sagte Jack. »Nun Miss Mendoza –«

Helen kam zu Mike Brixan und setzte sich neben ihn.

»Mr. Knebworth hat vollkommen recht«, sagte sie. »Reggie Connolly weiß nicht, wie man sich in Liebesszenen verhält.«

»Wer könnte das denn auch mit Ausnahme des richtigen Mannes wissen?« sagte Mike.

»Aber er glaubt doch, daß er der richtige Mann ist«, fuhr sie fort, »und noch mehr, man hält ihn für den besten jugendlichen Liebhaber im englischen Film.«

Mike lachte sarkastisch.

Sie schwieg einige Zeit.

»Warum sind Sie eigentlich noch hier? Ich dachte, Ihre Arbeit in diesem Teil der Welt wäre nun beendet?«

»Noch nicht ganz«, sagte er heiter. »Ich muß leider noch eine

Verhaftung vornehmen.«

Sie schaute schnell zu ihm auf.

»Noch eine Verhaftung?« fragte sie. »Ich dachte, als Sie den armen Sir Gregory festnahmen –«

»Den armen Sir Gregory?« meinte er höhnisch. »Der kann von Glück sagen. Sechs Monate Zuchthaus waren gerade das, was ihm zukam, und er kann froh sein, daß man ihn nicht verurteilt hat, weil er den unglücklichen Diener tötete, sondern nur, weil er dessen Tod verheimlichte.«

»Wen wollen Sie denn jetzt festnehmen?«

»Ich weiß noch nicht genau, ob ich sie verhaften werde.«

»Ach, es ist eine Frau?«

Er nickte.

»Was hat sie getan?«

»Die Anklage ist noch nicht genau festgelegt«, sagte er ausweichend. »Aber ich glaube, es sind mehrere Punkte. Erstens hat sie alles in Verwirrung gebracht und zweitens mit Vorbedacht das öffentliche Wohl gefährdet, wenigstens die Gesundheit eines öffentlichen Beamten. Dann hat sie arglistig die Gefühle verwundet –«

»Ach so, da meinen Sie sich damit!«

Sie lachte leise.

»Das ist wohl ein Teil Ihrer Fieberphantasien in der Nacht im Hospital? Oder sollten es meine Träume sein? Da aber andere Leute sahen, wie Sie mich küßten, sind es doch wohl Ihre Phantasien. Ich glaube nicht, daß ich heiraten werde«, sagte sie gedankenvoll. »Ich bin –«

»Sagen Sie nur nicht, daß Sie mit Ihrer Kunst verheiratet sind«, seufzte er, »das sagen sie nämlich alle!«

»Nein, das habe ich auch nie behaupten wollen, ich habe nur den brennenden Wunsch, meinen besten Freund vor einem großen Irrtum zu bewahren. Sie haben noch eine große Karriere vor sich, Mike, und wenn Sie mich heiraten, würde Sie das nur hindern. Man würde denken, daß Sie nicht bei Verstand sind. Und wenn dann erst die Scheidung kommt –«

Beide mußten herzlich lachen.

»Wenn Sie vernünftig sein und nicht wie eine alte Jungfer

reden wollen, dann möchte ich Ihnen doch etwas verraten«, sagte Mike. »Ich habe Sie vom ersten Augenblick an geliebt.«

»Natürlich haben Sie das getan, Mike. Das ist für Sie auch die einzig mögliche Art, eine Frau zu lieben. Wenn man sich erst drei Tage besinnen muß, so kann es nicht Liebe sein. Daher weiß ich auch, daß ich Sie nicht liebe. Das erstemal, als ich Sie traf, ärgerte ich mich über Sie, das zweitemal war ich wütend, und seither habe ich Sie eben geduldet. Warten Sie, bis ich mich abgeschminkt habe.«

Sie ging zu ihrem Ankleideraum, und Mike schlenderte durch das Atelier, um den verärgerten Jack Knebworth zu beruhigen.

»Helen – oh, mit der geht es gut. Sie hatte wirklich ein Angebot aus Amerika – nicht von Hollywood, sondern von einem Atelier im Osten. Ich habe ihr aber den Rat gegeben, es noch nicht anzunehmen, bis sie sich etwas mehr eingelebt hat. Trotzdem glaube ich nicht, daß sie meinen Rat braucht. Sie wird nicht beim Film bleiben.«

»Warum glauben Sie denn das, Knebworth?«

»Sie wird sich verheiraten«, sagte er verdrießlich. »Es sind schon Anzeichen dafür da. Ich habe Ihnen ja früher erzählt, daß etwas Ungewöhnliches an ihr ist. Sie wird sich verheiraten und den Film für immer verlassen, und das ist eben Veranlagung.«

»Und wen wird sie Ihrer Meinung nach heiraten?« fragte Mike.

Der alte Jack lachte laut auf. »Reggie Connolly wird es nicht sein, das kann ich Ihnen versprechen!«

»Dagegen würde ich mich auch schön verwahren«, sagte der junge Reggie entrüstet. Er hatte merkwürdig scharfe Ohren.

»Ich werde mich nie verheiraten. Die Ehe verdirbt einen Künstler. Eine Frau ist wie ein Mühlstein um seinen Hals. Man kann dann seine Persönlichkeit nicht mehr entwickeln. Und weil wir nun gerade davon sprechen, Mr. Knebworth, glauben Sie, daß man mich deswegen tadeln müßte? Haben Sie es denn nicht bemerkt – ich will nichts gegen das liebe Mädchen sagen – haben Sie es denn nicht bemerkt, daß Miss Leamington – wie soll ich gleich sagen – noch nicht reif für die Liebe ist ...? Das ist der richtige Ausdruck!«

Stella Mendoza trat dazu. Sie war wieder auf den Schauplatz ihrer früheren Tätigkeit zurückgekehrt, und es hatte fast den Anschein, als ob sie bald ihre alte Stellung wieder einnehmen würde.

»Ich glaube, da haben Sie nicht recht, Reggie«, sagte sie.

»Ich habe sicher recht«, sagte Reggie gekränkt. »Ich habe mehr Mädchen geliebt als fünf andere Filmstars zusammen, und ich sage Ihnen, daß Miss Leamington durchaus unreif ist!«

Helen erschien am Ausgang des Ateliers und grüßte die Gesellschaft durch ein liebenswürdiges Kopfnicken. Mike ging mit ihr.

»Sie sind durchaus unreif für die Liebe«, sagte er.

»Das klingt nach Reggie. Es ist einer seiner Lieblingsausdrücke.«

»Er sagte, daß Sie nichts von Liebe verstünden« brummte er.

»Vielleicht hat er auch recht«, meinte sie kurz.

Ihr Ton war so ärgerlich, daß er keinen Mut hatte, das Gespräch fortzusetzen, bis sie zu der langen, dunklen Straße kamen, in der sie wohnte.

»Die einzig richtige Art zu lieben ist«, sagte er und war nicht wenig erstaunt über seine eigene Kühnheit, »die Geliebte in die Arme zu schließen –«

Plötzlich lag sie an seiner Brust, und ihr kühles Gesicht schmiegte sich an das seine.

»Du hast recht«, flüsterte sie, und er schloß ihr mit einem Kuß den Mund.